Amalia Schoppe

Robinson in Australien

Ein Lehr- und Lesebuch für gute Kinder

Amalia Schoppe: Robinson in Australien. Ein Lehr- und Lesebuch für gute Kinder

Erstdruck: Heidelberg, Verlagshandlung von Joseph Engelmann, 1843

Neuausgabe
Herausgegeben von Karl-Maria Guth
Berlin 2017

Dieses Buch folgt in Rechtschreibung und Zeichensetzung obiger Textgrundlage.

Umschlaggestaltung von Thomas Schultz-Overhage

Gesetzt aus der Minion Pro, 11 pt

Verlag: Henricus - Edition Deutsche Klassik GmbH
Mörchinger Str. 33, 14169 Berlin, info@henricus-verlag.de
Druck: Libri Plureos GmbH, Friedensallee 273, 22763 Hamburg

ISBN 978-3-7437-0544-9

Bibliografische Information der Deutschen Nationalbibliothek

Die Deutsche Nationalbibliothek verzeichnet diese Publikation in der Deutschen Nationalbibliografie; detaillierte bibliografische Daten sind im Internet über www.dnb.de abrufbar.

An meine jungen Leser und Leserinnen

Hoffentlich, meine Geliebten, erzeuge ich Euch einen Gefallen mit diesem neuen *Robinson*; einmal, weil mir fortwährend von vielen lieben Kindern die Versicherung gegeben wird, daß sie meine Jugendschriften gerne lesen; dann aber auch, weil der Titel viel Lockendes für Euch haben wird, indem gewiß Euer junges Herz bei dem Namen *Robinson* höher schlägt. Ihr werdet also dieses neue Buch Eurer Freundin mit gespannter Erwartung in die Hände nehmen und Euch hoffentlich nicht in derselben getäuscht sehen.

Mein Zweck war, als ich diesen neuen Robinson verfaßte, und in ihm die Schicksale eines zwar armen, aber sinnigen und wackern Knaben mittheilte, Euch zugleich mit einem Welttheile bekannt zu machen, von dem selbst viele gebildete Erwachsene noch wenig wissen: Ihr sollt Australien, den zuletzt entdeckten, nur noch mangelhaft erforschten Welttheil, in seinem Clima, seinem Boden und Pflanzen- und Thierreiche näher kennen lernen; und somit bitte ich Euch, mein Buch nicht bloß zur flüchtigen Unterhaltung, gleichsam um die Zeit, unser Kostbarstes zu tödten, in die Hand zu nehmen, sondern zugleich auch Belehrung, Bereicherung Eures Wissens, daraus zu schöpfen. Daß der *Robinson* Euch nebenbei auf eine angenehme Weise unterhalten soll, glaube ich Euch versprechen zu dürfen.

Zu dem doppelten Zwecke: zu *bilden*, zu *belehren* und Euch *frohe Stunden zu bereiten*, schrieb ich bisher alle meine Bücher, und da Euch die frühern immer willkommen waren, hoffe ich, wird es auch dieses sein.

Ich grüße Euch sämmtlich mit dem Gruße inniger Liebe. Nicht mehr in dem großen, prächtigen Hamburg, nicht zwischen den Trümmerhaufen dieser mir ewig theuren Stadt, sondern in *Jena*, dem freundlichen Orte zwischen den Bergen, die das reizende Saalthal rings wie ein Rahmen umfassen, schrieb ich den *Robinson* für Euch.

Der Geber alles Guten sei mit Euch Allen, meine geliebten Kinder.
Jena, im October 1842.
Eure treugesinnte

Amalia.

1.

Viele von Euch, meine geliebten Kinder, werden schon einmal von der großen Handelsstadt Hamburg gehört haben. Sie liegt an einem herrlichen Flusse, der Elbe, die hier schon eine Meile breit und ihrem Einflusse in die nur zwölf Meilen von Hamburg entfernte Nordsee nahe ist.

In dieser großen Welt- und Handelsstadt giebt es viele prächtige Paläste, dagegen aber auch eine Menge enger Gassen und kleiner Häuser; ja, ein Theil der Bevölkerung wohnt sogar unter der Erde in sogenannten Kellern, trüben, feuchten Wohnungen, in die das goldene Tageslicht nur spärlich fällt, weßhalb auch die Bewohner derselben in der Regel bleich und kränklich aussehen. Denn eben die Sonne, welche den duftigen Kelch der Rose färbt, färbt auch die Wangen der Menschen.

In einem dieser Keller wohnte eine arme Wittwe mit ihrem einzigen Kinde, einem Sohne von etwa zwölf bis dreizehn Jahren. Sie hatte, seit dem Tode ihres Mannes, der ein Schiffscapitän gewesen war, einen kleinen Handel angefangen, um sich und ihren *William* – so hieß der Knabe – nothdürftig zu ernähren. Allein das Geschäft ging seit einiger Zeit schlecht, da sich in einem benachbarten Hause eine ähnliche Handlung, wie die der Wittwe *Robinson*, etablirt hatte und diese ihr die Nahrung schmälerte. So sah die arme Frau sorgenvollen Tagen und schlaflosen Nächten entgegen, besonders da es bereits gegen den Winter ging, wo der Mensch zu seinem Unterhalte mehr bedarf, als im Sommer.

Die Hülfe Anderer anzusprechen, davor würde sich Frau Robinson geschämt und weit lieber den bittersten Hunger, als das demüthigende Gefühl ertragen haben, von der Gnade anderer Menschen abhängig zu sein. Denn sie hatte einst bessere Tage gesehen und gehörte durch ihre Geburt einer Nation an, die sich in der Regel durch einen edlen Stolz auszeichnet: Der englischen nämlich.

Ihr Vater war, wie ihr verstorbener Mann, ein Schiffscapitain gewesen und zwar ein so erfahrener, geschickter, daß ein bedeutendes Handlungshaus, das Rhederei trieb, ihn von England berief und ihm sein bestes Schiff, die *Fortuna*, zur Führung anvertraute. Damit segelte dann der Capitain *Elliot* – so hieß Frau Robinsons Vater – durch alle Meere und führte von allen Welttheilen die kostbarsten Waaren in den Hafen von Hamburg. Er galt nicht nur für einen streng rechtlichen Mann, sondern er war es in der That: denn statt sich selbst zu bereichern, wie so Manche es in seiner Lage gethan haben würden, dachte er nur an den Vortheil seiner Rheder, das will sagen, der Kaufleute, deren Schiff er führte, und so kam es, daß, als er starb, er seiner einzigen, bereits mit einem ihm befreundeten Schiffscapitain verheiratheten Tochter kaum mehr hinterließ, als einen unbefleckten Namen und den Ruf eines durchaus redlichen und geschickten Mannes.

Mit diesem Erbtheile war aber sowohl seine Tochter *Anna*, als auch deren Mann, der wackere Schiffscapitain *Robinson*, völlig zufrieden; mit Recht sagten Beide, daß ein guter Leumund das erste und köstlichste aller Güter sei.

Der Ruf von strenger Redlichkeit, den sich Capitain Elliot erworben hatte, kam auch seinem Schwiegersohne Robinson zu Gute; denn kaum hatte Elliot, in Folge einer langwierigen Krankheit, seine Augen geschlossen, so trugen die Rheder der Fortuna seinem Schwiegersohn die Führung des herrlichen Schiffes an. Mit Recht schloß man, daß der ein Biedermann sein müsse, dem Capitain Elliot seinen besten Schatz, die einzige geliebte Tochter, zum Eigenthume gegeben hatte.

So stand also Capitain Robinson nach dem Tode seines Schwiegervaters als Befehlshaber und Führer auf dem Verdeck der Fortuna und zwar unter noch günstigeren Aussichten, als der wackere Elliot: die Rheder hatten ihm einen Antheil an dem Gewinne zugesagt und wenn die Geschäfte nur einigermaßen gingen, so konnte der junge Capitain in einigen Jahren ein wohlhabender Mann sein.

Daß er das werden würde, dazu hatte es den besten Anschein. Er brachte zu einer sehr gelegenen Zeit eine Ladung Gewürze von den molukkischen Inseln bei Asien und der Gewinn war für die Rheder so bedeutend, daß eine Summe von 10,000 Mark, etwa 4000 Thaler preußisch für den thätigen und umsichtigen Robinson abfiel. Dieses Vermögen vermehrte sich noch im Laufe einiger Jahre und man durfte glauben, daß unser Capitain binnen Kurzem ein reicher Mann sein würde.

Wenn ihm diese Aussicht eine erfreuliche war, so war dies mehr um seine liebe Frau und sein einziges Söhnchen William, als weil er den Reichthum an und für sich schätzte. Diesen beiden Geliebten eine angenehme, sorglose Existenz verschaffen zu können, der Gedanke war es, der seine Seele mit Freude erfüllte und ihn ohne Murren den größesten Gefahren trotzen ließ.

So hatte Robinson schon fünf bis sechs Reisen mit der Fortuna gemacht und auf jeder derselben bedeutende Vortheile für die Rheder und sich selbst erzielt, als der Vorsteher des Hauses, ein eben so braver als geschickter und vorsichtiger Kaufmann, starb. Zwei Söhne, die zum Kaufmannsstande erzogen worden waren, erbten sein Vermögen und seine weltberühmte Handlung. Allein des Vaters Geist ruhte nicht auf ihnen: sie wollten noch reicher werden, als sie ohnehin schon waren, ließen sich auf große Speculationen ein und, da diese mißglückten, sahen sie sich nach Verlauf einiger Jahre um all ihr Erbgut gebracht. Ihnen blieb fast nichts mehr übrig, als die Fortuna, das seither vom Capitain Robinson geführte Schiff.

Aber auch dieses Besitzthum war im Grunde nur noch ein eingebildetes; denn die Fortuna war durch die Reihe von Jahren, die sie See gehalten hatte, so morsch und schadhaft geworden, daß Capitain Robinson erklärte: es hieße das Leben seiner Matrosen und sein eigenes auf's Spiel setzen, wenn er noch eine Reise damit machte, und aus diesem Grunde verweigerte er es geradehin.

Man kann sich vorstellen, wie ungelegen eine solche Erklärung den beiden jungen Rhedern kam, besonders in diesem Augenblick, wo sie fast ihre letzte Hoffnung auf die Fortuna gesetzt hatten. Sie ließen auch nicht mit Bitten und Vorstellungen nach, bis sie Robinson dahin vermocht hatten, noch eine Reise mit der Fortuna zu machen, nachdem diese nothdürftig ausgebessert worden war.

Es war ein sehr trüber Abend, als der Capitain Abschied von seiner lieben Anna und seinem Söhnchen William nahm, um sich an den Bord der Fortuna zu begeben. Zum ersten Male in seinem Leben empfand er eine Anwandlung von Furcht; zum ersten Male, seitdem er in das Mannesalter getreten, drängte sich ihm eine Thräne zwischen die Wimpern, als er seine Frau und sein Kind umarmte, indem er Abschied von ihnen nahm. Auch sie konnten sich diesmal nicht von ihm losreißen; auch sie hingen laut schluchzend an seinem Halse und bedeckten ihn mit ihren Thränen und Küssen: allen dreien war, als gälte es einen Abschied auf immer.

Aber es mußte doch geschieden sein und früh am andern Morgen, mit Anbruch des Tages, segelte die Fortuna die Elbe hinab. Ein frischer Ostwind schwellte ihre weißen Segel und da sich die Ebbe mit dem günstigen Winde vereinte, erreichte die Fortuna schon nach wenigen Stunden die Nordsee bei Cuxhafen. An diesem Orte nahm Capitain Robinson, wie es gebräuchlich ist, Lootsen an Bord, die ihn durch die gefährlichen Stellen bis in die offene See führen mußten, wo er selbst sein Schiff zu lenken verstand.

Da es unter meinen lieben jungen Lesern und Leserinnen gewiß viele gibt, die nicht wissen, was *Lootsen* für Leute sind, will ich es ihnen erklären. Man benennt Männer mit diesem Namen, die eine so vollkommene Kenntniß des Fahrwassers haben, daß sie die Tiefen, Klippen und Sandbänke auf das Genaueste kennen. Solcher Hindernisse für die Schifffahrt gibt es nun am meisten an der Mündung der Flüsse, weßhalb man an solchen Orten gewöhnlich Lootsen annimmt, um keinen Schaden zu leiden. Ist man aber über die gefährlichen Stellen hinaus, so besteigen die Lootsen ihr an das große Seeschiff angehängtes kleineres Fahrzeug und kehren in den Hafen zurück.

Das thaten auch die Lootsen der Fortuna. Beim Scheiden händigte Capitain Robinson denselben noch einen Brief an seine liebe Frau mit dem Befehl ein, ihn in Cuxhafen auf die Post zu geben, und er kam der Madame Robinson auch richtig zu Händen. Ach! er sollte das letzte Lebenszeichen sein, das die arme Frau von ihrem geliebten Manne erhielt!

Zwar war die Fortuna noch in dem Hafen von Vera Cruz eingelaufen und hatte daselbst eine Ladung an Bord genommen, mit der Robinson nach Hamburg zurückkehren wollte; allein seit dem Augenblick, wo man die Fortuna von diesem Hafen aus dem Gesichte verlor, wurde nichts weiter von ihr gesehen noch gehört. Aller Wahrscheinlichkeit nach war also das Schiff gesunken, indem es, alt und morsch wie es war, zu viel Wasser geschöpft hatte.

So vergingen sechs Monate, ohne daß Frau Robinson etwas von ihrem lieben Manne, die Rheder etwas von der Fortuna hörten und jetzt fing man an, sich erst leisen, dann immer heftigeren Besorgnissen hinzugeben. Endlich waren neun Monate, dann ein rundes Jahr verstrichen und die Fortuna war noch immer nicht in den Hafen eingelaufen. Da konnte die arme Frau nicht länger an ihrem Unglück zweifeln: ihr geliebter Mann war auf der See geblieben und sie sollte ihn nie wieder sehen!

Ihr Schmerz war grenzenlos und sie brachte Tag und Nacht fast nur mit Weinen zu. Ihr einziger Trost war der kleine William, der ganz das Ebenbild seines guten Vaters und ein schöner, freundlicher Knabe war. Wenn er die Mutter weinen sah, umschlang er ihren Hals mit seinen beiden Ärmchen und bat: »Gute Mutter, weine doch nicht! Ich will auch ganz artig sein und Dir und dem lieben Vater keinen Kummer machen!« Wenn er aber das sagte, dann weinte die Mutter noch heftiger und er endlich mit ihr.

In einem alten Sprichwort heißt es: »Ein Unglück kommt selten allein.« Dieser Spruch schien sich auch an Frau Robinson bewähren zu wollen. Ein Jahr war kaum seit dem Verschwinden ihres Gatten dahingeflossen, so erklärten die jungen Kaufleute, denen die Fortuna zugehört hatte, daß sie ihren Gläubigern nicht gerecht werden, das heißt, ihre Schulden nicht bezahlen könnten. Eine solche Erklärung heißt man *bancerott* machen. Das Wort stammt aus dem Italienischen von *Banca rotta* – zerbrochenen Bank – her, indem es in Genua Gebrauch war, den Kaufleuten, die nicht bezahlen konnten, zum Schimpfe die Zahlbank zu zerschlagen oder zu zerbrechen.

Einen solchen Bancerott machten nun die jungen Kaufleute und da der Kapitain Robinson ihnen all sein erworbenes Geld anvertraut hatte, ging es mit verloren. Frau Robinson erhielt von dem Vielen, das man ihr schuldete, nur eine sehr geringe Summe ausbezahlt und von dieser war schon nach einem Jahre kein Heller mehr übrig, da die Arme durch den erlittenen großen Kummer in eine schwere Krankheit verfallen war, die ihre letzten Hülfsmittel aufzehrte.

Endlich durch die Hülfe der Ärzte von dieser Krankheit wieder genesen, sah sich die arme Frau aller Hülfsmittel für ihre eigene und ihres Kindes Existenz beraubt. Sie mußte also darauf denken, durch Arbeit ihren Unterhalt zu verdienen und so suchte sie eine ihren Kräften und Fähigkeiten angemessene Beschäftigung. Man kam ihren Wünschen freundlich entgegen und gab ihr feine Wäsche zum Nähen. Sie verrichtete diese Arbeit eine Zeitlang mit großem Fleiße und der ihr eigenthümlichen Pünktlichkeit; allein zu ihrem nicht geringen Erschrecken entdeckte sie, daß ihre Augen nicht mehr recht dienen wollten und sie sie theils durch das viele Weinen, theils durch die feine die Sehkraft allzusehr anstrengende Arbeit gänzlich verdorben hatte. Sie befragte jetzt einen Arzt und dieser erklärte ihr, daß, wenn sie nicht gänzlich erblinden wolle, sie die feine Arbeit ganz aufgeben und eine andere Lebensweise ergreifen müsse.

»Wovon soll ich aber?« rief die arme Frau bei dieser Erklärung im höchsten Grade erschrocken aus, »mich und mein armes Kind in Zukunft ernähren? Sie werden wissen, lieber Herr Doktor«, fügte sie mit einem schweren Seufzer hinzu, »daß ich meinen geliebten Mann und zu gleicher Zeit auch das von ihm erworbene Vermögen verloren habe, folglich durch Arbeiten Brod für mein Kind und mich erwerben muß.«

»Wohl weiß ich das, liebe Madame Robinson«, erwiederte ihr der Arzt, der ein vortrefflicher Mann und ein wahrer Menschenfreund war; »aber ich muß trotz dem bei meinem Ausspruche beharren und Sie dringend ermahnen, für die Folge ihres Lebens allen feinen, die Augen anstrengenden Arbeiten zu entsagen.«

»So würde mir nichts weiter übrig bleiben, als mein Kind an die Hand zu nehmen und von Haus zu Haus betteln zu gehen«, sagte sie, indem ein Strom von Thränen ihr über die bleichen Wangen schoß, »und das Herr Doktor, vermöchte ich nicht. Lieber sterben, als betteln!«

»Kommen Sie morgen um dieselbe Stunde wieder zu mir«, sagte der Arzt nach einem kurzen Nachdenken. »Ich will die Sache mit meiner Frau überlegen; sie ist wohlmeinend und verständig; ich hoffe, sie wird uns irgend einen Ausweg zeigen können, und was an mir liegt, so können Sie auf mich rechnen; so weit es meine Kräfte erlauben, will ich Ihnen beistehen. Ich bin leider noch ein junger Arzt und besitze kein eigenes Vermögen; auch ist meine Praxis noch klein, sonst würde ich gewiß mehr thun, als ich jetzt werde thun können. Sorgen Sie indeß weder für die Bezahlung meiner ärztlichen Bemühungen, noch für die Medicin und wenden Sie die Ihnen von mir verschriebenen Medicamente sorgfältig an.«

Er reichte ihr bei diesen Worten zum Abschiede die Hand und die arme, grambeladene Frau kehrte in ihre bescheidene Wohnung zurück. Am andern Morgen war sie wieder bei ihrem zur Hülfe willigen Freunde. Dieser schien sie schon erwartet zu haben und führte sie zu seiner Frau, die sie zu sich auf den Sopha lud und sie auf das Liebevollste und Zuvorkommendste empfing. Gute und gefühlvolle Menschen sind stets am höflichsten gegen Unglückliche; niedere Seelen dagegen kriechen vor Reichthum, Ansehen und Macht. Wenn ich Personen hart und unhöflich mit Leidenden, in ihrem Vermögen Heruntergekommenen umgehen sehe, dann habe ich gleich keine gute Meinung weder von ihrem Herzen, noch von ihrem Verstande.

»Meine liebe Madame Robinson«, sagte die treffliche Frau, indem sie ihr die Hand reichte, mit jener herzgewinnenden Freundlichkeit, die Leidenden so wohl thut, »mein guter Mann hat mir von Ihnen und Ihrem unverschuldeten Leiden erzählt, indem er mich zugleich aufforderte, Ihnen nach Kräften mit Rath und That zu Hülfe zu kommen. Nach längerem Nachsinnen ist mir ein Ausweg eingefallen. Da drüben«, – sie wies auf ein gegenüberliegendes Häuschen – »wohnte eine Frau, die sich lange Zeit hindurch anständig durch den Verkauf von Südfrüchten und allerlei Eingemachtem ernährte. Es war freilich bei dem kleinen Handel nicht viel übrig; allein er schützte die Frau gegen Mangel und Sorge. Seit wenigen Tagen ist sie gestorben und das Häuschen steht zur Miethe. Wenn Sie wollen, miethen *wir* es für Sie – der sehr geizige Hauswirth würde es wohl schwerlich ohne eine genügende Bürgschaft an *Sie* vermiethen – und strecken Ihnen ein Sümmchen zum Ankaufe der nöthigen Artikel vor. Auf diese Weise, so scheint es mir, würden Sie das Nothwendige erwerben können, ohne Ihre armen Augen noch ferner anzustrengen. Was sagen Sie zu diesem Vorschlage?«

Die gute Frau Robinson glaubte die Stimme eines Engels zu hören, als sie diese Worte vernahm. Es fehlte nicht viel, so wäre sie der trefflichen Frau zu Füßen gefallen, um ihr zu danken, wie es ihr Herz ihr gebot; sie hatte kaum Worte, nur Thränen.

»Nicht wahr«, fragte ihre Wohlthäterin gerührt, »nicht wahr, Sie gehen auf meinen Vorschlag ein und mein Mann macht noch heute die Sache mit dem Hauswirthe richtig, damit uns kein Anderer zuvorkomme?«

»O, wenn Sie die Güte haben wollten!« stammelte Frau Robinson, indem sie die Hände der Trefflichen ergriff. Sie wollte mehr sagen, vermochte es aber vor Rührung nicht.

»Die Sache ist so gut wie abgemacht«, entgegnete ihr diese, »und jetzt, ich bitte Sie, beruhigen Sie sich, regen Sie sich nicht zu sehr auf«, fügte sie liebevoll hinzu; »mein Mann behauptet, daß Sie solche Gemüthsbewegungen nicht gut ertragen können, und namentlich Ihren Augen dadurch schaden würden.«

Frau Robinson ging jetzt und schon nach acht Tagen bezog sie mit ihrem lieben William die neue Wohnung und trat ihr neues Geschäft an.

2.

Drei Jahre hindurch verlebte Frau Robinson, wenn auch nicht in Glück und Freude – denn noch immer konnte sie sich nicht über den Verlust ihres Mannes trösten – doch in Friede und ohne allzuschwere Sorge in dem ihr von dem wackern Arzte gemietheten Hause. Das Geschäft war leicht und nicht eben unangenehm und William, der jetzt zwölf Jahre alt geworden war, ging ihr in seinen Musestunden so wacker dabei zur Hand, als wäre er noch einmal so alt gewesen. Er war ein überaus sinniger und verständiger Knabe, der auf Alles Acht gab und schnell diesen und jenen ihm gezeigten Handgriff begriff. In der Schule, die er fast unausgesetzt besuchte – so wollte es seine verständige Mutter – liebten ihn die Lehrer und seine Mitschüler, weil er gegen erstere stets ehrerbietig, gegen die letzteren hülfreich und freundlich war. Man konnte ihn freilich nicht eben einen großen Kopf nennen, und ein Licht der Gelehrsamkeit würde wohl schwerlich, selbst bei dem besten Unterrichte, aus ihm geworden sein; allein er war fleißig, sinnig und ein höchst verständiger Knabe, der zu mechanischen Arbeiten eine große Neigung hatte; auch wollte er, wie er sagte, entweder ein Tischler oder Drechsler werden und die Mutter hatte nichts dagegen, daß er ein Handwerk ergriffe.

Die edle Familie, welche sich der Frau Robinson in der Zeit ihrer Noth so menschenfreundlich angenommen, hatte indeß seit länger denn einem Jahre Hamburg verlassen, indem der junge Arzt einem ehrenvollen Rufe nach Rußland folgte, wo er bei der Armee als Stabsarzt angestellt wurde. Er hatte nämlich das Glück gehabt, einem reisenden, sehr reichen und vornehmen Russen, einem Prinzen, durch seine große Geschicklichkeit und Sorgfalt das Leben zu retten. Als dieser heimgekehrt war, empfahl er dem Kaiser seinen Erretter so dringend, daß man den geschickten Mann unter den glänzendsten Bedingungen nach Rußland berief, wo er in der Folge eben so reich als angesehen wurde.

Durch diesen Zufall hatte Frau Robinson ihre großmüthigen Beschützer verloren, und so glücklich es für diese war, so unglücklich war er für die arme Frau. Kurz nach der Abreise der Beiden fiel es einem Speculanten ein, die kleinen Häuser, wovon Frau Robinson das eine bewohnte, zu kaufen, sie bis auf den Grund niederreißen und an deren Stelle große, prachtvolle Häuser erbauen zu lassen, und da er dem Besitzer der kleinen Wohnungen eine ansehnliche Summe bot, war man des Handels bald einig. Frau Robinson mußte also ihre bisherige Wohnung, in der es ihr so wohl ergangen war, verlassen und sich nach einer andern umsehen. Da sie in der Gegend als eine redliche und zuverlässige Frau bekannt war und fürchten mußte, ihre Kundschaft zu verlieren, wenn sie in einen andern Theil der sehr großen Stadt zöge, sah sie sich in der Nähe ihrer bisherigen Wohnung nach einer andern um. Allein die Häuser waren zum Theil so groß und die Miethe so theuer, daß ihr endlich nichts weiter übrig blieb, als einen eben frei werdenden Keller zu miethen.

Dies war ein enger, trauriger und düsterer Aufenthalt; nur auf wenige Augenblicke fiel ein Sonnenstrahl in das kleine, dumpfe Stübchen und die noch kleinere Schlafstätte entbehrte sogar gänzlich des lieben Tageslichts. Indeß mußte man sich doch noch glücklich schätzen, diese Wohnung um einen mäßigen Preis erstanden zu haben und Williams Umsicht und Liebe wußte sie zu verschönern.

An Sparsamkeit von Jugend auf gewöhnt, hatte er alle seine Schulhefte aufgehoben und beklebte mit dem dadurch gewonnenen Papier die nur mit Kalk beworfenen Wände. Als er damit fertig und alles gehörig getrocknet war, verschaffte er sich Farbe und einen Malerpinsel und strich die Papierwände so eben und gut mit einer hellen Farbe an, daß das Ganze wirklich ein recht freundliches Ansehen gewann. Dann zog er auch vor dem kleinen Fenster des Stübchens eine Menge Blumen, die er sich zu verschaffen gewußt hatte. Da er bei Allen beliebt war, gab ihm bald dieser, bald jener seiner Mitschüler ein hübsches Pflänzchen oder auch nur einen Absenker und er verstand es so zu hegen und zu pflegen, daß es in kurzer Zeit freudig emporwuchs und Stengel, Blüthen und Blumen trieb. So oft er eine Stunde Zeit hatte, beschäftigte er sich mit seinen Blumen, trug sie ins Freie hinaus, begoß und putzte sie und hatte seine herzinnige Freude daran, wenn die Blicke seiner lieben Mutter mit Wohlgefallen darauf ruhten.

An diesem Orte verlebte man so noch ein Jahr und es schien, als ob das Schicksal müde geworden sei, die arme Frau Robinson zu verfolgen. Die alten Kunden blieben ihr getreu und der kleine Handel ging ganz so gut, wie vorher. Da, als man sich dessen nicht versah, miethete einer der ersten Fruchthändler der Stadt, ein Mann, der bereits durch diesen Handel reich geworden war, eins der neu erbauten Häuser und etablirte sich in demselben, indem er einen Gehülfen hineinsetzte.

Alle nur erdenklichen Früchte und die Leckereien aller Zonen und Welttheile wurden hinter Spiegelfenstern zur Schau ausgestellt; in krystallenen Gefäßen schwammen Forellen und Goldfische; hier glühten Orangen, Citronen und Apfelsinen; dort dufteten Ananasse, Melonen und Granatäpfel; von den köstlichsten Trauben waren Guirlanden gebildet, Käse standen da in Ananasform; Kastanien, Rosienen, Mandeln u. s. w. bildeten den Hintergrund; kurz, Alles was nur Auge und Gaumen reizen konnte, war da und in der größesten Fülle.

Wie armselig nahm sich dagegen der Keller der Frau Robinson aus! Auch sah Keiner mehr auf denselben nieder, sondern die Blicke aller Vorübergehenden wendeten sich auf das großartige Etablissement in dem schönen Hause; Alles strömte dahin, während der Keller fast gänzlich verödete.

Dies war ein furchtbarer Schlag für die Vielgeprüfte und hätte sie nicht Gott im Herzen gehabt, nicht ihm vertraut, so würde sie diesem neuen Unglücke vielleicht erlegen sein. Sie aber wandte Herz und Auge zum Himmel empor und sagte: »Herr, in Deine Hände lege ich mein Geschick: Du wirst wissen, wozu mir diese neue Prüfung nütz ist und Dein Kind nicht allzusehr prüfen. Dein heiliger Wille geschehe im Himmel, wie auf Erden. Amen!«

Trotz dieses frommen, unerschütterlichen Vertrauens zu ihrem himmlischen Vater trat ihr aber doch eine Thräne in das Auge, wenn sie an die Zukunft ihres lieben Williams dachte. Denn die Zeit war nahe, wo er zu einem Meister in die Lehre gethan werden mußte und dazu war vor allen Dingen Geld erforderlich. Woher aber dieses nehmen, da der Erwerb so schmal geworden, daß man an manchen Tagen sich kaum an trockenem Brode satt essen konnte? Wenn man den Keller hätte verlassen und in einem andern Theile der Stadt eine andere Wohnung miethen können, so wäre vielleicht noch alles gut gegangen; allein das konnte man nicht, da man, in der Furcht, vielleicht von dem Hauswirthe in der Miethe aufgetrieben zu werden, den Keller auf Contract, das heißt, auf mehrere Jahre gemiethet hatte. Man mußte also bleiben, wo man war und seinem völligen Ruin entgegensehen.

So standen die Sachen, als der Fruchthändler, welcher das große Haus gemiethet hatte, zur nicht geringen Verwunderung der Frau Robinson an einem Morgen zu ihr eintrat und sie fragte; ob sie geneigt sei, seinem Geschäfte vorzustehen? wofür er ihr eine billige Vergütung geben, auch die Miethe für den Keller auf sich nehmen wolle.

Zu dieser Anfrage wurde er durch den Umstand veranlaßt, daß er entdeckt hatte, wie der von ihm eingesetzte Gehülfe ihn um bedeutende Summen betrogen. Er mußte ihn also aus dem Dienste jagen und sich nach einer redlichen, auch mit dem Geschäfte vertrauten Person umsehen. Man schlug ihm dazu Frau Robinson vor, deren Charakter man ihm sehr rühmte, und da sie überdieß diese Art von Handel kannte, stand er nicht an, auf sie zu reflectiren.

Ein solcher Vorschlag war nicht zu verachten; allein der hinkende Bote kam nach: Herr *Berger* – so hieß der große Fruchthändler – forderte von Frau Robinson, daß sie sich schon jetzt von ihrem Sohne trennen und ihn in die Lehre geben solle, obgleich er noch nicht das gehörige Alter und die erforderlichen Körperkräfte erlangt hatte. »Denn«, sagte er, »so ein Bürschchen kann leicht in Verführung gerathen und könnte es mir eben so mit ihm ergehen, wie mit meinem früheren Gehülfen, der mein Geld verthat und mich in großen Verlust brachte.«

Vergebens betheuerte ihm Frau Robinson, daß er dergleichen von ihrem William nicht zu befürchten habe: er blieb bei seiner Meinung und seinen Ansichten und verließ sie mit den Worten:

»Überlegen Sie meinen Vorschlag: ich lasse Ihnen bis Morgen Mittag Zeit. Gehen Sie dann nicht auf denselben ein, so muß ich mich nach einer andern Hülfe umsehen.«

»Mutter«, nahm William das Wort, »liebe Mutter, Du solltest den Vorschlag des Herrn Berger nur annehmen, und Dir keine unnöthige Sorge um mich machen.«

»Was redest Du mein Kind?« versetzte die Mutter, »bist Du doch mein Ein und mein Alles, und lebe ich nur noch für Dich!«

»O, ich weiß, welche große Liebe Du mir schenkst«, versetzte William gerührt; »aber ich dächte, daß ich doch vielleicht schon einen Meister fände, der mich zu sich nähme, obschon ich noch nicht das gehörige Alter habe. Ich würde in diesem Falle ein Jahr länger Lehrbursche sein müssen und das wollte ich gerne, wenn ich Dich nur einer so schweren Sorge überhoben sähe. Erlaubst Du mir«, fügte er schmeichelnd hinzu, »erlaubst Du, liebes Mütterchen, mir, zu dem Meister Brandt zu gehen, und ihn zu fragen, ob er mich schon jetzt zu sich nehmen und mich in seinem Handwerke unterrichten wolle? Ich denke, daß er es thun werde, da er gut und freundlich ist und mir versprochen hat, daß er mein Lehrherr werden wolle.«

Die Mutter machte noch einige Einwendungen gegen diesen Vorschlag, dann aber willigte sie, den dringenden Bitten Williams nachgebend, endlich doch ein und der gute Knabe sprang die Gasse hinunter, um sich zum Tischlermeister Brandt zu begeben, der nicht weit von ihnen wohnte.

Er fand den Meister, einen freundlichen und geschickten Mann, in seiner Werkstatt beschäftigt. Als er unsern William eintreten sah, ließ er die fleißige und kunstfertige Hand, die den Hobel führte, einen Augenblick ruhen, um sie ihm zur Bewillkommung entgegen zu strecken.

»Nun«, sagte er, »da bist Du wieder, um zuzusehen? Es gefällt mir an Dir, daß Du schon jetzt eine so große Neigung für Dein künftiges Geschäft hast und in Deinen Mußestunden meiner Arbeit zusiehst. Aus Dir wird, so hoffe ich zu Gott, einmal ein tüchtiger Mann in unserm Fache werden und ich freue mich schon auf die Zeit, wo Du zu mir ins Haus und in die Lehre treten wirst.«

»Lieber Meister«, antwortete ihm William etwas schüchtern, wie man es allemal zu sein pflegt, wenn man eine Bitte vorzutragen hat, von deren Gewährung viel für uns abhängt. »Lieber Meister Brandt, sollte es nicht möglich sein, daß Ihr mich schon jetzt gleich, wo möglich schon Morgen, zu Euch in die Lehre nähmet?«

»Wenn das von mir abhinge«, versetzte der wackere Mann freundlich, »so nähme ich Dich lieber heute als morgen um so mehr, da ich so eben einen Lehrburschen habe fortschicken müssen, der träge, unlustig zur Arbeit, verlogen und mit so vielen andern Fehlern behaftet war, daß ich ihn nicht bei mir behalten konnte, schon meiner Kinder wegen, die er mir vielleicht mit verdorben haben würde. Ich muß mich daher nach einem andern Lehrburschen umsehen und« .....

»Der werde *ich* sein? nicht wahr?« unterbrach ihn William mit freudig bewegter Stimme.

»Der würdest Du unfehlbar sein«, versetzte der Meister, »wenn Du zwei Jahre älter und schon confirmirt wärest.«

»O, confirmirt könnte ich ja später werden«, sagte William, »und was mein Alter anbetrifft, so könnte es Euch, lieber Meister, wohl gleichgültig sein, wenn ich nur die erforderlichen Kräfte und Fähigkeiten besäße; ich gelobe Euch aber, daß ich durch Fleiß und Aufmerksamkeit ersetzen will, was mir noch an Jahren abgeht.«

»Weßhalb wünschest Du denn aber, sofort bei mir einzutreten?« forschte der Meister; »Du hast Dich doch nicht etwa gar mit Deiner braven Mutter erzürnt und wünschest deßhalb, sie auf der Stelle zu verlassen?«

»Gott bewahre!« rief William, dem bei dieser Äußerung des Meisters das Blut in die Wangen stieg, und nun erzählte er dem guten Manne mit seiner gewohnten Offenheit, wie die Sachen standen und was es eigentlich war, das ihn zu dem Wunsche bewog, die geliebte Mutter schon jetzt zu verlassen.

Brandt hörte ihm mit theilnehmender Aufmerksamkeit zu, dann, als er geendet hatte, reichte er ihm die Hand und sagte mit gerührter Stimme:

»Wie glücklich würde ich sein, wenn ich Deinen Wunsch gewähren könnte; das kann ich aber leider nicht. Wir Handwerker haben unsere eigenen Gesetze und die verbieten es uns, einen Knaben, der noch nicht das fünfzehnte Jahr erreicht hat und noch nicht confirmirt ist, in die Lehre zu nehmen. So leid es mir also auch thut, so muß ich Dir Deine Bitte abschlagen.«

Das war nun für unsern William ein trostloser Bescheid. Er war mit der größten Hoffnung hergekommen, da er der Güte Brandt's fest vertraute, und hoffnungslos sollte er jetzt von ihm scheiden. Der Gedanke, was jetzt aus seiner guten Mutter werden solle, preßte ihm bittere Thränen aus, deren Strom Meister Brandt vergebens zu hemmen bemüht war.

In dem Augenblick, wo diese am heftigsten flossen, öffnete sich die Thür der Werkstatt und ein Mann von mittleren Jahren, von untersetzter, kräftiger Gestalt, mit einem von der Sonne gebräunten Gesichte, trat zu den Beiden ein. Seine Kleidung war sehr fein und ganz neu, hing ihm aber ziemlich weit auf dem Leibe; er hatte einen weißlichen Kastorhut auf dem Kopfe; um den Hals war ein buntes, seidenes Tuch geknüpft, dessen Zipfel weit auf die Brust herabfielen; er trug sehr weite Hosen von blauem Tuche, eine lange, goldene Uhrkette mit einem halben Dutzend goldener Uhrschlüssel und Pettschaften daran und aus der Tasche seines Rockes guckte ein hochrothes, seidenes Schnupftuch hervor. Unser William erkannte auf den ersten Blick einen Schiffskapitain in diesem Manne und im Andenken an seinen lieben, verschollenen Vater schlug sein Herz mächtig beim Anblick desselben.

Da er sich, als die Thüre sich öffnete, nach dem Eintretenden umgesehen hatte, blickte dieser ihm in das von Thränen überströmte Gesicht und mit seemännischer Freundlichkeit auf ihn zugehend, sagte er:

»Was ist denn dem Jüngelchen, daß es so weint?«

William eröthete über und über bei dieser Frage des fremden Mannes und Kapitain *Hansen* – dies war sein Name – der es bemerkte, fuhr fort:

»Du brauchst Dich vor mir Deiner Thränen nicht zu schämen, Kleiner; freilich wenn Du ein großer Kerl wärest und flenntest dann, so würd' ich 'ne schlechte Idee von Dir bekommen. Sag' mir lieber, was Dir ist, vielleicht kann ich Dir helfen.«

»Das arme Kind ist übel daran«, nahm jetzt Meister Brandt das Wort, und nun erzählte er dem Kapitain, wie die Sachen standen. Dieser hörte ihm mit gespannter Aufmerksamkeit und sichtbarer Theilnahme zu; dann, als er geendet hatte, nahm er das Wort und sagte:

»Dem armen Jungen und seiner Mutter würde leicht zu helfen sein, wenn beide keine Abneigung gegen das Seeleben hätten.«

»Die habe ich gewiß nicht«, antwortete ihm William, »waren doch mein Vater und Großvater eben so gut Schiffscapitaine, als, wie ich glaube, der Herr es sind.«

»So? Dein Vater und Großvater waren Seeleute?« fragte Kapitain Hansen überrascht. »Wie hießen sie, mein Jüngelchen?«

»Mein Großvater hieß Elliot und mein Vater Arthur Robinson«, versetzte William, schon etwas dreister.

»Das sind Namen, die zur See guten Klang halten«, nahm Hansen wieder das Wort. »Ich hörte oft von ihnen reden, sowohl in Europa, als in andern Welttheilen, und es freut mich, daß ich die Bekanntschaft des Sohnes und Enkels so braver Leute gemacht habe«, fügte er liebevoll hinzu. »Hoffentlich bist Du, mein Kind, nicht aus der Art geschlagen und wenn dem so sein sollte, würde es eine große Freude für mich sein, erst aus Dir eine tüchtige Theerjacke,[1] dann aber einen Capitain zu machen, wie es Deine Vorfahren waren. Hättest Du wohl Lust, mit mir auf die See zu gehen?«

William eröthete bei diesem Vorschlag über und über. Es war ihm bis jetzt noch gar nicht eingefallen, daß ein solcher Ausweg ihm übrig

---

1   In der seemännischen Sprache nennt man so die Matrosen.

bliebe, um seine gute Mutter von der Sorge um ihn zu befreien und so überraschte er ihn um so mehr. Hansen, der sein Erröthen falsch deuten, sagte:

»Wenn Du Dich aber fürchtest, so bleib' lieber zu Hause: ein Seemann muß vor allen Dingen Muth in der Brust haben und sich vor Nichts fürchten.«

»O, ich fürchte mich vor dem Wasser gewiß nicht«, war die Antwort Williams, »und wenn meine gute Mutter nur wollte, wie ich will, so wäre der Handel bald geschlossen.«

»So befrage Deine Mutter«, versetzte der Capitain, »und bringe mir Morgen, zwischen acht und neun Uhr, Deine Antwort. Hier ist meine Adresse«, fügte er hinzu, indem er ein Blatt Papier aus seiner Brieftasche riß und seinen Namen und seine Wohnung darauf bemerkte. »Du mußt Dich aber schnell entschließen«, fuhr er fort; »mein Schiff liegt segelfertig und ich warte nur noch auf günstigen Wind, um den Hafen zu verlassen. Bringst Du mir Morgen früh bis neun Uhr keine Antwort, so suche ich mir einen andern Jungen, denn ich muß einen haben; Du aber würdest mir der liebste sein, da Du von so wackern Seeleuten abstammst.«

Der Capitain wandte sich jetzt an Meister Brandt, mit dem er von Geschäften zu sprechen hatte, und unser William, dem durch den Vorschlag Hansens eine neue Welt aufgegangen war, eilte mit schnellen Schritten nach seiner Wohnung zurück, um ihn der Mutter mitzutheilen.

3.

Als die Mutter ihn so eilig und mit vor Freude glühenden Wangen bei sich anlangen sah, glaubte sie schon, daß Meister Brandt auf den Wunsch Williams eingegangen sei und ihm versprochen habe, ihn schon jetzt zu sich in das Haus zu nehmen. Diese glückliche Täuschung währte aber nur wenige Augenblicke, indem William ihr die abschlägige Antwort des Tischlers, zugleich aber den Vorschlag Hansens, ihn mit auf die See nehmen zu wollen, mittheilte. Die gute Frau wurde todtenbleich vor Schrecken, als William sie dringend bat, ihm ihre Erlaubniß zur Mitreise nicht versagen zu wollen und nach einem kurzen Nachdenken erklärte sie mit Bestimmtheit, daß sie lieber Alles erdulden, als ihr Liebstes dem unsichern Elemente anvertrauen wolle.

»Ich habe«, sagte sie unter Thränen, »kein anderes Gut auf Erden, als Dich und der Gedanke, mich von Dir trennen zu sollen, würde völlig unerträglich für mich sein. Möge daher kommen was da will: ich lasse Dich nicht und will lieber Hunger und Kummer mit Dir ertragen, als getrennt von Dir im Wohlleben schwelgen.«

Vergebens bot William seine ganze kindliche Beredsamkeit auf, sie zu einem andern Entschlusse zu bringen: sie beharrte bei dem einmal gefaßten und befahl ihm, sofort zu dem Capitain Hansen zu gehen, um diesem zu sagen, daß er nicht auf ihn rechnen und sich sobald als möglich einen andern Kajütenwächter suchen möge.

Mit schwerem Herzen und zum ersten Male mit innerm Widerstreben gehorchte William ihr. Nicht mit schnellen Schritten sondern langsam und niedergedrückt, wanderte er den Vorsetzen zu, wo sich die Wohnung des Capitains befand. Er traf diesen nicht zu Hause an, wohl aber seine Frau, die ihm sagte, daß ihr Mann so eben an Bord gegangen sei, weil der Wind sich gedreht habe.

»Da es möglich ist«, fügte die Frau Capitainin hinzu, »daß mein Mann noch heute absegelt, lasse ich mich sogleich an das Schiff fahren, um Abschied von ihm zu nehmen, und wenn Du willst, kannst Du mit mir gehen, um selbst Deine Bestellung an ihn auszurichten.«

William, der noch nie, so weit seine Erinnerung reichte, auf einem großen Schiffe gewesen war, nahm diesen Vorschlag mit Freuden an und ehe noch eine halbe Stunde vergangen war, befanden Beide sich am Bord der *Hoffnung*, wie das große, prächtige vom Kapitain Hansen befehligte Kauffarteischiff hieß.

Als der Capitain ihn mit seiner Frau an Bord kommen sah, lächelte er ihm freundlich zu und sagte:

»Nun, ich sehe, Du bist von ächtem Schrot und Korn und zauderst nicht, Dein Glück auf dem schönen Elemente zu versuchen. Es ist mir sehr lieb, daß Du da bist; der Wind ist so günstig als möglich und in einer Stunde geht es vorwärts. Es würde mich, da ich fest auf Dich gerechnet, in große Verlegenheit gesetzt haben, wenn Du nicht gekommen wärest.«

»Ach, lieber Herr Capitain«, versetzte William mit unsicherer, fast von Thränen erstickter Stimme, »ich bin nicht hier, um mit Ihnen in

See zu gehen, sondern um Ihnen zu sagen, daß meine Mutter mir mit Bestimmtheit die Erlaubniß verweigert hat, ein Seemann zu werden.«

»Ei, da mußt Du, sofern Du wirklich Neigung zum Seeleben hast, es ihr über den Kopf nehmen«, antwortete ihm Hansen. »Die Mütter sind gar zaghafte, ängstliche Geschöpfe«, fügte er hinzu. »Mit der meinigen ging es mir nicht besser; die hätte weit lieber einen Federfuchser aus mir gemacht, als einen Seemann; ich aber schlug ihr ein Schnippchen und ehe sie es sich versah, schwamm ich auf dem Meere. Als ich einmal fort war, mußte sie sich schon trösten und beruhigen, und das wird auch die Deinige thun, wenn die Sache einmal nicht mehr zu ändern ist. Nicht wahr, Du bleibst bei mir?« schloß er seine Rede, indem er William die Hand reichte.

»Ach, dürfte ich das doch, ohne eine Sünde zu begehen«, sagte der arme Knabe, dem die hellen Thränen über die Wangen flossen, »aber der liebe Gott würde es mir, denke ich, nie vergeben, wenn ich meine gute, liebevolle Mutter durch solchen Ungehorsam betrübte; es könnte überdieß ihr Tod sein, wenn sie nicht wüßte, wo ich geblieben wäre.«

»Dafür dürfte leicht Rath geschafft werden«, versetzte der Capitain. »Meine Frau kehrt an's Land zurück und die könnte Deiner Mutter schon Bescheid sagen. Wo wohnt sie?«

William nannte ihm die Gasse und die Hausnummer, bestand aber trotz dem darauf, daß er mit der Frau Capitainin an's Land zurückkehren wolle.

»Du kannst Dir das noch ein Weilchen überlegen«, sagte Hansen nach einem kurzen Nachdenken: »das Schiff segelt noch nicht ab und Du wirst noch immer vor Dunkelwerden an's Land kommen können. Komm mit in die Kajüte und verzehre ein Waizenbrod mit mir; dabei kannst Du überlegen, was Du zu thun hast.«

William, der wirklich mit sich selbst kämpfte, folgte dieser Einladung und Capitain Hansen bewirthete seinen jungen Gast auf das Beste. Er bot ihm auch ein Gläschen Cognac an, das William, der nie dergleichen gekostet hatte, aber verschmähte. Hansen ließ darauf eine Flasche süßen Weins, Mallaga, bringen und drang William ein Gläschen davon auf; es mundete ihm, da der Wein sehr süß und angenehm war. Er kannte die Gefahr eines so feurigen Getränkes nicht und trank in aller Unschuld, schon halb von dem ersten Glase berauscht, ein zweites, vielleicht gar ein drittes; denn schon wußte der arme Knabe nicht mehr, was er that, und bevor noch ein Viertelstündchen vergangen war, lag er in einem so tiefen Schlafe auf dem Sopha in der Kajüte des Capitains, daß die Welt hätte untergehen können, ohne daß er es bemerkt haben würde.

»Du willst ihn also mit Gewalt und wider seinen Willen mitnehmen?« fragte die Frau des Capitains, einen mitleidigen Blick auf den armen Schlafenden wendend, ihren Mann.

»Gewiß will ich das«, versetzte Hansen mit einem häßlichen Lachen; »kam er mir doch eben recht und ist mir völlig unentbehrlich. Du weißt, welche Mühe ich mir gegeben habe, einen Schiffsjungen zu erhalten, nachdem der frühere, aus Amerika mitgebrachte, mir hier entlaufen ist, und jetzt sollte ich die gute Gelegenheit unbenutzt lassen, mir das durchaus nothwendige Subjekt zu verschaffen?«

»Was wird aber die Mutter des armen Knaben sagen? wie wird sie sich ängstigen und grämen!« wandte die gute Frau ein. »Ich glaube, daß ich vor Angst stürbe, wenn mir das begegnete«, fügte sie hinzu; »Du solltest ihn wecken und mit mir an's Land gehen lassen!«

»Daß ich ein Narr wäre!« rief Hansen unwillig. »Wollte man auf Weibergeschwätz hören und auf Weiberthränen sehen, so würde man zu Nichts in der Welt kommen. Laß mich mit Deinen Vorstellungen in Ruhe und kehre Du in Gottesnamen allein an das Land zurück. In einer Stunde sind wir aus dem Hafen und, wenn der Wind so bleibt wie er jetzt ist, schon über Nacht in See. In dieser Jahreszeit hat man keine Stunde zu verlieren; der Dezember ist nahe und wenn ich mich nicht spute, friert mir die Hoffnung gar noch hier ein.«

Die Frau, welche ihren Mann genau kannte und recht gut wußte, daß man durch Vorstellungen nichts über seinen starren, bösen Sinn gewann, wandte ihr Auge seufzend von dem armen Schläfer ab und schickte sich an, das Schiff ohne ihn zu verlassen, was sie that, nachdem sie einen kurzen Abschied von ihrem Manne genommen hatte.

Die Sache war die, daß Capitain Hansen in dem Rufe eines bösen Mannes und argen Tyrannen stand, weßhalb es ihm allemal schwer fiel, sein Schiff zu bemannen, am allerschwersten aber, einen Kajütenwächter zu finden, weil diese armen Unglücklichen, in seiner unmittelbaren Nähe lebend, es schlimmer als die wirklichen Matrosen hatten, die, da sie bereits Männer waren, ihm bei vorkommenden Gelegenheiten die Stirn boten.

Sobald er den armen William bei dem Tischlermeister erblickte, fuhr der Gedanke ihm durch den Kopf: das könnte wohl ein Schiffsjunge für dich sein, und er nahm die Miene großer Freundlichkeit gegen den armen Getäuschten an, um ihn desto sicherer ins Netz zu locken. Es war auch nicht an dem, daß er von dem Vater und Großvater William's etwas gehört hatte; da es ihm aber auf eine Lüge mehr oder minder nicht ankam, brachte er auch die vor, daß ihm der Name und Ruf derselben bekannt sei.

Trotz dem wäre ihm sein Vorhaben mißlungen und er hätte ohne Kajütenwächter absegeln müssen, wenn der Zufall den armen William nicht an Bord und in die Gewalt des bösen Mannes geführt hätte; so wie der Knabe aber das Verdeck betreten hatte, gelobte Hansen es sich, daß er nicht wieder von Bord solle, und wir haben gesehen, durch welches abscheuliche Mittel er seinen bösen Willen durchzusetzen wußte.

Während nun William im tiefsten Schlafe in der Kajüte des Capitains lag und die Hoffnung alle ihre Segel entfaltete, um den Hafen noch vor Anbruch der Nacht zu verlassen, stand Frau Robinson eine unbeschreibliche Angst um ihr armes Kind aus. Es dämmerte bereits und noch immer war William nicht wieder da. Der Weg bis zu den Vorsetzen, wo, wie sie wußte, Capitain Hansen seine Wohnung hatte, war zwar weit; aber trotz dem hätte der Knabe, wenn ihm kein Unfall zugestoßen, doch schon längst zurück sein müssen. Endlich wurde es völlig dunkel und das Geräusch in den Gassen nahm bereits ab; mit jeder dahinschwindenden Minute vermehrte sich die Angst der armen Frau und diese nahm endlich so sehr überhand, daß sie ihren Keller zuschloß und sich auf den Weg nach den Vorsetzen machte, wo sie sich nach der Wohnung des Capitains Hansen erkundigen wollte.

Obgleich sie so schnell ging, als es ihre Kräfte nur irgend erlaubten, war es ihr doch, als ob sie nicht von der Stelle käme. Endlich hatte sie die Vorsetzen erreicht und nach langem Fragen auch die gesuchte Wohnung gefunden. Bevor sie diese betrat, mußte sie erst einige Augenblicke an der Thüre stehen bleiben, um Athem und Muth zu schöpfen; denn was sollte wohl aus ihr werden, wenn man ihr auch hier keine Nachricht über ihren William ertheilen könnte?

Nach einigen Minuten der Erholung drückte sie den Thürklopfer nieder und trat in das Haus. Es war völlig dunkel auf der Flur und es herrschte eine Stille in der Wohnung, als wäre sie gänzlich unbewohnt. Erst als sie mehrere Male und mit immer lauterer Stimme »guten Abend!« gerufen hatte, öffnete sich im Hintergrunde der Flur eine

Thür und eine noch ziemlich junge Frau trat, mit einem Lichte in der Hand, aus derselben ihr entgegen.

»Bin ich hier recht?« fragte Frau Robinson mit vor Angst und Beklemmung bebender Stimme; »ich suche den Herrn Schiffskapitain Hansen?«

»Wenn Sie den zu sprechen wünschen«, antwortete ihr die Frau, »so kommen Sie leider zu spät: mein Mann ist bereits seit einigen Stunden abgesegelt.«

»So habe ich die Ehre, seine Frau zu sprechen«, fragte die arme Mutter.

»Ihnen zu dienen«, war die Antwort; »aber treten Sie gütigst zu mir ein«, fügte die Capitainsfrau hinzu, indem sie die Stubenthür öffnete.

»Verzeihen Sie meine Zudringlichkeit, liebe Madame«, nahm Frau Robinson wieder das Wort; »einer armen Mutter, die schier vor Angst vergeht, werden Sie gewiß einige Nachsicht schenken. Ich suche meinen Sohn, den ich mit einem Auftrage an Ihren Mann schickte, und der, ganz wider seine Gewohnheit, nicht wieder nach Hause zurückgekehrt ist. Mein Name ist Robinson; vielleicht hörten sie ihn von Ihrem Manne nennen, der so gütig sein wollte, meinen William mit sich zu nehmen, was ich aber nicht zugeben konnte.«

»Ach! Sie sind die Mutter des jungen Menschen?« antwortete ihr die Capitainin nicht ohne Verlegenheit. »Es freut mich«, fuhr sie nach einigem Zögern fort, denn ihr fiel die Lüge eben so schwer, als sie ihrem Manne leicht fiel, »es freut mich, Ihnen sagen zu können, daß er sich in seiner neuen Lage ganz wohl befindet und wahrscheinlich vollkommen glücklich fühlt, da er seinen Beruf mit großer Liebe ergriffen hat.«

»Von welchem Berufe reden Sie, Madame?« fragte Frau Robinson erbleichend; »sollte mein William, der bisher der zärtlichste, gehorsamste und beste Sohn war, wider meinen ausdrücklichen Willen gehandelt und sich bei Ihrem Manne als Kajütenwächter verdungen haben?«

»Ich weiß nichts davon, ob es mit oder gegen Ihren Willen geschah«, versetzte die Gefragte sichtbar verlegen; »nur so viel kann ich Ihnen sagen, daß ihr Sohn mit meinem Manne gegangen ist und jetzt wahrscheinlich schon mehrere Meilen von hier auf der Elbe schwimmt.«

Wie ein Donnerschlag traf diese Nachricht die arme Mutter: sie gab in diesem Augenblick ihr geliebtes Kind, ihr einziges Gut auf Erden, nicht nur leiblich, sondern auch moralisch verloren; denn was durfte sie noch von einem Sohne erwarten, der so lieblos gegen sie gehandelt, sie so getäuscht hatte?

Ihr wurde dunkel vor den Augen; die Knie wankten unter ihr und sie wäre, von einer Ohnmacht befangen, zu Boden gesunken, wenn die Frau Hansen ihren Zustand nicht bemerkt hätte und ihr zur Hülfe gekommen wäre. Sie eilte auf die Schwankende zu, unterstützte sie mit ihren Armen und führte sie zum Sopha, wo sie dem Anscheine nach ohne Leben niedersank.

Die Frau Hansen war im ersten Augenblick so erschrocken, daß sie nicht wußte, was sie thun, was beginnen solle. Dann lief sie zur Klingel und zog diese mit Heftigkeit an, um ihre Magd herbei zu rufen, die sie, so wie sie eingetreten war, zum nächsten Arzt schickte. So wie dieser den Zustand der Frau Robinson untersucht hatte, erklärte er, daß die Krankheit nicht viel zu bedeuten habe und gab ihr einige starke Sachen zu riechen, um sie aus ihrer Ohnmacht zu erwecken. Unter diesen Bemühungen kam die Leidende bald wieder zu sich und ihr Gefühl machte sich in einem Strome von Thränen Luft.

Frau Hansen weihte ihr die innigste Theilnahme, und hatte sie vorher schon in ihrem Herzen die Handlungsweise ihres Mannes getadelt, so that sie es jetzt, wo sie die arme Mutter einer so großen Betrübniß hingegeben sah, doppelt; aber sie hatte trotz dem nicht den tugendhaften Muth, ihr die Wahrheit zu sagen, obgleich sie ihren Kummer dadurch um die Hälfte hätte vermindern können; denn immer und immer wieder rief Frau Robinson mit schmerzlich bewegter Stimme:

»Das konnte mir ein Kind thun, welches ich mit so vieler Liebe groß gemacht habe? Auf solche Weise konnte mein William mich hintergehen, er, den ich für die Redlichkeit und Aufrichtigkeit selbst hielt?«

Weniger betrübte sie die Trennung von dem geliebten Sohne, als der Flecken, der scheinbar durch dieselbe auf sein Gemüth und seinen Charakter fiel: und durch ein einziges Wort hätte Frau Hansen sie hierüber beruhigen können. Mußte sie aber nicht die schändliche Handlungsweise ihres Gatten zugleich mit enthüllen? Dieser Gedanke verschloß ihr die Lippe und sie ließ die Mutter mit der ganzen Last ihres Kummers von hinnen gehen. Dies war ein großes, unverzeihliches Unrecht von der sonst so guten und gefühlvollen Frau.

4.

Indeß schwamm die *Hoffnung*, von einem frischen Ostwinde getrieben, majestätisch mit geblähten Segeln die Elbe hinunter und nahm bei Cuxhafen die Lootsen ein. William schlief, von dem starken und ihm völlig ungewohnten Wein benebelt, als wolle er nie mehr erwachen: hatte er doch schon sonst einen festen gesunden Schlaf, wie er der lieben Jugend eigenthümlich ist, und mußte am Morgen stets von der guten Mutter mehrere Male geweckt werden, um die Schulstunden nicht zu versäumen. Das Geräusch auf dem Verdecke störte ihn nicht, da er es in seiner Vaterstadt gewohnt geworden war, bei einem solchen zu schlafen.

Hoch stand bereits, trotz der weit vorgerückten Jahreszeit, die liebe Sonne am östlichen Himmel, als er endlich erwachte. Er setzte sich über Erde, rieb sich die Augen, fühlte nach seinem Kopfe, der ihn sehr schmerzte, wie es nach einem gehabten Rausche der Fall zu sein pflegt, und sah mit verwirrten Augen umher. Alle ihn umgebenden Gegenstände waren ihm völlig unbekannt und schon wollte er sich wieder zum Schlafe niederlegen, weil er zu träumen glaubte, als er den Capitain zu sich eintreten sah.

»Nun, Jüngelchen«, sagte dieser lachend, »das nenne ich geschlafen!«

»Wo bin ich denn?« fragte William, indem er sich die Augen rieb.

»Wo Du bist?« fragte der Capitain gleichfalls. »Weißt Du denn nicht mehr, daß Du Dich an Bord der *Hoffnung* und schon mitten im Meere befindest?«

Bei diesen Worten sprang der arme Knabe vollends auf und sein eben noch vom Schlafe geröthetes Gesicht wurde todtenbleich.

»So habe ich die Zeit verschlafen und das Schiff ist mit mir fortgesegelt?« rief er mit dem Tone des höchsten Entsetzens aus. »Großer Gott! was soll jetzt aus mir armen Knaben, was aus meiner unglücklichen Mutter werden? und wird sie sich nicht gar zu Tode um mich grämen? Setzt mich, Herr Capitain, ich flehe Euch darum um Gotteswillen an, setzt mich sobald als möglich an's Land! Wenn es auch noch so weit ist, will ich gerne zu Fuße nach Hamburg zurücklaufen; gute Menschen werden mir schon den Weg dahin zeigen; denn es wäre doch gar zu traurig, wenn meine gute Mutter aus Kummer um mich und meinen vermeinten Ungehorsam stürbe, oder sich ihre lieben, ohnehin so kranken Augen blind weinte.«

»Närrchen«, versetzte der Capitain, dessen böses Herz sich an der Angst des armen Knaben ergötzte, »Närrchen, vom Festlande wird nicht eher die Rede sein, bis wir die Insel Java, bei Asien, erreicht haben: denn dahin steuern wir, und Du mußt Dich schon auf dem Wasser zufrieden geben. Was aber Deine Mutter anbetrifft, so wird sie sich schon bei meiner Frau nach Dir erkundigen und von der hören, wie die Sachen stehen; Du aber denke von nun an nur darauf, Deine Pflichten am Bord gehörig zu erfüllen, und mir keine Gelegenheit zur Unzufriedenheit zu geben, denn sonst würde es Dir nicht gut ergehen.«

Vergebens bat und beschwor William noch ferner den bösen Mann, ihn ans Land setzen zu lassen, da er nicht wußte, daß dies unter den gegenwärtigen Umständen völlig unmöglich sei; und wäre es auch möglich gewesen, so würde Capitain Hansen doch nie darein gewilligt haben, seine Beute wieder fahren zu lassen. Dem armen William blieb also nichts weiter übrig, als sich in sein Schicksal zu ergeben, was er nach vielen vergossenen heißen Thränen that.

Seiner Mutter wurde aber doch am folgenden Tage, als sie ihr Unglück den theilnehmenden Nachbarn klagte, ein großer Trost. Auf dem Wege zu dem Capitain war William nämlich einem seiner Schulgefährten, der gleichfalls in der Nachbarschaft wohnte, begegnet, und diesem hatte er erzählt, daß er zu dem Capitain Hansen gehe, um ihm im Namen seiner Mutter zu sagen, daß diese nicht in seine Entfernung willige, und bei dieser Gelegenheit hatte er gegen den Schulfreund geäußert: »Er würde um keinen Preis wider den Willen seiner Mutter mit dem Capitain gehen, denn das würde eine große Sünde sein.«

Diese Mittheilung beruhigte die gute Frau Robinson in Etwas und sie dachte sich ungefähr den Zusammenhang der Sache. Eine große Last war ihr vom Herzen genommen, als sie sich sagen mußte, daß ihr William an den ihr bereiteten Schmerzen gewiß unschuldig sei; ihn schuldig, ungehorsam und lieblos zu wissen, das war es, was sie so sehr zu Boden gedrückt hatte. Ihre Thränen flossen also sanfter, und wie immer legte sie voll Vertrauen ihr eigenes und das Geschick ihres theuren Kindes in die Hände ihres himmlischen Vaters.

Der Wind blieb indeß günstig; er hatte sich gedreht, als man die Elbe verließ und wehte jetzt so, daß man gar bald die hohe See und schon nach einigen Tagen den Kanal erreichte. Man nennt die Meerenge zwischen Frankreich und England so, wie diejenigen unter Euch Geliebten schon wissen werden, die sich bereits etwas mit der eben so angenehmen als nützlichen Wissenschaft der Erdbeschreibung oder Geographie vertraut gemacht haben. Die Passage durch den Kanal, den die Franzosen *La Manche* nennen, wird von den Seeleuten für eine gefährliche gehalten, der vielen Klippen und Felsenriffe wegen, die an beiden Küsten, sowohl an der französischen als an der englischen angetroffen werden. Indeß mußte man es dem Capitain Hansen zum Ruhme nachsagen, daß er, wenn auch kein guter, gefühlvoller Mensch, doch ein tüchtiger Seemann war, und da Wind und Wetter günstig blieben, hatte man bald den gefährlichen Kanal hinter sich und steuerte in den großen atlantischen Ocean hinein, der seine ungeheuren Wasserflächen zwischen den beiden Welttheilen Europa und Amerika ausbreitet. Den großen Weltmeeren, deren man in der Geographie fünfe zählt, gibt man aber den Namen *Ocean*.

Ich bitte diejenigen unter Euch, die durch diesen »neuen Robinson« nicht blos unterhalten, sondern zugleich auch belehrt sein wollen, und deren werden hoffentlich recht viele sein, eine Weltcharte oder ein *Planiglobium* zur Hand zu nehmen und unserm jungen Reisenden auf derselben zu folgen. Es ist eine schöne Fähigkeit, stets das Nützliche mit dem Angenehmen zu verbinden, und ich ermahne Euch, sie zeitig zu üben. Ihr werdet dadurch nach und nach eine Menge Kenntnisse erlangen, die Euch sonst vielleicht fremd blieben. Jetzt aber zurück zu unserm Robinson, der seinen, in England häufig vorkommenden Namen nicht vergebens führte, da das Schicksal ihn dazu ausersehen hatte, ähnliche Begebenheiten zu erleben, wie der, den Vater Campe, zum Ergötzen so vieler Kinder, in seinem vielgelesenen Buche geschildert hat.

Unser William Robinson war also auf dem hohen Meere und fing bereits an, sich mit seinem Schicksale auszusöhnen, da er einsehen gelernt hatte, daß es ein unabänderliches sei. Zwar war Capitain Hansen ein strenger, ja sogar böser und ungerechter Gebieter, der seine schlimme Laune stets an seiner Umgebung ausließ; allein William hatte es doch besser bei ihm, als die frühern Schiffsjungen, weil er sanft, geduldig und stets aufmerksam gegen seinen Herrn, stets freundlich und dienstfertig gegen seine Mitmannschaft war. Hatte der Capitain einmal seine böse Laune – und diese trat allemal ein, wenn Wind und Wetter der Fahrt nicht günstig waren, weßhalb die Matrosen ihn unter sich immer nur die *Wetterfahne* nannten – so ging William ihm klug aus dem Wege und verdoppelte seine Aufmerksamkeit gegen ihn. Er trat dann so leise auf, daß man ihn kaum hören konnte, und sah immer nach den Augen des See-Tyrannen, um jeden leisen Wunsch desselben zu errathen, bevor er noch nöthig hatte, ihn auszusprechen. Sein von Natur gutes Gedächtniß und die große Geschicklichkeit, welche er sich bei allen Handhabungen durch frühzeitige Übung erworben hatte, kamen ihm jetzt sehr zu statten. Er führte pünktlich die ihm ertheilten Befehle aus, ließ weder Teller, Tassen noch Gläser fallen, wie andere plumpe Schiffsjungen es häufig gethan hatten, und hielt die Kajüte des Capitains so rein und ordentlich, daß auch nicht ein Stäubchen darin zu entdecken war. Er dachte, so lange sein Dienst dauerte, nicht an andere Dinge, sondern nur an seine Pflichten und Obliegenheiten. Abends aber, wenn er sein hartes Lager aufsuchen und die ermüdeten Glieder darauf ausstrecken durfte, dann gedachte er der jetzt so fernen Heimath, der geliebten Mutter und ihrer Zärtlichkeit für ihn, und manche Thräne floß aus seinen Augen und benetzte sein hartes Kopfkissen von Seegras.

Es konnte nicht fehlen, daß ein Charakter, wie der unsers William, nicht eine gewisse Gewalt auf das rohe, unfreundliche Gemüth des Capitains ausüben mußte. Ohne daß dieser selbst einmal eine Ahnung davon hatte, liebte er den stillen, freundlichen und behenden Knaben, und weil er ihn liebte, ging er besser mit ihm um, als mit irgend einem Andern der Mannschaft; Alle aber gönnten William diesen Vorzug von Herzen, weil er gegen Jeden gut und gefällig war, auch nie die Vorliebe des Capitains dazu mißbrauchte, die übrigen Matrosen bei ihm zu verklagen oder ihm von diesen begangene kleinere oder größere Versehen mitzutheilen.

Die Neigung, welche Capitain Hansen nach und nach für William faßte, gab sich nicht blos dadurch kund, daß er ihm von Zeit zu Zeit von den bessern Speißen, die auf seine Tafel kamen, etwas mittheilte, sondern auch dadurch, daß er in vielen andern Dingen für ihn sorgte. So war unser neuer Robinson durch seine Kleidung nicht wenig in Verlegenheit gesetzt. War er doch wie er ging und stand nur mit den Kleidern, die er anhatte, zur See gegangen und hatte nicht einmal ein zweites Hemd zum Wechseln mitnehmen können. Man kann sich vorstellen, wie schrecklich eine solche Entbehrung für den an strenge Reinlichkeit gewöhnten William sein mußte, und seine Noth wurde noch größer, als er sein schmutziges Hemd nicht mehr unter der Jacke verbergen konnte, an der bald alle Knopflöcher ausgerissen waren, weil er sie täglich und bei der schwersten Arbeit auf dem Leibe hatte. Er sah auch bald einem schmutzigen, zerlumpten Bettler so ähnlich, wie *ein* Ei dem andern; nur Gesicht und Hände konnte er rein halten und das that er.

Endlich bemerkte der Capitain seinen üblen Zustand und sagte:

»Du siehst ja aber verteufelt zerlumpt aus! Hast Du denn nichts Anderes anzuziehen?«

»Ach nein!« versetzte der arme Knabe, und dabei schossen ihm die hellen Thränen über die Wangen.

Der Capitain, welcher nicht leiden konnte, daß Jemand weinte, wollte schon auffahren, als er sich plötzlich besann und sagte:

»Daran habe ich wahrhaftig nicht gedacht! Du bist ja ohne alle weitere Kleidung, als die, welche Du am Leibe hattest, an Bord gekommen. Nun«, fügte er freundlicher hinzu, »dem soll abgeholfen werden und zwar gleich. Für's Erste will ich Dir eins von meinen Hemden geben, damit Du wechseln und das waschen und ausbessern kannst, was Du bis jetzt getragen, und Franz, der, wie ich gehört habe, einem Schneider aus der Lehre gelaufen ist, um ein Seemann zu werden, – woran er nach meinem Bedünken sehr gut that – Franz soll Dir sogleich von meinem abgesetzten Zeuge einen andern Anzug machen, damit Du nicht länger wie eine Vogelscheuche unter uns umher gehst.«

Gesagt, gethan! Capitain Hansen war gewohnt, das, was er wollte, schnell ins Werk gerichtet zu sehen, und so vergingen nicht zwei Tage, als William schon seinen neuen, netten Anzug hatte. In seinem ganzen Leben hatte er sich noch nicht so über eine neue Kleidung gefreut, als über diese; er kam sich so verändert darin vor, daß er sich einige Augenblicke mit Wohlgefallen in dem sonst sorgfältig mit den Blicken vermiedenen Spiegel betrachtete. Vor allen Dingen aber erfreute ihn das reine Hemd und er konnte es nicht genug befühlen und betrachten. So lernen wir erst durch die Erfahrung den hohen Werth mancher Güter kennen, die wir, eben weil sie uns bisher nicht gefehlt haben, weil wir glaubten, sie *dürften* uns nicht fehlen, nicht gehörig zu schätzen wußten und sie ohne Dank gegen Gott und Menschen hinnahmen. Auch unser William, so gut und dankbar er im Ganzen war, hatte nie daran gedacht, seiner guten Mutter dafür zu danken, daß sie stets für seine Kleidung und Wäsche eine so große Sorgfalt gehabt hatte; jetzt aber dankte er ihr aus voller Seele dafür und Thränen der Rührung traten ihm dabei in die Augen.

5.

Um von Europa nach Asien zu kommen, muß man den ganzen atlantischen Ocean durchschiffen und dann von diesem, indem man um das äußerste südliche Vorgebirge Afrikas, das sogenannte Cap, biegt, in den großen indischen Ocean übergehen. Am Cap oder, wie es auch genannt wird, dem *Vorgebirge der guten Hoffnung*, mußte man anlegen, um Wasser und Lebensmittel einzunehmen, weil die Vorräthe, die man von Hamburg mitgenommen, nicht weiter reichen wollten.

Wie wohl that es unserm jungen Seemanne, als er, nachdem er so lange nur das bewegliche Element des Wassers unter sich gehabt hatte, endlich den festen Boden wieder betrat! Wie lange hatte er kein grünes Blatt gesehen, keinen Vogelgesang gehört, in kein anderes Menschen-Antlitz geschaut, als in das der Matrosen und des Capitains, die die Reise mit ihm gemacht! Wie ein junges Füllen, das nach langen Wintertagen aus dem Stalle hervorgeholt, zuerst die grüne Weide wieder betritt, sprang er am Ufer umher und jauchzte laut auf vor Freude, als er den ersten, grünen Baum wieder erblickte. Überdies bot dieser ihm einen ganz neuen, überraschenden Anblick dar, denn es war eine Palme, die er zwar bereits in Abbildungen, aber noch nie in der Natur gesehen hatte. Er lief in vollen Sprüngen auf den herrlichen Baum zu und umfaßte den knotigen Stamm desselben mit seinen beiden Armen, wie er sonst in der Freude seines Herzens oft bei seiner lieben Mutter gethan hatte. Dabei liefen ihm die hellen Thränen über die Wangen; sie flossen diesmal aber nicht dem Schmerze, sondern dem Entzücken.

Nachdem sich dieses einigermaßen gelegt hatte, sah er sich weiter um und gewahrte in einiger Entfernung eine Gruppe von Bäumen, deren Kronen ziemlich rund, wie die der in seiner Vaterstadt gesehenen Kugel-Akazien, waren. Er eilte darauf zu und wurde schon aus der Ferne durch den lieblichen, fast betäubenden Duft der schneeweißen Blüten auf die Vermuthung gebracht, daß er Orangenbäume vor sich habe. Als er näher kam, sah er an den goldgelben Früchten, womit diese Bäume bedeckt waren, daß er sich in seiner Meinung nicht geirrt habe. Nicht nur die Zweige waren mit Blüten und reifen und halbreifen duftigen Früchten bedeckt, sondern sie lagen auch in Massen abgefallen am Boden, wie bei uns Äpfel und Birnen, wenn der Sturm die Fruchtbäume im Herbste geschüttelt hat. Viele davon waren noch frisch und gut, andere aber schon verfault, weil sich Keiner darum zu bekümmern schien, sie aufzulesen. Unser William hatte zwar großen Appetit, seinen brennenden Durst durch diese eben so duftigen als saftigen Früchte zu löschen; da ihm aber seine Mutter die größeste Ehrfurcht vor dem Eigenthume Anderer eingeflößt hatte, wagte er es doch nicht, sich zu bücken und einige von den herrlichen, am Boden liegenden Orangen aufzuheben, bis andere Matrosen von dem Schiffe sich zu ihm gesellten und, indem sie sich die Taschen und Mützen mit Orangen füllten, ihm sagten: daß es hier Jedem erlaubt sei, so viele Früchte zu nehmen, als ihm beliebe, indem sie wild wächsen und Allen gleichsam zugehörten. Sie konnten das wissen, da sie schon mehrere Male das Vorgebirge der guten Hoffnung besucht hatten und hier eben so gut Bescheid wußten, wie in ihrer Heimath. Er ließ sich das nicht zwei Mal sagen und erquickte sich jetzt auch an den duftigen Früchten.

»Komm nur weiter mit uns«, sagte jetzt *Jakob*, ein bereits ziemlich alter Matrose, dessen stark gebräuntes Gesicht verrieth, daß er schon lange zur See gefahren; »komm nur, wir wollen Dir etwas noch Besseres zeigen, als diese süßen Orangen. In dieser Gegend wächst eine Rebe, deren Früchte nicht Ihresgleichen in der ganzen übrigen Welt hat. Der davon gewonnene Wein wird, nach dem Weinberge, von dem man ihn erzielt, *Constanzia* genannt und so theuer in Europa verkauft wie kein anderer Wein; die Trauben aber sind das Köstlichste, was der Mensch nur genießen kann.«

»Gehört denn auch dieser Weinberg Niemanden an und darf man auch von ihm Trauben pflücken, ohne Jemanden nahe zu treten?« fragte William, als man bei demselben angelangt war.

»Das nun wohl nicht«, versetzte Jakob, durch diese unerwartete Frage des Knaben etwas in Verlegenheit gesetzt; »vielmehr würde der Besitzer, ein Holländer, es sehr übel vermerken, wenn er uns dabei ertappte, daß wir von seinen Trauben nähmen, aus denen er einen so großen Gewinn zu ziehen versteht; wer aber würde sich wohl daran kehren, wo es etwas so Gutes zu erhaschen gibt?« fügte er hinzu.

»Ich werde mich wohl daran kehren«, versetzte William; »fern sei es von mir, mir das Geringste mit Unrecht anzueignen. So hat meine brave Mutter es mir gelehrt und dabei will ich, so lange ich lebe, bleiben.«

»Thue das, mein Sohn!« ließ sich jetzt plötzlich eine Stimme vernehmen, die, Allen ganz unerwartet, hinter einer dichten Hecke hervorkam, und zu gleicher Zeit erhob sich ein menschliches Antlitz hinter derselben. Die Andern, welche sich schuldig fühlten – sie hatten ja stehlen wollen – ergriffen erschrocken die Flucht; unser William, dessen Gewissen völlig rein war, blieb aber stehen und sah den alten Mann, der ihr Gespräch belauscht hatte, furchtlos an.

»Ich habe Alles gehört, mein Sohn«, sagte der Besitzer des Weinbergs – denn er war es selbst – »und freue mich, die Bekanntschaft eines so braven jungen Menschen gemacht zu haben. Bleibe bei Deinen guten Grundsätzen und es wird Dir stets wohl ergehen. Warte aber einen Augenblick: ich will Dich für Deine Redlichkeit belohnen, indem ich Dir die sonst fest verschlossen gehaltene Pforte meines Weinbergs öffne und Dich in denselben führe, damit Du Dich nach Herzenslust an meinen guten Trauben sättigest; denn für einen so braven, redlichen Burschen habe ich immer noch einige davon übrig. Den andern aber würde es schlecht bekommen sein, wenn sie, über den Zaun steigend, auf anderm Wege in meinen Weinberg gedrungen wären. Ich muß auf solche ungeladene Gäste gefaßt sein, da Jeder, der hier landet, von meinen weitberühmten Trauben naschen will, und würde wohl schwerlich eine einzige davon in die Kelter bringen, wenn ich nicht die gehörige Vorsicht angewendet hätte. Zu dem Ende ließ ich mir *Fußangeln* aus Europa herüberkommen und legte sie dicht an der Hecke rund um den Weinberg. Von Zeit zu Zeit habe ich Warnungstafeln aufgestellt, auf denen in allen lebenden Sprachen zu lesen ist, welches Unheil die häßlichen Näscher in meinem Weinberge erwartet; denn ungewarnt sollten selbst diese nicht in ihr Unglück gehen.«

Als er diese Worte geendet hatte, öffnete er mit einem schweren Schlüssel, den er bei sich trug, die große und hohe eiserne Pforte und lud unsern William zum Eintritt, zugleich aber auch zum Genusse seiner herrlichen Trauben ein, wobei er ihm seine Lebensschicksale erzählte, die seltsam genug waren. Als ein armer Knabe war er aus Holland, seinem Geburtslande, auf einem großen Handelsschiffe nach dem Cap gekommen und Krankheits halber daselbst zurückgeblieben. Ein Deutscher nahm sich des Verlassenen an, weßhalb er auch die deutsche Sprache vollkommen gut sprach und verstand. Durch Fleiß und Redlichkeit erwarb er sich im Laufe der Jahre einiges Vermögen, kaufte darauf den Weinberg, dessen Werth man damals noch nicht kannte, für eine geringe Summe an, kultivirte die üppig wachsenden Reben desselben, grub und düngte den sehr steinigten, trockenen Boden gehörig und sah sich nach einigen Jahren in dem Besitze eines Weinbergs, um den jeder ihn beneidete und der ihn nach und nach durch seinen Ertrag zum reichen Manne machte.

Dieses Alles erzählte der freundliche Greis unserm William, während dieser sich, auf seine Einladung, an Trauben sättigte, von deren Köstlichkeit und Würze man in Europa keinen Begriff haben kann. Als William nicht mehr zu essen vermochte, füllte er ihm Mütze, Taschen und sein Sacktuch auch noch mit Trauben an, ermahnte ihn dringend, auch ferner stets auf Gottes Wegen zu gehen, und entließ ihn endlich mit seinem Segen.

Dieses Abentheuer war das angenehmste, das unser junger Freund noch in seinem, freilich kurzen, Leben erlebt hatte und selbst noch als Greis erinnerte er sich desselben mit großer Freude, indem er zugleich behauptete, ihm habe nie wieder etwas so geschmeckt, wie diese ihm mit so großer Liebe und Freundlichkeit geschenkten Trauben.

Als er endlich zu seinen, ihn in einiger Entfernung erwartenden Genossen zurückkehrte, erzählte er ihnen, was ihm begegnet war und vertheilte die ihm mitgegebenen Trauben an sie.

»Wetter!« rief der alte Jakob, als William ihm von den von dem Holländer gelegten Fußangeln erzählte. »Da hätten wir schön ankommen und uns vielleicht für unsere ganze Lebenszeit unglücklich machen können; denn mit den Dingern ist nicht zu spassen und wer zufällig darauf tritt, wird leicht zum Krüppel, weil sie tief in den Fuß eindringen und oft unheilbare Wunden zurücklassen.«

Man hatte wirklich Gott für die Abwendung einer so großen Gefahr zu danken; unser William ging für die Mittheilung seiner auf rechtlichem Wege erworbenen Trauben auch nicht leer an Dank aus und Alle waren höchlichst zufrieden.

Es war bereits ziemlich spät, als man von diesem, mit Erlaubniß des Capitains unternommenen Ausfluge zurückkehrte und Capitain Hansen donnerte und fluchte schon über das allzulange Ausbleiben. Er besänftigte sich indessen, als er William, den er schon gar nicht mehr entbehren konnte, mit zurückkehren sah. Er hatte sich nämlich selbst Vorwürfe darüber gemacht, daß er diesem erlaubt hatte, mit den Andern ans

Land zu gehen, da er fürchten mußte, daß der auf so hinterlistige Weise Angeworbene ihm entfliehen und Schutz bei der Behörde gegen ihn suchen würde; er war daher herzlich froh, als er ihn wiederkommen sah. An dergleichen dachte aber Williams redliche, arglose Seele nicht einmal; auch hatte er sich jetzt bereits an das Seeleben gewöhnt, um so mehr, da Capitain Hansen ihn wider seine sonstige Gewohnheit ziemlich gut behandelte.

Für einen jungen, strebsamen Menschen, der sich gern in der Welt umsieht und auf Alles merkt, muß eine Reise in so entfernte Gegenden auch immer einen großen Reiz haben. Jeden Tag, ja jede Stunde, gab es da etwas Neues und die Quelle der Belehrung versiegte keinen Augenblick. Bald war es ein Delphin, der neben dem Schiffe herschwamm, bald ein fliegender Fisch, der sich in seinem silbernen Schuppenkleide aus der grünen Tiefe emporschnellte; bald ein gräulicher Hayfisch, der seinen gestachelten Rachen weit öffnete, um seine Beute zu erhaschen, der seine Aufmerksamkeit und Wißbegierde auf sich zog. Bald sah man in großer Entfernung graue, gezackte Nebelwölkchen am Horizonte aufsteigen und die erfahrenen Seeleute erklärten ihm, daß es die Berge der entfernten Küste wären, die er erblickte, bald ließ sich ein Wandervogel, ermüdet von der weiten Reise über das unendliche Meer, auf die Spitze des Mastes nieder, um auszuruhen und wurde mit lautem Jubel von der Mannschaft begrüßt; bald warf man, bei Windstille, Netze und Angelhacken aus, um die Bewohner der kühlen Tiefe zum leckern Mahle zu fangen; bald schwammen die Trümmer gescheiterter Schiffe an ihnen vorüber und gaben reichlichen Stoff zu Erzählungen von Schiffbrüchen und andern Unfällen zur See; bald endlich theilte der alte Jakob, der ein lebendiges Magazin von Sagen und Mährchen war, der aufmerksamen ihm zuhörenden Mannschaft die allerschönsten Sagen mit; kurz, es fehlte weder an Unterhaltung, noch an Abwechslung an Bord, und so gefiel sich endlich unser William gar sehr in seinen neuen Verhältnissen; ja, hätte der Gedanke an den großen Kummer, den seine gute Mutter erdulden würde, seine Heiterkeit nicht oft getrübt, so würde er sich vielleicht vollkommen glücklich gefühlt haben.

6.

Nach dem ersten glücklich abgelaufenen Versuche, den der Capitain mit unserm William gemacht hatte, stand er nicht an, diesem ebensowohl als der übrigen Mannschaft die Erlaubniß zu ertheilen, die sogenannte Capstadt zu besuchen. Hier bekam unser junger Freund viel Merkwürdiges zu sehen, unter andern sah er dort auch die *Hottentotten*, wie die Holländer diese, an der Südspitze Afrika's lebende Nation nennen, die sich selbst *Quanquis* nennt. Die gelbbraune Farbe derselben, ihr der Wolle ähnliches, schwarzes Haar, ihre großen Mäuler und eingedrückten Nasen, mehr aber noch ihre höchst seltsame Sprache, die mehr einem Schnalzen, denn einer menschlichen Sprache glich, waren für unsern Neuling so auffallende Dinge, daß er sich nicht satt daran sehen konnte und oft vor Verwunderung außer sich war. Von ihrem Schmutze, der selbst den der Grönländer noch übersteigt, von ihren höchst seltsamen Sitten und Gebräuchen, wußte man ihm viel zu erzählen und er hörte dem Erzähler mit der gespanntesten Aufmerksamkeit zu. Dieses Volk ist übrigens gutmüthig und friedlich, mit Ausnahme eines Stammes, den man die Buschmänner nennt, weil sie in einer waldigen Gegend wohnen. Diese sind tückisch, räuberisch und oft sogar grausam; sie machen auf die europäischen Ansiedler oder Colonisten förmlich Jagd, wie wir auf wilde Thiere, und wehe dem, der in ihre Hände fällt!

Sie treiben durchaus keinen Ackerbau, sondern leben fast nur von der Jagd und dem Raube; sie berauben aber nicht blos die Europäer, die sie mit Recht als ihre Feinde ansehen, sondern die ihnen verwandten Stämme der Hottentotten und *Kaffern*, wie eine andere, gleichfalls in der Nähe der Südspitze von Afrika wohnende Nation heißt. Wie die Thiere, denken die Buschmänner nicht an den folgenden Tag, sorgen auch niemals für die Vermehrung ihres Viehstandes. So wie sie ein Stück Vieh geraubt und in Sicherheit gebracht haben, schlachten sie es und verzehren es, größtentheils roh, auf der Stelle; sie haben so wenig Eckel, daß sie selbst die Eingeweide zur Nahrung nicht einmal verschmähen. Haben sie sich recht satt gegessen, so legen sie sich hin und schlafen, bis der Hunger sie wieder weckt und zu neuen Raubzügen anspornt. Können sie nichts erhaschen und quält der Hunger sie allzusehr, so schnallen sie sich mit breiten Lederstreifen den Magen und Unterleib ein und sollen dann sehr lange hungern können.

Sie sind überaus wild, grausam und rachsüchtig und vergiften die Spitzen ihrer Pfeile mit dem Safte von nur ihnen bekannten giftigen Pflanzen, so daß jede Wunde, die sie damit beibringen, sogleich tödtlich wird.

Dieser Buschmänner werden aber immer weniger, da die Colonisten genöthigt sind, Militär gegen sie auszusenden und gegen sie eine Art von Vertilgungskrieg zu führen. Wie schrecklich! daß Mensch gegen Mensch auf diese Weise verfährt.

Von allen diesen, für unsern William fast unglaublichen Dingen hörte er in der Capstadt erzählen und konnte nicht satt werden, sich davon erzählen zu lassen. Ja, er trug sogar kein geringes, wenn gleich mit Furcht gemischtes Verlangen, einmal einen Buschmann von Angesicht zu Angesicht zu sehen, was ihm freilich wohl sehr übel bekommen seyn würde.

Endlich hatte Capitain Hansen die nöthigen Vorräthe eingenommen und wartete nur noch auf einen günstigen Wind, um wieder unter Segel und seinem Bestimmungsorte, der, wie schon gesagt, die den Holländern gehörige Insel *Java* war, entgegen zu gehen.

Dieser mit so großer Sehnsucht erwartete günstige Wind stellte sich endlich ein und die *Hoffnung* verließ mit geblähten Segeln den Hafen. Bald schwamm das Schiff jetzt im großen indischen Weltmeere und steuerte den sogenannten *Sunda-Inseln*, wovon Java eine ist, zu; die drei andern zu dieser großen Inselgruppe gehörigen Inseln heißen *Borneo*, *Sumatra* und *Celebes*; außer diesen vier großen Sunda-Inseln gibt es noch eine Menge kleinerer, mit deren Aufzählung ich Euch aber nicht belästigen will.

Die Fruchtbarkeit dieser Inseln ist außerordentlich groß und der Handel derselben beträchtlich. Die edelsten und von den Europäern am meisten gesuchten Produkte wachsen dort und werden durch die Handelsschiffe nach allen bewohnten Theilen der Erde ausgeführt. Aus Java, besonders aus der Hauptstadt *Batavia*, erhält man Reis, Kaffee, Tabak, etwas Indigo, Baumwolle und Gewürze. Hier, wo so viele treffliche und nützliche Produkte wachsen, findet man aber auch den so vielbesprochenen Giftbaum, den *Bohan-Uzas*, von dem ich Euch, da Ihr wohl schon oft davon gehört haben werdet, etwas Näheres mittheilen will. Er wächst in waldigen, nicht zu hoch gelegenen Gegenden auf den Sunda- und *Philippinischen* Inseln, die in der Nähe der erstern liegen, besonders aber auf Java. Er wird an hundert Fuß oder fünfzig Ellen hoch und hat einen geraden Stamm, mit knochenartigen Auswüchsen. Die Blüten sind gelb mit grüner Blütendecke; die Blätter oval-länglich mit feinen Härchen besetzt. Man hat diesem, allerdings überaus giftigen Baum doch weit mehr Böses nachgesagt, als er verdient, wie z. B. daß darüber hinfliegende Vögel, von den Ausdünstungen des Uzas berührt, sogleich todt aus der Luft zur Erde niederfielen und Menschen und andere Säugethiere, die sich in seine Nähe wagten, dasselbe Schicksal erlitten; ja, man nannte ein Thal auf Java, wo ein solcher Bohan-Uzas stand, sogar das *Thal des Todes*, weil von den giftigen Ausdünstungen desselben sogleich alles Leben ersterben sollte. Dieses alles gehört nicht der Wahrheit, sondern allein der Fabel an. Der Baum ist allerdings sehr giftig; aber die Wilden gewinnen das Gift für ihre tödtlichen Pfeile allein dadurch, daß sie den Stamm des Bohan-Uzas mit einem Messer oder scharfen Steine ritzen, woraus ein milchiger Saft aus der Rinde hervorquillt, der schnell zu einem Gummi-Harze gerinnt. Diesen Saft vermischen die noch wilden Javanensen mit andern giftigen Substanzen und tauchen ihre Pfeilspitzen hinein, worauf jede damit gemachte Wunde auf der Stelle tödtlich wird. Der giftreiche Uzas hat übrigens ein sehr schönes Ansehen und ist ein kräftiger Baum mit einer wohlgewachsenen, herrlichen Krone. Er trägt eine steinigte Frucht. So viel von dem Uzas.

Auf Java, und überhaupt auf den Sunda-Inseln, besonders auf Borneo, findet man auch das dem Menschen so ähnliche Thier, den *Urang-Utang*, den die Ureinwohner für einen wirklichen Menschen halten, der aus Trägheit weder sprechen noch arbeiten wolle; man nennt den Urang-Utang auch den *Waldmenschen*. Er geht, wie Euch schon bekannt sein wird, aufrecht und hat oft einen Knittel als Spazierstock oder als Waffe in einer seiner Vorderhände; denn daß die Affen vier Hände haben, werdet Ihr schon wissen. Wenn er angegriffen wird, vertheidigt er sich wacker und soll ein gefährlicher Feind sein, wenn man ihm allein begegnet.

Unser William würde, wenn er nach Java gekommen wäre, dieses Alles und noch viel Merkwürdiges gesehen haben; allein das Schicksal wollte es anders und er sah diese Insel nur aus weiter Ferne, ohne sie je zu erreichen, wie ich Euch nachstehend in dieser wahrhaften Geschichte erzählen werde.

Wind und Wetter blieben zu Anfang der Fahrt vom Cap der guten Hoffnung ins indische Weltmeer hinein durchaus günstig, und wie ein großer Vogel mit seinen weitausgebreiteten Schwingen die blaue Luft durchschneidet, so durchschnitt die mit schönen weißen Segeln bespannte *Hoffnung* den Ocean. Stolz und herrlich mußte sich das Schiff ausnehmen, indem es so sicher durch die bewegte Wasserfläche hinglitt. Wie lustig flatterten nicht die hochrothen Wimpel, die schöne Flagge mit dem königlichen Wappen im Winde! Wie glänzte und schimmerte Alles am Bord, wo eine wahrhaft musterhafte Reinlichkeit und Ordnung herrschte; denn das mußte man dem Capitain Hansen, trotz seiner sonstigen üblen Eigenschaften, lassen, er war ein ganzer Seemann und hielt in allen Dingen auf die strengste Ordnung; nicht ein einziges Endchen Tau durfte am unrechten Orte umherliegen und die erste Putzdame konnte nicht eifersüchtiger über ihren Staat wachen, als unser Capitain über die Sauberkeit seiner schönen *Hoffnung*.

Endlich an einem Morgen, als es eben Tag zu werden begann, rief der Matrose, der oben im Mastkorbe saß, mit lauter und freudiger Stimme »Land!« aufs Verdeck hinunter. Der Capitain kam auf diesen Ruf schnell aus der Kajüte hervor und befahl William, der ihm gefolgt war, das prächtige, weitsehende Fernrohr zu bringen, damit er untersuchen könne, ob der sich im Nord-Ost am fernen Rande des Horizontes zeigende, graue Nebelstreif wirklich Land, und, wie er vermuthen durfte, die Küste von Java sei. Er richtete lange das Fernrohr, das er auf Williams Schulter gelegt hatte, auf den grauen Streif; denn die Entfernung war noch so groß, daß man nur mit Mühe unterscheiden konnte, ob man wirklich Land oder nur eine Wolkenschicht vor sich habe. So wie aber die Sonne etwas höher gestiegen war, unterschied er mit dem Fernrohr deutlich die hohen Bergspitzen Java's und sagte jetzt freudig: »Es ist wirklich Land und bald werden wir am Ziele sein.«

Dieser Ausspruch erfreute die Herzen Aller, die ihn hörten. Wenn man so lange auf der See geschwommen und nichts als Himmel über, als Wasser unter sich gehabt hat, dann sehnt man sich endlich doch wohl nach einem festen, grünen Boden unter seinen Füßen, und wenn man so lange nichts als gepöckeltes Fleisch und trockene Hülsenfrüchte, wenn es hoch kömmt, eine Mehlspeise oder Fische gegessen hat, nach frischem Fleische und grünem, saftigem Gemüße.

Es herrschte also über diesen Ausspruch des Capitains große Freude am Bord: wußte man doch, daß man sich auf ihn verlassen konnte, besonders, da es nicht das erste Mal war, daß er diese Reise machte. Eine so glückliche, ungetrübte Fahrt, wie diese, hatte man noch nicht gemacht; so behauptete selbst der älteste Matrose am Bord, der alte Jakob, der von seinem fünfzehnten, bis zu seinem fünfzigsten Jahre fast immer auf der See gewesen war.

Indeß sollte die große Freude der Mannschaft und des Capitains bald getrübt werden. Die bisher so ruhige, gleichsam spiegelglatte See fing an, sich zu kräuseln; es tauchten immer größere Wellen, als ob das Meer unten koche, aus der Tiefe empor; zwar verspürte man auf dem Schiffe noch keinen Wind, vielmehr schwieg dieser gänzlich, als wolle eine Windstille eintreten; allein das Meer braus'te hohl und gab ein Getöse von sich, wie wenn in weiter Ferne der Donner rollt.

Die Mannschaft kannte so etwas und Alles wurde still, als sich diese Boten eines herannahenden Sturmes kund thaten. Je größer die vorhergehende Stille gewesen war, je mehr hatte man von jenem zu fürchten. Ein anderes, Allen wohlbekanntes übles Zeichen waren die über das Schiff hinfliegenden großen Wandervögel, die ein klägliches Geschrei in der Luft erhoben und statt sich zum Ausruhen auf die Masten und Segelstangen nieder zu lassen, im schnellsten Fluge vorüberschossen. Das thaten sie, um wo möglich noch vor dem ausbrechenden Orkane das Festland zu erreichen.

Die See färbte sich immer dunkler; die Wellen wurden mit jeder Stunde größer und begränzten sich mit schneeweißen Rändern von Schaum. Der Capitain verließ das Verdeck nicht und schaute sich mit ernster Miene und ohne ein Wort zu sagen nach allen Seiten um, ob er nicht noch andere Zeichen des nahenden Sturmes entdecke. Endlich erblickte er, gerade in der Richtung, von welcher der Wind herkam, ein kleines dunkles Wölkchen am Himmel, und sich an den Steuermann wendend, sagte er:

»Jetzt kommt es! Aufgepaßt!«

Er ertheilte dann der Mannschaft die nöthigen Befehle, um auf das Kommende bereit zu sein, ließ einen Theil der Segel einziehen und befahl die größeste Vor- und Umsicht.

»Das Wetter wird wahrscheinlich sehr schlimm werden und wir haben uns zu früh über die glückliche Fahrt gefreut«, sagte er mit bedenklicher Miene. »Von Glück werden wir zu sagen haben, wenn wir mit leidlichem Schaden davon kommen. Habt ihr das dunkle Wölkchen da unten«, – er zeigte gen Westen mit der Hand – »wohl gesehen?«

wandte er sich an den neben ihm stehenden Untersteuermann; »das bedeutet nichts Gutes und wird schnell genug, Tod und Verderben in seinem Schooße tragend, heraufkommen. Dazu wird es bereits Abend; es darf Keiner diese Nacht zu Bett gehen, denn wenn uns das Unwetter im Schlafe überraschte, könnte das Unheil groß werden. Daher aufgepaßt! sage ich nochmals und keiner verlasse seinen Posten!«

William, der neben dem Capitain stand und jedes seiner Worte vernahm, hatte denn doch ganz seltsame Empfindungen in seiner Brust, als er von Sturm und Unwetter reden hörte und, wie es sehr wahrscheinlich war, sie selbst mitbestehen sollte. Er hatte bereits oft von Schiffbrüchen und andern Unfällen zur See gehört oder gelesen; das aber erfüllte ihn nur mit einem gewissermaßen angenehmen Grausen und stachelte blos seine Neugierde auf den Ausgang der Sache; jetzt aber, wo er selbst daran und eine mitspielende Person in dem großen Drama sein sollte, war ihm ganz anders zu Muthe und trotz der drückenden Schwüle des Abends rieselte ihm von Zeit zu Zeit ein kalter Schauder durch die Glieder.

Indeß begriff er doch noch nicht, wie das bezeichnete kleine dunkle Wölkchen am fernsten Rande des westlichen Horizontes so verderblich für Schiff und Mannschaft werden könne; war es doch noch so fern und kaum wenig größer, als daß er es mit seinen beiden ausgebreiteten Händen hätte bedecken können. Er wagte es mit einiger Schüchternheit, seine bescheidenen Zweifel nicht gegen den Capitain selbst, wohl aber gegen den ihm befreundeten Obersteuermann zu äußern; dieser aber belehrte ihn eines Bessern, indem er zu ihm sagte:

»Die Wolke da drüben *scheint* nur klein, ist es aber nicht. Nur die außerordentlich große Entfernung und der große unermeßliche Raum, in dem sie schwimmt, läßt sie unsern Blicken so unbedeutend erscheinen. Du wirst schon selbst bemerkt haben, lieber William, wie sehr die Entfernung zur scheinbaren Verkleinerung der Gegenstände beiträgt. Wenn man z. B. auf einem Berge, auf einem hohen Thurme oder auch nur auf dem Dache eines Hauses steht, erscheinen die unten wandelnden Menschen und Thiere uns in fast zwerghafter Gestalt. Eben so ist es mit den Gegenständen, die wir am Horizont erblicken. Nimm nur einmal die Sonne oder den Mond, deren Scheibe man fast mit der Hand bedecken kann, und doch ist die erstere 113 Mal großer als unsere Erde, obgleich diese eine Masse von 2659 Millionen 310190 kubischen Meilen hat; eine kubische Meile ist aber eine, die eine Meile lang, breit und hoch ist. Bedenke, wie groß also die um 113 Mal so große Sonne sein muß und doch macht die außerordentliche Entfernung, daß sie uns nicht größer *erscheint*, wie der innere Theil eines mäßigen Tellers. Hiernach wirst Du schließen können, daß auch jene, jetzt so klein scheinende Wolke sehr groß sei und uns, wenn sie sich über uns ausbreiten sollte, Gefahr und Verderben bringen könnte. Alles wird für uns davon abhängen, ob der Wind in seiner jetzigen Richtung bleibt, oder davon abspringt; ist das letztere der Fall, so dürfte die Gefahr minder groß werden.«

William, der dem unterrichteten Manne mit der gespanntesten Aufmerksamkeit zugehört hatte, dankte für die ihm ertheilte Belehrung und richtete jetzt auch seine Blicke fast unausgesetzt auf die kleine dunkle Wolke.

7.

Der Wind stand indeß noch immer aus Westen und die Wolke, von ihm getrieben, kam immer näher und näher; so wie sie aber hereneilte, wurde sie größer. Noch hohler als früher schon ging die See; die Wellen schlugen gegen die Seitenwände des Schiffs, als wollten sie sie zerschellen; der Schaum spritzte, so wie der Kiel die Wogen durchschnitt, so hoch empor, daß er auf's Verdeck niederfiel. Jetzt ließen sich auch bereits einzelne, noch in ziemlich großen Pausen kommende Windstöße verspüren; die freien Zwischenräume wurden immer kürzer, die Stöße selbst anhaltender. Endlich war der vollständigste Orcan da. Der Himmel hatte sich schwarz bezogen; es donnerte aus den Wolken; Blitze zuckten, die ganze Natur schien in Aufruhr zu sein. Die Wellen gingen so hoch, daß sie über das Verdeck stürzten und von demselben Manches mit sich in die Tiefe hinabrissen. Dazu kam die Nacht, die das Grausenhafte der Scene noch vermehrte.

Der Capitain war dem Anscheine nach ruhig, aber sehr bleich; ein Beben seiner Stimme, so oft er einen Befehl ertheilte, verrieth, daß er seine innere Furcht nur bemeisterte, vielleicht, um die Mannschaft nicht zu erschrecken: war diese doch ohnehin, trotz ihres Muthes, schon erschrocken genug, indem sich kaum einer erinnerte, je einen solchen Orkan erlebt zu haben.

Die ältesten und verwegensten Matrosen, Männer, denen sonst immer, nach der schlechten Gewohnheit der Soldaten und Seeleute, Flüche auf den Lippen schwebten, ließen alle Augenblicke ein: »Gott steh' uns bei!« oder: »Gott sei uns armen Menschen gnädig!« hören. Man vernahm weder mehr ein fröhliches Singen noch Pfeifen am Bord; Alles verrichtete seine Arbeit still; nur die Stimme des Capitains wurde von Zeit zu Zeit, Befehle ertheilend, gehört; oft übertobte der Sturm sie.

Die Gewalt desselben nahm mit jedem Augenblick zu, und obgleich die meisten Segel eingerefft waren, wurde das Schiff doch pfeilschnell vorwärts getrieben. Der Steuermann vermochte das Steuer nicht mehr zu regieren, sondern mußte das Schiff dem Winde und den Wellen fast gänzlich überlassen. Menschenmacht und Menschenhülfe vermochte nichts mehr: man mußte sich in Gottes Hand geben und glaubte dem Ende seiner Tage nahe zu sein.

Um das Unheil zu vermehren, brach endlich auch noch das Steuer entzwei, indem eine Stoßwelle dagegen schlug; jetzt gab es keine Lenkung des Schiffes mehr, und Luft und Wasser hatten freies Spiel.

Selbst dem Capitain entsank der Muth; bis dahin hatte er einen wirklich bewunderungswürdigen gezeigt. Sein Ansehen hatte etwas Furchtbares; sein Gesicht war todtenbleich, und sein krauses Haar sträubte sich auf dem Haupte empor; in seinen Mienen lagen Furcht und Entsetzen; allein kein Wort, das Furcht verrathen hätte, entfuhr seinen Lippen. Nur als er an William vorüberging, der in der Kajüte auf seinen Knieen lag und, wie seine fromme Mutter es ihm im Glück und Unglück gelehrt hatte, zu Gott um Rettung emporflehte, sagte Capitain Hansen wie vor sich hin:

»Armer Junge! Dein Leben habe ich auf dem Gewissen! Ich beging ein schweres Unrecht, das ich vor Gott zu verantworten haben werde, indem ich Dich Deiner Heimath und einer minder gefahrvollen Beschäftigung entriß.«

Obgleich nun die Gefahr mit jedem Augenblick höher stieg und Alle sich ihres Lebens begaben, war doch durch das Gebet eine größere Ruhe über das Herz des armen William gekommen. Wie oft hatte er seine gute Mutter in Augenblicken der Noth die Worte sagen hören:

»Nicht wie ich, sondern wie mein Vater im Himmel will?« und dieser sich jetzt erinnernd, sagte er sie auch, wodurch eine wahrhaft himmlische Ruhe über sein Herz kam. Zwar erfüllte ihn der Gedanke mit Betrübniß, schon so jung, so fern von der theuren Mutter und der geliebten Heimath sterben zu sollen, in die grausenvolle Tiefe des Meeres hinabsinken zu müssen; allein Schrecken oder wohl gar Entsetzen flößte er ihm nicht ein: wußte er doch, daß es nach diesem Leben noch ein anderes, wie die heilige Schrift verhieß, *besseres* geben würde; wie hätte er sich also wohl vor dem Tode fürchten sollen? Daß er aber zu leben *wünschte*, wie natürlich war das nicht?

So beschämte dieser Knabe in seiner durch wahrhafte Frömmigkeit und Gottergebenheit hervorgegangenen Ruhe die ältern Männer. Trotz derselben ließ er aber doch die Hände nicht in den Schoos sinken, sondern verrichtete mit Kraft und Besonnenheit die ihm aufgetragenen Geschäfte.

Die grauenvolle Nacht ging endlich vorüber und der Himmel klärte sich etwas auf. Von Zeit zu Zeit fiel ein Sonnenstrahl durch den dunklen Wolkenschleier, womit er überzogen war; aber der Sturm legte sich nicht und trieb das Schiff wie ein Spielwerk vor sich her. Wo man war, wußte man nicht, da eine Sturzwelle den Kompaß über Bord gerissen hatte, folglich der Capitain seine Beobachtungen nicht anstellen konnte; gelenkt konnte das Schiff auch nicht mehr werden, weil das Steuer zerbrochen war. Man sah kein Land mehr, nichts als das Wasser unter, den Himmel über sich.

Dies war, obwohl an sich schrecklich genug, doch gewissermaßen ein Trost für die armen Schiffbrüchigen, indem die größeste Gefahr ihnen von der Nähe des Landes kommen mußte. In dieser Nähe ist nämlich das Meer gewöhnlich mit verborgenen oder offenbaren Klippen und Felsenriffen besät, an denen steuerlose Schiffe unfehlbar scheitern müssen, wenn der Wind sie gegen dieselben treibt. Daher war es für unsere Seefahrer tröstlich, daß sie nirgends Land zu erspähen vermochten. Legte sich der Orcan nur bald, so durfte man sogar noch auf Rettung hoffen: das Schadhafte konnte ausgebessert, die zerrissenen Segel konnten geflickt werden und man, wenn gleich nur nothdürftig und mit großer Anstrengung, doch noch einen rettenden Hafen erreichen.

So betete jetzt Alles am Bord, ganz im Gegensatze zu früher: »Nur kein Land! Nur kein Land!« Der Sturm konnte, *mußte* sich ja endlich doch legen; wenn aber das Schiff auf Klippen stieß, dann war keine Rettung mehr möglich.

Allein auch die letzte Hoffnung sollte zu Trümmern gehen. Nachdem das Schiff noch einige Stunden, vom Sturme gepeitscht, gegen Osten getrieben worden war, erblickte man ganz deutlich, und bereits mit bloßem Auge, den bewußten grauen Streif am Himmel, der auf Land deutete, und der Wind trieb das Schiff in gerader Richtung darauf zu.

Jetzt verstummte Alles vor Schrecken; der Capitain selbst bewahrte seine äußere Fassung nicht mehr und sagte der erschrockenen Mannschaft geradezu heraus, daß sie ihre Seele Gott befehlen möchten.

Immer deutlicher trat die Küste hervor – ob es eine Insel oder ein Festland sei, vermochte man nicht zu entscheiden, da man nicht wußte, wo man sich befand – und um den Schrecken noch zu vermehren, sah man, daß sie bergig war. Wenn sich aber Berge am Lande befanden, so durfte man schließen, daß sie bis ins Meer hinein sich erstrecken würden. Die Erfahrung lehrt nämlich, daß jedes Gebirge drei Abstufungen hat: das höchste oder Hauptgebirge; das Mittel- und endlich das Vorgebirge, welches letztere gewöhnlich sich in Klippen und Felsenriffen im Meere endigt. Letztere hatte man also jetzt auch an der Küste zu erwarten, auf die das steuerlose Schiff zugetrieben wurde.

Der Capitain ertheilte jetzt keine Befehle mehr; denn wie hätte man sie ausführen sollen? Die Mannschaft arbeitete nicht mehr; denn wozu konnte die Arbeit noch nützen? Eine tiefe, lautlose Stille herrschte am Bord; nur von Zeit zu Zeit stieg der Schiffszimmermann mit einer Laterne in den Raum hinab, um nachzusehen, ob auch kein Leck entstanden sei und das Schiff Wasser schöpfe. In dieser Hinsicht brachte er immer tröstliche Nachrichten mit herauf: der Boden des Schiffes war noch fest und kein Leck zu entdecken.

Da, als eben der Zimmermann wieder die Leiter hinan stieg, um sich aufs Verdeck zu begeben, erhielt die *Hoffnung*, Allen unerwartet, einen furchtbaren Stoß, so daß ihre eichenen Rippen erkrachten und Diejenigen, welche standen, in Gefahr waren umzufallen.

»Nun ist das Unglück da!« rief der Capitain aufspringend. »Es kann nicht fehlen, der Stoß muß einen Leck gegeben haben. Schnell hinab, Zimmermann!« herrschte er diesen an, »schnell hinab und nachgesehen, was es da unten gibt.«

Er hatte kaum diese Worte ausgesprochen, so erfolgte ein zweiter, noch weit heftigerer Stoß; dann stand das eben noch pfeilschnell dahinschießende Schiff plötzlich still, woraus man schloß, daß es sich zwischen zweien im Meere verborgenen Felsenriffen festgeklemmt habe.

8.

Die Blässe des Todes hatte alle Gesichter überzogen, so wie das Schiff plötzlich still stand; es war, als wäre das eben noch so lebendige zur Leiche geworden. Die tiefste Stille herrschte an Bord; dann brachen einige in laute Klagen aus, die der Capitain dadurch zu beschwichtigen suchte, daß er zu ihnen sagte:

»Was hilft das Wimmern und Klagen? Es steht nun einmal im Buche des Schicksals geschrieben, daß wir in der salzigen Fluth unsern Untergang finden sollen, und dabei ist es denn doch einigermaßen ein Trost, daß wir auf ächt seemännische Weise umkommen. Der Tod wird hier wahrscheinlich nur ein Augenblick sein; wären wir am Lande gestorben, so hätte es vielleicht länger gedauert, bis wir damit durch gewesen wären.«

Dieser Trost wollte aber bei Keinem Eingang finden; mehrere der Matrosen waren noch jung und liebten das Leben und selbst die älteren unter ihnen mochten nicht an den Tod denken.

In der Seele unsers Williams gingen seltsame Dinge vor, als er den Capitain also reden hörte und die hellen Thränen schossen ihm aus den Augen, indem er an die theure Mutter und ihren Schmerz, an die Heimath und seine Gespielen dachte, die er nun wahrscheinlich nicht wieder sehen sollte. Dieser Schmerz war so natürlich und er hatte sich seiner nicht zu schämen, um so weniger, da er noch ein Knabe und kein gereifter Mann war.

Der tiefen Betrübniß und dem thatenlosen Schrecken der Mannschaft folgte bald ein anderer Zustand und die Hoffnung, daß dennoch vielleicht Rettung möglich sei, blitzte in vielen Herzen, gleich einem Stern in dunkler Nacht, auf. Die Thätigkeit erwachte wieder: man sah sich nach Rettungsmitteln um; das große Boot war noch da; man konnte sich, wenn das Schiff wirklich sinken oder in Trümmer gehen sollte, zum Theil auf diesem, zum Theil durch Befestigen an den Schiffstrümmern vielleicht noch retten.

Der in den Raum hinabgestiegene Schiffszimmermann kam wieder herauf; seine Miene verkündete nichts Gutes; die Blicke Aller richteten sich ängstlich und erwartungsvoll auf ihn.

»Es sind schon sechs Fuß Wasser im Raume«, sagte er mit fast tonloser Stimme, »und es wächst mit jeder Minute; ein großes Leck muß da sein: wo aber? vermag ich nicht zu entdecken, da das Wasser schon so hoch gestiegen ist.«

»An die Pumpen! An die Pumpen!« erscholl es jetzt aus dem Munde der Matrosen und Alle stürzten, ohne erst den Befehl des Capitains abzuwarten, in den Raum hinab, um die Arbeit zu beginnen.

»Arme Jungens!« sagte der Schiffszimmermann mit einem schmerzlichen Lächeln um den bleichen Mund, »arme Jungens, es wird Euch nichts helfen: das Leck ist zu groß und Eure Kräfte werden nicht ausreichen, das Wasser im Raume zu bewältigen.«

»Ist das Eure feste Überzeugung, Meister?« fragte ihn der Capitain, der aus einem dumpfen Dahinbrüten plötzlich zu erwachen schien.

»Ja«, versetzte der Gefragte, »und wenn ihrer zweimal so viele wären, so würden sie nicht Herr des Wassers werden.«

»So sollen sie die Zeit nicht mit unnützer Arbeit verlieren«, sagte der Capitain und ließ einen Ruf erschallen, auf den Alle wieder auf's Verdeck kamen.

»Meister Steffen sagt«, nahm der Capitain das Wort, als die Matrosen ihn umstanden, »daß es mit dem Pumpen nichts sei und wir eine wahrscheinlich sehr kostbare Zeit nur damit verlieren würden. Wir dürfen seinem Worte vertrauen, da er ein geschickter, vielerfahrner Mann ist und sich schon oft den Wind um die Nase hat wehen lassen. Denken wir also auf eine andere Rettung. Laßt das Boot ins Meer hinab; vielleicht legt sich der Sturm in Kurzem und wir können mit dem Boote See halten. Die Küste kann nicht fern sein! Gott könnte sich unser erbarmen und uns an dieselbe führen. Wendet also Eure Kräfte darauf, das Boot ins Meer hinabzulassen und sobald sich der Sturm nur in Etwas legen sollte, wollen wir es besteigen.«

Gehorsam diesem Befehle machten sich die Matrosen an die Arbeit und schon nach Verlauf weniger Minuten schauckelte sich das Boot auf den bewegten Wellen. Nur kurz dauerte aber die Freude: eine ungeheure Sturzwelle kam und riß in ihrem Anprall das Boot mit sich fort; ihre Kraft war so groß gewesen, daß sie das starke Tau zerrissen hatte, als wäre das Fahrzeug an einem Zwirnsfaden befestigt gewesen.

Ein Schrei des Entsetzens entfuhr bei diesem Anblick dem Munde Aller; der Capitain aber sagte, wie vor sich hin, mit dumpfem Tone:

»Nun ist's aus! Gott erbarme sich unser!«

In dem Augenblicke fing das eben noch ganz fest liegende Schiff an, eine schwankende Bewegung zu machen, ein Krachen, wie vom Einsturz eines großen Gebäudes, ließ sich vernehmen und zugleich stieg das Wasser von unten herauf aufs Verdeck. Das Schiff war geborsten und bestand nur noch aus Trümmern.

Jeder wußte jetzt, was es galt und griff nach einer rettenden Planke. Der große Mast, der bereits geknickt gewesen war, begrub in seinem Umsturze zwei Matrosen, die in der Richtung standen, in der er fiel. Ob sie dadurch getödtet wurden, oder erst in den Wellen ihr Ende fanden, ist nicht zu bestimmen, denn Jeder dachte in dem Augenblick nur an sich und an die eigene Rettung.

Unser William, noch ein Neuling auf dem Meere, wußte nicht, was er thun, was er beginnen sollte. Er stand neben dem Capitain, rang die Hände und schickte Gebete für seine Rettung zum Himmel empor. Zufällig fiel der Blick des Capitains auf den armen Knaben und, trotz der eigenen Noth und Gefahr, jammerte sein Schicksal ihn; es war sein Gewissen, das ihm Theilnahme und Mitleid für ihn einflößte.

»Komm«, sagte er zu unserm William, indem er ihm die Hand reichte; »komm, wir wollen zusammen unser Heil versuchen, und sollten wir untergehen, so vergib mir Deinen Tod, an dem ich schuld bin.«

Er zog ihn mit sich fort, zum großen Maste hin, der bereits auf dem Verdeck im Wasser schwamm, denn so hoch war dieses bereits gestiegen, ergriff ein starkes Tau und befestigte mit diesem den halbtodten Knaben an den Mast. Darauf suchte er ein zweites Tau, umschlang sich damit und befestigte es gleichfalls daran. Kaum war dies geschehen, so schwamm der Mast von den Schiffstrümmern ins Meer hinab und die Wogen schossen darüber hin.

Was weiter mit ihm vorging, vermochte unser William nicht zu sagen: die Sinne hatten ihn verlassen und er hing wie schon todt an dem Maste, der, der Richtung des Windes folgend, an eine unbekannte Küste trieb, wo er, von einer ungeheuren Welle hoch aufs Land hinaufgeworfen, am Ufer liegen blieb.

Der Ton einer Stimme erweckte William aus seiner Betäubung; er erkannte die des Capitains, aber sie war so schwach, daß er sie kaum zu unterscheiden vermochte.

»Lebst Du noch?« fragte diese Stimme.

William riß die Augen auf und sah sich um.

»Was gibts? und wo sind wir?« fragte er verwundert.

»Am Lande«, versetzte der Capitain, »und vielleicht gerettet«, fügte er hinzu, »wenn Du nämlich noch so viele Kraft hast, Dein Messer nehmen und erst Dich, dann mich losschneiden zu können, damit wir uns vor der nächsten Sturzwelle höher auf das Ufer hinauf retten. Bleiben wir aber hier, so führt sie uns wohl wieder ins Meer hinab und dann Ade, Leben!«

William hatte jetzt seine volle Besinnung wieder und da seine Arme frei waren, zog er das große, an einem Bande um seinen Hals hängende Messer aus seinem Busen hervor, öffnete es mühsam mit seinen vom Wasser ganz erstarrten Händen, schnitt die ihn an den Mast befestigenden Stricke entzwei und machte den Versuch, sich zu erheben. Allein er war wie ein Betrunkener und taumelte gleich wieder zur Erde nieder.

»Mach schnell oder wir sind verloren!« rief der Capitain mit schon ersterbender Stimme. »Ich kann mich nicht rühren«, fügte er hinzu, »und habe wahrscheinlich etwas an meinem Leibe zerbrochen, auch strömt mir das helle Blut über das Gesicht.«

William raffte jetzt den letzten Rest seiner Kräfte zusammen und taumelte zu seinem Leidensgenossen hin. Der Anblick desselben war ein entsetzlicher. Das Blut rieselte, wie aus einer Quelle, aus einer großen Kopfwunde hervor und hatte sowohl sein Gesicht, als seine Kleidung überströmt. Ein Schrei des Entsetzens entfuhr bei dem Anblick den Lippen des Knaben; aber trotz dem verließ ihn seine Geistesgegenwart nicht. Er ging zu dem Kapitän, zerschnitt die Bande womit er an dem Maste befestigt war, und zog ihn, da er erklärte, nicht gehen zu können, höher auf den Strand hinauf, um ihn vor den Sturzwellen in Sicherheit zu bringen. Es war die höchste Zeit damit gewesen, denn keine halbe Minute verging, so riß eine mächtige Welle den rettenden Mast wieder in das Meer hinab und würde folglich auch unsere Beiden mit sich fortgerissen haben, wenn sie sich nicht zuvor weiter entfernt hätten.

Schrecklich war es anzuhören, wie der Capitain ächzte und stöhnte, als William ihn fortzog; der Unglückliche hatte den Schenkel zerbrochen und war überdies mit Wunden bedeckt, worunter die große Kopfwunde die gefährlichste war. Er hatte diese schrecklichen Verwundungen dadurch erlitten, daß das Ende des Mastes, an das er sich befestigt hatte durch die Gewalt der Wellen gegen ein Korallenriff getrieben wurde, und der Stoß war so heftig gewesen, daß er ihm das Bein zerbrach;

überdieß hatten die spitzig hervorragenden Zacken des Riffs ihm mehrere Wunden beigebracht, die alle stark bluteten.

Der Anblick dieses unglücklichen Mannes preßte William heiße Thränen aus und ließ ihn sein eigenes Unglück vergessen. Wie es uns in Augenblicken großer Gefahr zu ergehen pflegt, erging es auch unserm William: Gott hatte ihm größere geistige Kräfte, denn je zuvor verliehen und diese machten es möglich, daß er mit Besonnenheit handeln und überlegen konnte, was er zu thun habe, um die Leiden und Schmerzen seines Genossen zu lindern.

Dieser redete schon nicht mehr und lag mit festgeschlossenen Augen da; der letzte Rest seiner Kräfte hatte ihn verlassen und er schien bereits eine Beute des Todes zu sein.

Trotz dem gab William den Versuch seiner Rettung nicht auf. Er entkleidete sich und zog sein Hemd aus, um durch Zerreißen desselben die nöthige Leinwand zum Verbinden der großen Kopfwunde zu erhalten. Er machte aus diesem Hemde, das natürlich vom Seewasser ganz durchdrungen war, ein starkes Polster und eine Binde, legte das erstere auf die Wunde und befestigte es mit der letztern um den Kopf. Kaum aber berührte das mit salzigem Wasser getränkte Polster die Wunde, so schrie der arme Verwundete vor Schmerz laut auf und fuhr mit der Hand nach dem Haupte, um es wieder abzureißen.

Trotz dem, daß der Schrei und die heftige Bewegung des Leidenden ihn erschreckten, freute er sich doch über dieses neue Lebenszeichen, denn er hatte den Capitain schon todt oder doch im Sterben begriffen geglaubt.

»Was machst Du? und weßhalb thust Du mir weh?« rief der Capitain, ihn mit zornigen Blicken anstarrend.

»Lieber Herr Capitain«, antwortete ihm der zitternde Knabe, »ich wollte Ihre schwere Wunde verbinden und bin vielleicht nicht vorsichtig genug gewesen. Ach wie leid thut es mir, Ihnen wider meinen Willen wehe gethan zu haben«, fügte er, vor Angst und Wehmuth schluchzend, hinzu.

»Laß es gut sein«, sagte der Capitain mit bereits ersterbender Stimme, »laß es gut sein und mache mir keine Schmerzen mehr. Mit mir ist es aus, und ich bin ein Mann des Todes«, fügte er mit einem schweren Seufzer hinzu, der fast wie Ächzen klang.

»Das wolle Gott verhüten!« versetzte William; »sind wir doch am Ufer und gerettet!«

»Ja, Du bist, dem Himmel sei gedankt! wahrscheinlich gerettet«, erwiederte ihm der Capitain; »aber ich werde nicht mit dem Leben davon kommen; rieselt es mir doch schon wie Todesschauer durch Mark und Bein und umflort sich mein Blick, so daß ich Deine Gesichtszüge kaum mehr unterscheiden kann. Das ist, wie ich glaube, der Tod«, fügte er mit ersterbender Stimme hinzu.

William, der selbst glaubte, daß es bald mit dem armen Manne aus sein würde, konnte ihm vor Weinen nicht antworten. Sein Schmerz war so groß, als aufrichtig, und er dachte in diesem Augenblick nicht mehr daran, wie dieser Mann gegen ihn gehandelt, und daß er ihm sein trauriges Schicksal zu verdanken hatte.

Nach einigen Minuten, während welcher William weinend neben ihm kniete, öffnete der Capitain wieder die Lippen und schien sprechen zu wollen; allein seine Kraft war dahin, und nur wie ein leiser Hauch ertönte das Wort: »Wasser!« von seinem blassen Munde. William, der sich zu ihm niedergebeugt hatte, vernahm es und erhob sich, um das Verlangte zu holen. Jetzt aber fiel plötzlich der Gedanke seiner Hülflosigkeit und seiner ganzen schrecklichen Lage auf sein Herz. Großer Gott! woher Wasser nehmen? und wenn er auch wirklich welches fände, in welchem Gefäße es schöpfen und zu dem vor Durst Verschmachtenden bringen?

Er stand wie erstarrt da und wußte sich weder zu rathen noch zu helfen.

»Wasser! Wasser! Ich verbrenne!« rief jetzt der Sterbende mit der letzten Anstrengung seiner Kräfte, und William stürzte, ohne zu wissen, was er that, von ihm fort, tiefer in das Land hinein.

Bald betrat er einen grünen, mit starkem, in großen einzelnen Büscheln stehenden Grase bedeckten Boden und schaute umher. Hie und da erhob sich ein Baum aus dem Erdreiche, dessen seltsam geformtes, unserm Farrenkraute ähnliches Laub ihm aufgefallen sein würde, wenn seine Gedanken nicht gänzlich darauf gerichtet gewesen wären, Wasser zu finden. Dieses aber zeigte sich seinen Blicken nicht, so ängstlich sie auch darnach umherspähten. Fast eine Viertelstunde war er gelaufen und seine nur noch so schwachen, vom heißen Sonnenbrande noch mehr aufgezehrten Kräfte drohten bereits zu erliegen, als er den Boden unter sich weich werden fühlte. Er bückte sich und faßte mit der Hand darnach, und, o Freude! er war feucht! Wo sich aber ein feuchter Boden zeigte, da mußte auch Wasser in der Nähe sein.

Dieser Gedanke stärkte und ermuthigte ihn und er schritt vorwärts. Es dauerte auch nicht lange, so vernahm sein sorgsam lauschendes Ohr ein leises Rieseln; er stand still, um zu horchen und vernahm dieses erfreuliche Geräusch jetzt ganz deutlich in der nächsten Nähe. Ein in dichteren Büscheln stehendes Gras, dessen Farbe überdies frischer, als die des übrigen Grases war, fiel ihm auf; er bückte sich darnach nieder, bog es auseinander und, o Entzücken! ein schmaler Silberstreif des allerhellsten Wassers zeigte sich zwischen dem saftigeren Grase.

»Worin es aber schöpfen, um es dem armen Verschmachtenden zu bringen?« werdet Ihr, meine Geliebten, jetzt gewiß fragen.

Unser William, den ich Euch als einen klugen und sinnreichen Knaben geschildert habe, wußte das bereits: er hatte seine *Tasche* zum Wassergefäße ausersehen.

»Seine Tasche?« werdet Ihr wieder rufen; »seine Tasche? Du willst uns wohl zum Besten haben, liebe Amalie? Wissen wir denn nicht, daß Leinwand eben so gut wie ein Sieb ist und die Flüssigkeit hindurch laufen läßt? Da würde also der arme Verwundete keinen Tropfen erhalten und vollends verschmachten müssen, um so mehr, da der William fast eine halbe Stunde zu laufen hatte, bevor er wieder zu ihm gelangte.«

Ganz recht, meine lieben Kinder; aber unser William brachte trotz dem das Wasser in seiner Tasche zu dem armen Sterbenden und erquickte ihn damit. Diese Tasche war aber nicht von Leinewand, sondern, wie es bei den Matrosen Sitte ist, von *Leder*, das, wie Ihr wissen werdet, so leicht das Wasser nicht hindurch läßt. Der gescheidte Knabe hatte sich dieses Umstandes erinnert, und auf dem Wege bereits diese lederne Tasche aus seiner Hose geschnitten, um sie, sobald er Wasser fände, als Schlauch zu gebrauchen. Auf diesen Gedanken war er gekommen, weil er sich erinnerte, in einer Reisebeschreibung gelesen zu haben, daß die Spanier ihren Wein zum Theil in Schläuchen von Ziegenleder aufbewahren. Hieraus könnt ihr ersehen, wie förderlich es ist, wenn man beim Lesen guter Bücher auf Alles merkt und das Gelesene seinem Gedächtnisse einzuprägen sucht.

William hatte jetzt also nicht nur helles, kühles, köstliches Wasser, sondern auch, Dank seiner Aufmerksamkeit und Besonnenheit, ein Gefäß, um es zu schöpfen und fortzutragen. Er schöpfte es aber nicht ohne weiteres in seinen ledernen Schlauch oder vielmehr Beutel, sondern reinigte die Tasche erst gehörig von dem salzigen Seewasser, von dem sie fast durchdrungen war; dann löschte er erst selbst seinen brennenden Durst und als er fand, daß das Wasser in seinem Beutel völlig geschmacklos war, schöpfte er ihn wieder voll und kehrte zum Strande zurück, wo der arme Verwundete nach einem kühlenden Trunke schmachtete. Die Menschenliebe, dieses wahrhaft göttliche Gefühl, verlieh ihm eine ungewöhnliche Kraft, und schneller als er selbst gedacht hatte, langte er bei dem Sterbenden an.

Dieser lag mit todtenbleichem Antlitze und festgeschlossenen Augen da; William glaubte, daß er bereits verschieden sei und wollte sich eben weinend neben ihn niedersetzen, als ein Seufzer den Lippen des Sterbenden entfuhr und wieder glaubte William das Flehen um Wasser zu hören.

»Hier ist Wasser, Gott sei gedankt!« rief er laut und mit freudig bewegter Stimme.

Der Sterbende vermochte ihm nicht zu antworten; aber er öffnete, zum Zeichen, daß er ihn verstanden habe, die Lippen, als begehre er zu trinken. William flößte ihm mit der größten Vorsicht einige Tropfen Wasser ein. Diese brachten eine so große Wirkung auf den Capitain hervor, daß er schon nach wenigen Minuten die Augen aufschlug und seinen jungen Wohlthäter mit dankbaren Blicken ansah.

William, welcher bemerkte, daß der Leidende sehr schlecht und unbequem mit dem Kopfe lag, was ihm noch mehr Schmerzen verursachen mußte, sann auf Mittel, ihm eine bequemere Lage zu geben, ohne seinen armen zerschlagenen Körper zu bewegen. Bald hatte sein erfinderischer Geist das Nöthige erfunden: er erinnerte sich des hohen Grases, womit der Boden in einiger Entfernung vom Strande bedeckt war, eilte fort und schnitt mit seinem Taschenmesser so viel davon ab, als er mit beiden Armen zu fassen vermochte. Dies gab ein weiches, kühles und köstliches Kopfkissen ab, indem er es behutsam unter das Haupt des Verwundeten schob.

Dieser schien jetzt, nachdem er sich gehörig an dem köstlichen, krystallhellen Wasser gelabt, völlig wieder zur Besinnung gekommen zu sein. Reden konnte er zwar noch nicht; allein er schaute seinen jungen Wohlthäter mit liebevollen Blicken an und drückte ihm von Zeit zu Zeit die Hand, zum Zeichen seiner Dankbarkeit; William bemerkte, daß ihm dabei die hellen Thränen über die Wangen liefen.

Obgleich selbst entkräftet und fast todtmüde, dachte der gute Junge doch nicht an sich und seine eigenen Leiden und Entbehrungen, sondern allein an den armen Mann, der tausendmal größere Schmerzen zu erdulden hatte. Er dachte auch nicht daran, daß eben dieser sein Feind die Ursache seines gegenwärtigen Mißgeschicks war, sondern allein daran, wie er ihm helfen, auf welche Weise er seine Leiden lindern könne.

Nur einige wenige Minuten ruhte er aus, nachdem er ihm das weichere Lager für sein Haupt bereitet hatte, dann erhob er sich wieder, um einen Schutz gegen die sengenden Sonnenstrahlen für seinen lieben Kranken zu suchen. Auf diesem Wege fielen ihm die Bäume mit dem farrenkrautartigen Laube auf. Er eilte auf sie zu und schnitt eine Menge von den über eine Elle langen und halb so breiten Blättern ab, die er auf einen Haufen legte, bis er eine gehörige Menge von Stöcken geschnitten haben würde, von denen er eine Art von Hütte aufbauen und diese mit dem breiten Laube des Farrenkraut-Baumes bedecken wollte. Denn Ihr müßt wissen, geliebte Kinder, daß die Pflanze, welche bei uns an feuchten und schattigen Stellen niedrig am Boden wächst und kaum eine Höhe von einem Fuße erreicht, in Australien zum stattlichen, überaus schönen Baume gedeiht. Solche Farrenkraut-Bäume hatte nun unser William vor sich; da er aber von der Pflanzenkunde wenig oder gar nichts wußte, konnte er diese herrliche Pflanze nicht benennen; nur so viel sagte er sich, daß sie zu dem beabsichtigten Zwecke ganz vortrefflich passe.

Vermittelst seines starken und zum Glücke sehr scharfen Messers – es war ein Geschenk von dem armen alten Jakob, der wohl jetzt tief im Meeresgrunde lag und den ewigen Schlaf schlief – schnitt er eine Menge Stecken ab und trug sie zum Strande, wo er sie ziemlich tief in den sandigen Boden einsteckte und über dem Körper des Verwundeten eine Art von Gerüst davon aufbaute. Er hatte zwar weder Hammer, Bohrer noch Nägel, um die Stöcke aneinander zu befestigen; allein er wußte sich trotz dem zu helfen. Er hatte nämlich bemerkt, daß die Frucht tragenden Halme des Grases, wovon er für seinen lieben Kranken ein Lager für das Haupt gemacht hatte, sehr stark und zäh waren, und so bediente er sich derselben statt der Stricke, um die Stäbe aneinander zu binden. Dabei kam ihm wieder die Aufmerksamkeit zu statten, die er von jeher allen ihm begegnenden Dingen und Sachen schenkte. Seine Mutter war früher mehrere Male um die Erndtezeit mit ihm ins Feld gegangen und da hatte er bemerkt, daß die Garbenbinderinnen eine Handvoll Stroh zusammendrehten, um damit die Garben zu binden. Ebenso verfuhr er mit den ziemlich langen und sehr zähen Grashalmen, die auf solche Weise behandelt, die ihm fehlenden Stricke vollkommen ersetzten.

Als sein Gerüst aufgebaut war, holte er das Farrenkraut und bedeckte seinen Bau mit den breiten Blättern desselben. Es nahm sich fast so aus, wie die Lauberhütten der Israeliten und gewährte nicht nur dem Leidenden Schutz gegen die brennenden Sonnenstrahlen, sondern auch, als die Sonne untergegangen war, gegen die eintretende Kühle der Nacht.

Unter diesen liebevollen Bemühungen des guten Knaben war es Abend geworden. Die Sonne hatte bereits ihre Laufbahn vollendet und war am westlichen Rande des Horizonts ins Meer hinabgesunken. Der Verwundete lag in einer Art von Halbschlummer, aus dem er aber von Zeit zu Zeit erwachte, um Wasser zu fordern. Daß er dem Schmachtenden dieses immer geben könne, auch dafür hatte unser William auf eine sinnreiche Weise gesorgt, indem er an seiner Ledertasche einen Stiel befestigte; er hatte nämlich oben am Rande zwei Löcher hineingebohrt, durch die er einen ziemlich langen Stecken schob, und indem er das untere Ende des Steckens schräg in die Erde steckte, erhielt sich sein Wassergefäß schwebend, so daß kein Tropfen verloren ging.

Auf diese Weise hatte unser Freund nun freilich für das nächste Bedürfniß seines lieben Verwundeten gesorgt; allein wer sorgte für das seinige? Es meldete sich nämlich bald ein böser Gast bei ihm: der Hunger, und er hatte nichts, um ihn zu befriedigen. An einer reichlich besetzten Tafel ist der Hunger ein höchst willkommener Genosse, der alle Speisen würzt; allein in der Einöde, wo es an allen Mitteln fehlt, ihn zu befriedigen, da macht er sich nicht wenig unangenehm.

Dies empfand unser William jetzt, und er faßte oft an seinen armen Magen, der anfing, gewaltig zu knurren.

»Ach!« seufzte er, den Blick auf das schöne Gras werfend, welches in reichster Fülle rund umher stand, »wie glücklich, wer doch hier ein Pferd wäre!«

Es war indeß schon zu spät, noch auf die Entdeckung eines menschlichen Nahrungsmittels auszugehen und so legte er sich mit dem frommen Spruche: »der liebe Vater im Himmel wird schon helfen!« auf den Sand neben seinen Kranken nieder und schlief bald ein.

9.

Nicht lange konnte unser junger Freund schlafen, indem ein immer stärker werdendes Ächzen des neben ihm ruhenden Capitains ihn weckte. Er fuhr empor, rieb sich die Augen und sah sich nach allen Seiten um. Die erst anbrechende Morgendämmerung ließ ihn die ihn umgebenden Gegenstände kaum noch erkennen und ein angenehmer Traum hatte überdies seine Gedanken verwirrt. Ihm träumte nämlich, daß er wieder in der geliebten Heimath, im Arme seiner theuren Mutter sei, die ihn unter Freudenthränen willkommen hieß, und ihm das Versprechen abnahm, daß er sie nicht wieder verlassen wolle. Auch er hatte im Traume Thränen der Freude und Rührung vergossen, und seine Augen waren beim Erwachen noch feucht davon.

Das immer lauter und schmerzlicher werdende Ächzen des armen Leidenden neben ihm entriß ihn bald seinen angenehmen Vorstellungen und machte ihn darauf aufmerksam, wo er sich befinde. Er sprang schnell auf und trat zu der über dem Körper des Capitains gemachten Laubhütte, außerhalb deren er geschlafen hatte, weil nur Raum für *eine* Person darin war. Er machte sich die bittersten Vorwürfe, daß er hatte schlafen können, während ein menschliches Wesen so entsetzlich neben ihm litt, und doch war es, besonders bei seinem Alter, so natürlich, daß er nach den gehabten großen Anstrengungen in Schlaf verfiel.

»Wie ist Ihnen, Herr Capitain?« fragte er mit vor Mitleid bebender Stimme, »und kann ich Ihnen mit irgend Etwas zu Hülfe kommen?« Er vergaß in dem Augenblick seine gänzliche Hülflosigkeit und daß er dem Leidenden nichts zu bieten habe, als höchstens einen Trunk Wasser aus der entdeckten Quelle.

Er erhielt längere Zeit keine Antwort auf seine Frage; dann sagte der Capitain mit kaum vernehmbarer Stimme:

»Laß mich in Ruhe sterben! – Es ist der Tod, mit dem ich kämpfe – und er ist bitter – bitter, wenn man nicht so gelebt hat, wie man gesollt hätte. O meine arme Frau! – mein liebes Kind! – und auch Du, armer Junge!« Er konnte nicht weiter reden; ein lautes Schluchzen unterbrach seine Worte, und auch William, dem sich das Herz in der Brust krampfhaft zusammenzog, vermochte kein Wort hervorzubringen.

»Ja! Ja!« fuhr der Capitain nach einer ziemlich langen Pause fort; »ja, nun kömmt's! Ich wollte in meinem wüsten Leben immer nicht daran glauben, daß eine Stunde kommen würde, wo ich mit Abscheu auf mich selbst, mit Zittern in die Zukunft blicken würde, und nun ist sie doch da! und nun greift die Furcht vor dem unbestechbaren Richter da oben, vor den Strafen, die mich Jenseits erwarten, nach meinem Herzen und ich zittere wie ein armer Sünder, den man zum Hochgerichte führt. – Ich verspottete früher das Alles – ich glaubte weder an Gott, noch an Tugend! ich sprach der letztern Hohn und fröhnte unbedachtsam meinen wilden Trieben; ich spottete über die, die es anders, besser machten, und nun ist die Hölle in meinem Herzen, und nun, wo ich nichts mehr gut machen, mich nicht mehr bessern, reinigen kann, nun muß ich verzweifeln!« Er verzerrte bei den letztern Worten so grausam die Mienen seines Gesichts, daß William, der in Thränen zerfließend neben ihm kniete, entsetzt aufsprang und gern weit, weit weg geflohen wäre.

Der Sterbende wurde jetzt still und William trat ihm schüchtern wieder näher. Mit andächtig gefalteten Händen stand er neben dem Verzweifelnden und schickte heiße Gebete für sein Seelenheil zum Himmel empor.

Nach einer ziemlich langen Pause rief der Capitain, indem er die Augen weit aufriß und William damit anstarrte.

»Wo bist Du? Ich sehe Dich ja nicht mehr? Hast auch Du mich verlassen, und willst mir in meiner Sterbestunde nicht beistehen?«

»Ich bin hier, Herr Capitain«, antwortete ihm William schluchzend; »ich habe Sie nicht verlassen und werde nicht von Ihnen weichen. O könnte ich doch mit meinem armen Leben das Ihrige retten!« fügte er mit dem Tone der Wahrheit hinzu.

»Guter Knabe!« erwiederte ihm der Sterbende mit einer Stimme, die vor Rührung brach; »guter Knabe, ich habe so viele Liebe und Treue nicht von Dir verdient. Ich handelte auch gegen Dich schlecht – ich war hart, war grausam gegen Dich; das kleinste Versehen brachte mich in Zorn und zog Dir Strafe zu – O!«

»Nein!« rief William, indem er mit seiner heißen Hand nach der bereits erkaltenden des Capitains griff, »nein, Herr Capitain, Sie sind so hart nicht gegen mich gewesen, wie Sie selbst sich jetzt anklagen! Erinnern Sie sich noch, wie Sie mir eins von Ihren Hemden gaben, als Sie entdeckten, daß ich nur das einzige habe, was ich auf dem Leibe hatte? O, das war eine große Wohlthat, die Sie mir erwiesen, und so lange ich lebe, werde ich derselben dankbar gedenken.«

»Das ist ein kleiner Trost«, versetzte der Sterbende; »ich war also doch nicht allzu hart auch gegen Dich? Ich hinterlasse doch ein Herz, das nicht in Haß gegen mich schlägt, sondern mir vielmehr dankbare Gefühle weiht? O, wie süß muß es sein, sich in der Sterbestunde sagen zu können: ich that so viel Gutes, als ich vermochte; ich entpreßte keinem Auge Schmerzens-, vielen aber Freudenthränen; ich freute mich mit den Glücklichen, weinte mit den Kummervollen; ich handelte nach dem Gebot des Evangeliums und war ein guter Christ und Mensch! – Könnte ich nur noch einmal von vorne anfangen, wie ganz anders sollte es werden, welch ein gottgefälliges Leben wollte ich führen!« fügte er nach einer langen Pause hinzu. »Aber nun ist es aus – das Ziel, von dem es keine Umkehr mehr gibt, ist erreicht – ich muß vor meinen Richter da oben treten und die Handlungen meines Lebens verantworten! O!« – –

Seine Stimme brach und Thränen schossen ihm aus den Augen hervor, in denen die Sehkraft bereits erloschen war. Ein Mitleid, wie William es in seinem Leben noch nicht empfunden hatte, ergriff sein Herz; er erfaßte die bereits gänzlich erstarrte Hand des Sterbenden und sagte schluchzend:

»Bedenken Sie, lieber Herr Capitain, daß unsere heilige Religion unsern Gott nicht blos einen gerechten, sondern auch *gnädigen* Gott nennt und sagt, daß der bereuende Sünder Gnade vor seinen Augen finden werde. Vertrauen Sie diesen tröstenden Worten und sterben Sie in Frieden.«

»Dank! Dank! Dir für diesen tröstlichen Zuspruch«, versetzte der Sterbende; »und nun reiche mir Deine Hand, die ich noch fühlen werde, wenn schon mein Auge Dich nicht mehr sehen kann, weil der herannahende Tod seine Sehkraft gelähmt hat; reiche mir Deine Hand und gib mir auch noch den Trost mit auf die große Reise, daß Du mir vergeben hast, was ich an Dir frevelte; dies wird mir den sonst so schweren Tod doch in Etwas erleichtern.«

»Sterben Sie meinetwegen in Frieden«, versetzte William, indem er seine Hand innig drückte, »und möge Gott Ihnen nicht mehr zürnen, als ich es thue.«

»Du bist ein guter Knabe;« war die gerührte Antwort des Sterbenden; »bleibe wie Du bist, werde immer besser und gedenke so lange Du lebst der Sterbestunde und der Verzweiflung eines sündhaften Menschen. Wenn Du kannst, so sage mir ein Gebet oder ein frommes Lied her, unter dem meine Seele hinüberschlummere in das bessere Jenseits.«

William besann sich einige Augenblicke auf ein passendes Gebet oder ein tröstendes Lied; endlich fiel ihm das herrliche Gedicht von einem großen deutschen Dichter, *Klopstock*, ein, welches so anfängt:

»Auferstehn, ja auferstehn
»Wirst Du
»Mein Staub nach kurzer Ruh!
»Unsterblich Leben
»Wird der Dich schuf
»Dir geben:
»Gelobt sei Gott!«

und da er es gänzlich auswendig wußte, sagte er es mit gerührter Stimme her. Die eben noch so schmerzlich verzerrten Züge des Sterbenden nahmen nach und nach einen mildern, freundlichern Ausdruck an; die bisher starr vor sich hinsehenden, bereits gebrochenen Augen schlossen sich und die Lippen bewegten sich leise, indem sie das herrliche Gedicht nachsprachen.

Es war ein großer, feierlicher Augenblick. Die Sonne ging blutroth am fernsten östlichen Rande des Horizontes auf und bestreute die Meereswellen mit Gold und Purpur. Die feierlichste Stille herrschte rings umher und nichts wurde gehört, als das Rauschen der Wellen, die, nachdem sich der Sturm gelegt, wie spielend an das Ufer kamen und sich an den Steinen und Muscheln des Strandes brachen.

Endlich war William mit dem Hersagen seines Gedichts und der arme Capitain mit dem Leben fertig: er hatte ausgelitten und es blieb jetzt nichts mehr von dem vor Kurzem noch so thatkräftigen Manne übrig, als eine leblose Hülle. Wohl ihm, wenn der Ruf der Tugend und Frömmigkeit, wenn gute, edle Thaten ihn überlebt hätten! Wie fröhlich und getrost hätte er dann eingehen können in das Reich Gottes, wie zuversichtlich vor den Thron des unbestechlichen Richters treten!

William wußte nicht, daß er todt sei und hielt den Todesschlaf für einen gewöhnlichen Schlummer. Zwar fiel ihm die große Veränderung auf, die mit den Gesichtszügen des Sterbenden seit einigen Minuten vorgegangen war; allein er, der noch niemals einen Todten gesehen hatte, wußte nicht, was dieses zu bedeuten habe, und da er den vermeintlich Schlafenden nicht stören wollte, sich auch das Bedürfniß des Hungers wieder mächtig bei ihm meldete, stand er leise vom Boden auf und entfernte sich von der Leiche, um, wo möglich, irgend einen Gegenstand zu suchen, durch den er sich sättigen könnte.

Er schlug den ihm bereits bekannten Weg zur Quelle wieder ein und kam endlich zu einer Gruppe von Bäumen, die ihm schon aus der Ferne bekannt vorgekommen waren; als er ihnen näher kam, sah er, daß er sich in seiner Voraussetzung nicht geirrt habe: es waren *Akazien*, die er erblickte.

»Akazien?« höre ich Euch, meine Geliebten, rufen. »So war das Schiff durch den Sturm wohl wieder nach Europa verschlagen worden? Denn in unsern Gärten stehen Akazien und erfüllen im Frühlinge die Luft mit dem Dufte ihrer herrlichen schneeweißen Blüten.«

»Allerdings«, antworte ich Euch auf Eure Frage, »haben wir die Akazie in unsern Gärten; allein sie sind nicht heimisch bei uns, sondern aus andern Welttheilen, namentlich aus Australien, dem fünften Welttheile zu uns herübergebracht. Wir haben auf diese Weise uns eine Menge von Bäumen und schönen Zierpflanzen angeeignet, unter andern auch die segensreichen Fruchtbäume, die größtentheils aus Asien herstammen. Die Akazie verpflanzte man nun zwar nicht ihrer labenden Früchte wegen auf unsern Boden, sondern weil sie ein überaus schönes Ansehen, einen hohen, schlanken Wuchs, eine schön gebildete Krone und ein überaus anmuthig geformtes, hellgrünes, gefiedertes Laub, vor allen Dingen aber köstlich duftende Blüten hat. Sie ist eine Zierde unserer Gärten und öffentlichen Plätze, obgleich sie bei uns die Schönheit und Pracht nicht erreicht, die sie in ihrem heimathlichen Lande zur Schau trägt.«

William war nicht wenig erfreut, auf so gute Bekannte in einer so entfernten Gegend zu stoßen und sah die prächtigen Bäume mit wahrem Entzücken an, obschon er glaubte, daß sie ihm keine Nahrung darbieten würden. Darin aber hatte er sich geirrt, denn als er die vor ihm stehenden Bäume genauer betrachtete, sah er, daß fast aus jedem Zweige ein krystallhelles Gummi hervorgeschwitzt war, das vollkommen dem arabischen glich, und da er sich erinnerte, gehört zu haben, daß ein solches Gummi sehr vielen Nahrungsstoff enthalte, bog er einige Zweige zu sich herab und sammelte eine Handvoll Gummi, das ohne allen Geschmack war und ihm sehr leicht auf der Zunge verging. Zwar konnte er sich an diesem Nahrungsmittel nicht vollkommen sättigen;

allein schon nach wenigen Minuten ließen die Schmerzen in seinem völlig ausgehungerten Magen nach und ein Gefühl von Wohlbehagen trat an die Stelle desselben, das noch vermehrt wurde, als er vermittelst seines mitgenommenen Beutels einen frischen Trunk aus der schönen Quelle geschöpft hatte.

Jetzt, wo sein dringendstes Bedürfniß wenigstens einigermaßen gestillt war, dachte er wieder an seinen lieben Kranken und in der Hoffnung, daß auch ihm vielleicht beim Erwachen mit einem Nahrungsmittel gedient sein dürfte, sammelte er noch eine gute Handvoll von dem Gummi, füllte seine Ledertasche mit Wasser an und wanderte dem Strande wieder zu.

10.

Der Capitain lag noch, als er bei demselben anlangte, ganz in der Stellung, in der er ihn verlassen hatte. Sein Gesicht war aber wachsbleich geworden und seine leichtgekrümmten, über der Brust liegenden Finger hatten dieselbe Farbe angenommen. Einen höchst widerwärtigen Eindruck machte es auf ihn, daß eine Menge geflügelter Insekten seinen armen Freund umflogen und sich mit Gier auf die verwundeten Stellen seines Kopfs und Gesichts niederließen, von denen sie das Blut zu saugen schienen. Er verjagte sie mit einem breiten und langen Blatte des Farrenkraut-Baumes, das er vom Dache der Hütte abgenommen hatte; allein sie ließen sich nicht vertreiben und kamen immer und immer wieder. Der Capitain aber ließ alles mit sich geschehen, und rührte kein Glied, zuckte nicht einmal mit den Augenwimpern.

»Ach!« sagte jetzt William, nachdem er ihn lange mit Aufmerksamkeit betrachtet hatte, mit schmerzlich bewegter Stimme: »ich glaube, er ist todt!«

Um sich zu überzeugen, ob er es sei, knieete er neben ihm nieder und faßte nach seiner Hand; sie war eiskalt und steif; die Arme und Finger hatten ihre Beweglichkeit verloren; die Brust hob sich nicht mehr wie beim Athmen; die Augen waren fest geschlossen und der Mund stand etwas offen.

»Ja, er hat ausgelitten, er ist todt!« rief jetzt William, dem ein Strom von Thränen über die Wangen schoß; »er ist wirklich todt und ich bin jetzt ganz allein auf der großen, weiten Erde!«

Der Gedanke hatte etwas so Entsetzliches für ihn, daß seine Thränen heißer strömten und er in laute Klagen ausbrach. Niemand trocknete diese Thränen von seinen Wangen; keine menschliche Stimme redete Worte des Trostes zu ihm: er war allein, verlassen von aller Welt; Keiner theilte seinen Schmerz, Keiner würde sich seiner Freude freuen.

Zum ersten Male im Leben begriff er, welche Wohlthat Gott uns Menschen schon allein dadurch erzeigt hat, daß er uns in der Gesellschaft Anderer aufwachsen läßt; daß er uns Eltern, Geschwister, Genossen gab. Er hatte daran nie zuvor gedacht und, wenn gleich Gott für sehr viel Gutes, doch dafür niemals aus der Fülle der Seele gedankt.

Der Anblick der Leiche erfüllte ihn endlich mit einem Gefühle von Grauen, über das er nicht Herr zu werden vermochte. Aber wohin mit ihm? wie ihn, da er kein anderes Geräth, als sein Taschenmesser besaß, ein Grab bereiten? Sie unbestattet am Strande liegen, sie die Beute habsüchtiger Insekten werden zu lassen, dagegen sträubte sich sein Gefühl. Er konnte freilich von dannen, tiefer in das Land hineingehen und für die Folgezeit diesen traurigen Ort vermeiden; allein das würde ihn nicht beruhigt haben; er mußte, um sich zufrieden geben zu können, die Leiche dem heiligen Schooße der Erde anvertrauen, damit sie, wie es in der Schrift heißt, wieder zur Erde würde.

Bald hatte sein erfinderischer Geist ein Hülfsmittel ersonnen. Es bedurfte jetzt, da sein armer Genosse todt war, keiner Hütte zu seinem Schutze mehr; er riß also einen der stärkern Stäbe, die das Laubdach stützten, aus dem Boden und bediente sich seiner statt einer Schaufel. Die Arbeit war, besonders bei dem heißen Sonnenbrande – denn es war in Australien Sommer, während in Europa noch Schnee und Eis zu sehen war – sehr mühsam und ging nur langsam von statten, da der Stecken eine Schaufel oder ein Grabscheit nur sehr unvollkommen ersetzte, allein seine Ausdauer überwand alle Schwierigkeiten und der überaus lockere, so nahe am Meere sandige Boden unterstützte ihn bei der Arbeit, so daß gegen Abend ein Loch bereitet war, in das er den Körper des Verstorbenen zu senken vermochte. Er bedeckte diesen dann nothdürftig mit der ausgeworfenen Erde und zum Überflusse auch noch mit den Stäben und Blättern, die seither zur Hütte gedient hatten.

Als das Grab fertig und diese heilige Pflicht von ihm erfüllt war, machte er, zur Bezeichnung der Stätte, wo die irdischen Übereste des

Capitains ruhten, aus zwei kreuzweis zusammengebundenen Stäben ein Kreuz und pflanzte es neben dem Grabe in den Boden.

Seine Kräfte waren völlig erschöpft, als er mit dieser mühsamen Arbeit endlich fertig war. Zwar hatte er sich dadurch zu stärken und den Hunger vom Leibe zu halten gesucht, daß er von Zeit zu Zeit ein Stück von dem mitgenommenen Gummi in den Mund nahm und dazu einen Schluck Wasser trank; allein dieses leichte Nahrungsmittel reichte für die Länge nicht aus, besonders bei so schwerer Arbeit nicht, und sein Magen zeigte ein dringendes Verlangen nach einer nahrhafteren, festeren Speiße. Woher sie aber nehmen? wo sie aufsuchen? Das wußte er sich nicht zu sagen und wünschte sich jetzt den ledernen Riemen der Kaffern, von dem er am Vorgebirge der guten Hoffnung erzählen gehört hatte, um sich den bellenden Magen damit zusammen zu schnüren. Er verzweifelte zwar nicht daran, daß er noch so glücklich sein würde, eine consistentere Nahrung, und wenn es auch nur eine eßbare Wurzel wäre, zu finden; allein seine gänzlich erschöpften Kräfte und die wenige Zeit, die ihm noch bis zum völligen Anbruche der Nacht übrig blieb, reichten nicht dazu aus, sie zu suchen: hatte er doch kaum noch so viele Kraft, den Ort, wo die Leiche ruhte, zu verlassen und den Platz unter den Akazien zu erreichen, wo er die Nacht zuzubringen beschlossen hatte.

Der Boden war hier hart, da, wie schon gesagt, das ziemlich hohe Gras nicht wie bei uns dicht neben einander, sondern in einzelnen Büscheln stand; auch bedeckten weiche Moose den Boden nicht, wie in Europa an schattigen Orten; denn bis jetzt hat man, so viel mir bekannt, noch keine Moose in Australien entdeckt; aber trotz dem verfiel unser Freund bald in einen tiefen Schlaf; denn dem Müden ist leicht gebettet und hätte der Hunger und die auf sein Gesicht fallenden Sonnenstrahlen ihn nicht früh geweckt, so würde er wohl bis zum hellen Mittage auf seinem harten Lager geschlafen haben.

Sein erstes Geschäft nach dem Erwachen war, Gott für den ihm in der Nacht gewährten Schutz und guten Schlaf zu danken. So hatte seine Mutter es ihn gelehrt, und obgleich er jetzt durch mehrere tausend Meilen von ihr getrennt war, so behielt er diesen frommen Gebrauch doch bei. Nachdem er gebetet hatte, ging er zur Quelle, erfrischte sich durch einen Trunk daraus und wusch sich dann Gesicht und Hände in der krystallhellen Fluth. Ihm war so wohl und leicht dadurch geworden, daß er aller schweren Sorgen sich entschlug und seinem Vater im Himmel gänzlich vertraute.

Der Morgen war so schön, wie man sich ihn nur denken kann. Die Sonne stand an einem hohen, tiefblauen, völlig wolkenlosen Himmel; die Erde war mit köstlichem Grün und einer Menge noch nie zuvor gesehener Blumen bedeckt; die durch die Nachtluft erfrischten Bäume hauchten einen winzigen Duft aus und bunte Vögel schüttelten ihr Gefieder in den Zweigen derselben, indem sie zugleich ihr Morgenlied zum Lobe des Schöpfers aller Dinge erschallen ließen.

William hatte, da ihn nichts an den Platz unter den Akazien fesselte, seine Wanderung wieder angetreten und ging, in der Hoffnung, irgend etwas Eßbares zu finden, tiefer ins Land hinein; konnte es ihm doch gleichviel sein, wohin er wanderte.

Auf dieser Wanderung fiel es ihm nicht wenig auf, daß er die Stämme mehrerer ihm unbekannten Bäume völlig von ihrer Rinde entblößt erblickte. Diese lag, wie von der Hand eines Baumschänders abgeschält, unter den Bäumen. Noch auffallender aber war es ihm, daß trotz dem die Krone der Bäume so frisch und grün war, als wäre dem Stamme nichts geschehen. Er wußte, daß bei uns Bäume absterben, deren Stamm man frevelhafter Weise abgeschält hat, und staunte so nicht wenig, hier das Gegentheil zu finden. Unser Freund wußte damals noch nicht – in der Folge erfuhr er es durch angestellte Beobachtungen – daß in Australien die meisten Bäume gegen den dortigen Frühling, der um die Zeit unseres Herbstes fällt, die Rinde von selbst abstreifen, sich also gleichsam wie unsere Krebse und Schlangen *häuten*, und daß unter der alten, abgestorbenen Rinde schon eine neue, zarte, dem Auge kaum bemerkbare sitzt.

Indem seine Blicke nun überall sorgfältig umher spähten, um wo möglich ein Nahrungsmittel zu entdecken, fiel ihm ein anderer Baum auf, dessen Wuchs dem unserer Kirsche glich und der bei ganz ähnlichen Blättern auch eine ähnliche, hochrothe Frucht trug, nur mit dem Unterschiede, daß der Kern, oder wie wir die holzige Hülle des Kerns nennen, der *Stein*, statt im Innern der Frucht, an der Seite nach *außen* saß. Dies fiel ihm so auf, daß er lange in Betrachtung dieser wunderbaren Erscheinung stehen blieb. Endlich wagte er es, auf die Gefahr hin, vielleicht eine giftige Frucht zu genießen, denn das war leicht möglich, da er sie nicht kannte, eine Handvoll davon zu pflücken und sie zu verzehren. Sie hatte allerdings im Geschmacke einige Ähnlichkeit mit unserer Kirsche, allein sie war herber und nicht eben angenehm: trotz dem erfrischte sie ihn und da er, nachdem er einige Zeit unter dem Baume ausgeruht hatte, keine üble Wirkung davon verspürte, wagte er es, sich völlig satt an diesen Kirschen zu essen. Der Baum war allerdings die *australische Kirsche*.

Als er, etwas gestärkt durch die festere Nahrung, seine Wanderung weiter fortsetzte, nahm er wahr, daß die Stämme vieler Bäume, namentlich ältere, völlig hohl waren. Man findet zwar auch in andern Welttheilen hohle Bäume, aber deren lange nicht so viele, als er hier fand. Diese Erscheinung rührte, wie er späterhin wahrnam, von zwei Arten in Australien häufig vorkommenden Ameisen, den weißen und den schwarzen, her. Die weißen werfen sich zuerst auf einen solchen Baum, den sie sich zum Sitze ausersehen haben, und bohren ihn von unten bis oben voll Löcher, so daß er fast zum Siebe wird. Haben Sie ihre Brut gemacht, so folgen ihnen die schwarzen nach, die die von ihnen gemachten Löcher wieder so genau mit Erde ausfüllen, daß kein einziges leer bleibt. Aber die so durchbohrten Theile des Stammes sterben mit der Zeit ab und dies macht, daß man in Australien so viele hohle Bäume findet. Noch auffallender dürfte es für Euch, meine Theuren, sein, daß Reisende uns die Mittheilung machten, daß eine Menge Bäume in Australien ein *unverbrennliches* Holz liefern. Dies soll daher rühren, daß das Holz sehr viele Alauntheile enthält, die dem Verbrennungsprozesse bekanntlich hinderlich sind. Man benutzt diese unverbrennlichen Bäume daher gern zum Zimmerholze, indem sie dem Brande eben so gut widerstehen, als Häuser es thun würden, die ganz von Stein aufgeführt wären.

Auch Mannabäume – der Botaniker nennt sie in der Kunstsprache *Eucalyptus mannifera*, welchen Namen Ihr Euch merken mögt – fand unser William auf seiner Wanderung; er kannte aber weder ihren Namen, noch wußte er, daß man dieses, in Flocken an den Bäumen hängende Harz in unsern Apotheken als Arzneimittel gebraucht. Ein Glück war es für ihn, daß er dießmal nichts davon genoß, denn es ist ein tüchtiges Abführungsmittel, wie er späterhin gewahr werden sollte, als er sich in einer Anwandlung von Naschhaftigkeit zum Genusse dieses süßlichen Saftes verleiten ließ.

Zu seinem nicht geringen Erstaunen fand unser William hier, wo Alles so ganz anders, als in Europa war, eine gute alte Bekannte, die Nessel nämlich. Als er sie erblickte, glaubte er, doch vielleicht eine andere, nur der äußern Form nach ähnliche Pflanze vor sich zu haben, auch war sie hier viel größer und üppiger; als er sich aber bückte, um sie leise anzurühren, entdeckte er, daß sie ganz dieselbe Eigenschaft besitze, wie die europäische: er verbrannte sich nämlich recht derb die Hand, an der gleich eine Menge von Pusteln aufliefen, die heftig juckten. Hätte er die Nessel nur recht derbe angegriffen, so würde das nicht geschehen sein, denn dann würden die feinen Härchen, womit Blatt und Stengel dieser Pflanze übersät sind und die durch ihr Eindringen in die Haut eben die Pusteln und das lästige Jucken hervorbringen, von seinen Fingern *niedergedrückt* worden und hätten ihm nicht schaden können. Den Versuch könnt Ihr jederzeit in unsern Gärten und Feldern machen.

Da das Jucken von der unvorsichtig berührten Nessel fast unerträglich war und William sich erinnerte, daß man es durch Eintauchen in kaltes Wasser lindern könne, sah er sich nach seiner lieben Quelle um: wo aber war die jetzt? Vergebens durchsuchte er die Stellen, wo das Gras etwas dichter, als an den übrigen stand; vergebens durchstreifte er, trotz seiner Müdigkeit, noch eine große Strecke: die Quelle war wie verschwunden und er entdeckte auch keine andere, wenigstens für den Augenblick nicht.

Das war denn sehr traurig für unsern armen jungen Freund. Wenn er das lästige Jucken auch geduldig ertragen hätte, so stellte sich doch ein so brennender Durst bei ihm ein, daß er ihn mit den Kirschen, deren er noch einige fand, nicht zu löschen vermochte, um so weniger, da hier diese Frucht weder so angenehm schmeckend, noch saftig war, wie in Europa.

Zu dieser großen Plage gesellte sich bald eine zweite: eine so große Ermüdung, daß seine Beine ihn nicht weiter zu tragen vermochten. Dabei brannten seine Füße wie Feuer, da sie stets auf einem fast glühend heißen Boden fortgewandelt waren. Zwar war dieser, wie schon gesagt, mit Gras bedeckt; allein es stand in einzelnen Büscheln ziemlich weit auseinander und ließ große freie Zwischenräume, auf die William treten mußte, wenn er nicht alle Augenblicke über die sehr hohen Grasbulte stolpern wollte. Die Ursache, weßhalb das Gras in Australien, trotz der so außerordentlichen Fruchtbarkeit des Bodens, nur in einzelnen Büscheln steht, ist die, daß es hier nur sehr wenige Arten von Futterkräutern gibt, während ein Naturforscher, *Sainclair*, auf einen Quadratfuß Wiesenland in England zwei und zwanzig Arten davon entdeckte. Diese große Verschiedenheit der Gräser bewirkt, daß der Rasen in unserm Welttheile so dicht und schön ist; denn jedes dieser Kräuter zieht *andere* Nahrungsstoffe aus der Erde an sich, folglich können sie sehr gut neben einander bestehen, ohne sich in Hinsicht der Nahrung zu beeinträchtigen. Ich will Euch, meine Geliebten, dies durch ein Beispiel zu erläutern suchen. Gesetzt, man sperrte zwei oder drei verschiedenartige Vögel in einem Käfige ein und gäbe ihnen verschiedenartiges Futter in hinlänglicher Menge, so würden sie recht gut neben einander bestehen und sich lange ernähren können, wenn der eine Vogel diese, der andere jene Körner zu seiner Nahrung erwählte; würden aber alle nur die *eine* Sorte von Körnern fressen wollen, so würde der Vorrath bald aufgezehrt sein und Mangel für alle entstehen. Aus eben dem Grunde gedeiht der nur mit sehr wenigen Grasarten bedeckte australische Rasen nicht so gut wie der unsrige.

Nachdem William noch über eine Stunde gelaufen war, um seine geliebte Quelle oder auch eine andere wieder zu finden, wollten seine Kräfte zum fernem Umherlaufen nicht mehr ausreichen und er sank in tödtlicher Ermattung unter einem großen Baume nieder, der ihm wenigstens einigen Schatten gewährte. Die Plage, welche der brennende Durst ihm verursachte, war so groß, daß er sich zuerst von seinem bisherigen Muthe verlassen fühlte und sich hinsetzte und bitterlich zu weinen anfing. Was sollte auch in der That aus ihm werden, wenn er kein Wasser mehr fände, um seinen brennenden Durst zu löschen.

Da aber nichts so leicht müde macht, als das Weinen, und er überdies durch das lange Umherstreifen in der brennenden Sonnenhitze völlig ermattet war, fiel er bald in einen tiefen Schlaf und vergaß, wenigstens auf einige Zeit, seine Leiden.

O, welche Wohlthaten der Natur oder vielmehr der Gottheit sind Wasser und Schlaf, und wie Wenige danken doch ihrem himmlischen Vater für beide großen Gaben! Nur der Verschmachtende, der plötzlich eine frisch sprudelnde Quelle, der Kranke, welcher nach langem, den letzten Rest seiner Kräfte verzehrendem Wachen endlich einen erquickenden Schlaf findet, nur sie werden vielleicht die Pflicht des Dankes gegen den Schöpfer aller Dinge erfüllen.

11.

William würde, trotz des ihn quälenden Durstes, vielleicht noch länger geschlafen haben, wenn die Berührung eines eiskalten Gegenstandes, der über seine am Boden ruhende Hand hinkroch, ihn nicht geweckt hätte. Diese Berührung weckte ihn auf und er zog die Hand, welche sie erlitten hatte, eilig an sich. In demselben Augenblick schoß eine wohl 12 bis 14 Fuß lange Schlange mit der größesten Schnelligkeit und wie erschreckt durch seine rasche Bewegung durch die hohen Grasbüschel fort. Sein Schrecken bei diesem Anblicke war, wie Ihr Euch vorstellen könnt, nicht gering, denn er wußte, daß es viele giftige Schlangen gibt und fürchtete sich so mit Recht vor der Nähe dieser Thiere. Seine Furcht war dießmal vergeblich gewesen, wie er späterhin erfahren sollte. Die Schlange, welche über seine Hand gekrochen war, war die Diamant-Schlange, die einzige *nicht* giftige dieser Gegend, weßhalb sie auch von den Eingeborenen als ein Leckerbissen verzehrt wird. Ihr möchtet wohl nicht darauf zu Gaste gehen? – Ich auch nicht.

Die Furcht, eine Beute dieses häßlichen Reptils zu werden, trieb William nicht nur vom Boden empor, sondern sogar zur eiligen Flucht: konnten doch noch mehrere dieser Thiere an dem Orte sein. Da der Schlaf ihn gestärkt hatte, eilte er rasch von dannen; nach welcher Richtung? das wußte er selbst nicht; auch konnte es ihm ja so ziemlich gleichgültig sein, da er nun aufs Geradewohl fortlaufen mußte, ohne ein bestimmtes Ziel zu haben. Ihm war nur darum zu thun, so weit als möglich aus dem Bereiche der häßlichen Schlangen zu kommen, vor denen er, ihrer giftigen Eigenschaften wegen, eine große Furcht hatte. Diese war in der That so groß, daß er fast seines Durstes darüber vergaß und erst wieder daran erinnert wurde, als plötzlich ein Rauschen, wie von herabfallendem Wasser, an sein Ohr drang.

Er stand still, um zu lauschen; dann rief er plötzlich mit dem Tone des höchsten Entzückens aus:

»Ja! das ist Wasser!«

Vor ihm lag ein mäßiger Hügel und obgleich, in der Ebene geboren, des Bergsteigens nicht gewohnt, klomm er ihn so schnell hinan, als wäre er ein Kind der Alpen. Auf der Spitze des Hügels angelangt, zeigte sich seinen Blicken ein entzückendes Schauspiel. Zwischen einer Reihe mäßiger Hügel lag ein schönes, mit dem lieblichsten Grün bekleidetes, den herrlichsten, nie zuvor gesehenen Blumen besä'tes Thal, durch das sich ein silberheller Bach murmelnd hinwand. Dieser stürzte sich von der Spitze des Hügels, auf dem er stand, in das schöne Thal hinab und bildete, indem er von Zeit zu Zeit über hervorspringende Felsstücke hinrauschte, die anmuthigsten Wasserfälle, von denen ein schneeweißer Schaum emporspritzte; unten am Fuße des Hügels aber angelangt, wurde das Wasser hell wie Bergkrystall, so daß sich der tiefblaue Himmel darin abspiegelte.

Ein Freudenruf, nur von Gott und der schweigenden Natur gehört, entfuhr bei diesem entzückenden Anblick den Lippen unsers jungen Freundes. Er glaubte das Paradies vor sich zu haben, denn etwas so Reizendes, wie dieses Thal, hatte er in seinem Leben noch nicht gesehen. Wie ein Vogel flog er den Hügel hinunter, zu dem schönen Bache hin, legte sich an denselben nieder und schöpfte seine erquickliche Fluth mit der Hand; er ließ sich in seiner Freude und seinem großen Durste nicht erst die Zeit, sein ledernes Trinkgefäß hervorzuziehen, um Wasser darin zu schöpfen, sondern bediente sich lieber des jedem Menschen angebornen Schöpfgefäßes, der hohlen Hand, um zu trinken. Als er seinen Durst gelöscht und somit das erste dringendste Bedürfniß befriedigt hatte, dachte er schon an Luxus, denn so machen es die Menschen in allen Verhältnissen des Lebens. Schnell warf er seine Kleider ab und stand mit *einem* Sprung mitten im Bache. Welche Erquickung, als die kühle Fluth seine heißen Glieder berührte; aber zugleich auch welche Unvorsichtigkeit, so erhitzt ins Wasser zu springen. Die Folgen davon sollte er nur zu bald empfinden.

Zuerst hatte er nichts als Wohlbehagen und Erquickung davon; allein der hinkende Bote kam nach. Als er sich gehörig erfrischt und längere Zeit im Wasser geplätschert hatte, verließ er den Bach endlich wieder und fühlte sich so leicht und frisch, als wäre er neugeboren. Eines Handtuchs, um sich abzutrocknen, bedurfte er unter diesem Himmelsstriche nicht: die liebe Sonne verrichtete dieses Geschäft in wenigen Minuten, so daß er seine Kleider gleich wieder anziehen konnte. Vielleicht wäre selbst jetzt noch Alles gut gegangen, wenn er sich auf die heftige und plötzliche Abkühlung im Wasser gleich wieder in starke Bewegung, wo möglich in Schweiß gesetzt hätte. Daran dachte aber unser Unbesonnener nicht, sondern er legte sich, etwas ermüdet durch das genommene Bad, neben dem Stamme eines sehr großen und schönen Gummi-Baumes nieder, dessen breite und blätterreiche Krone ihm einen vollkommenen Schutz gegen die Strahlen der Sonne gewährten.

Er schlief nicht, denn er war nur etwas ermüdet und fühlte das Bedürfniß des Schlafes nicht, sondern er ruhte nur und schaute mit aufmerksamem Auge um sich, schon aus Furcht vor den Schlangen, mit denen er keine Gemeinschaft pflegen mochte. Zu seiner nicht geringen Verwunderung sah er zwischen dem Grase Frösche umherhüpfen, die eine schöne, dunkelgrüne Farbe, hellgelbe Streifen über den Rücken und viele schwarzen Punkte hatten. Da Niemand sie in dieser Wildniß störte und verfolgte, thaten sie nicht im geringsten schüchtern, sondern krochen zutraulich heran oder hüpften dicht neben ihm im Grase.

Noch eine andere alte Bekannte, die Eidechse, traf er hier an; sie schlüpfte aus einem kleinen Loche in der Erde hervor und sah ihn mit ihren klugen, glänzenden Augen so verständig an, als wolle sie eine Conversation mit ihm anknüpfen. Wie zudringlich und wenig scheu diese Thiere, sowie auch die Frösche waren, sollte er in der Folge in Erfahrung bringen, da sie sich in Menge in seiner Wohnung einfanden und so bekannt mit ihm thaten, als wären sie eingeladene liebe Gäste. Sie schliefen oft bei ihm auf seinem Graslager, thaten ihm aber nie etwas, so daß er ganz vertraut mit ihnen wurde und sie nicht selten mit gefangenen Fliegen und andern geflügelten Insekten fütterte, die, wie er aus der Naturgeschichte wußte, ihre Lieblingsspeise waren. Er sah sie auch auf die Bäume klettern; allein zu ihrem Verderben; denn hier lauerten einige Raubvögel ihnen auf und verzehrten sie, ohne viele Complimente zu machen.

Nachdem William allerlei Beobachtungen und Betrachtungen angestellt hatte, erhob er sich wieder, um weiter zu wandern; denn kaum war das eine Bedürfniß befriedigt, so meldete sich schon ein anderes, der Hunger.

Indem er so durch das reizende Thal hinstreifte, kam er zu einer Stelle, wo das hohe Gras sichtbar niedergebrannt war, und als er etwas weiter ging, zeigte sich ein Haufen Asche, um den einige Knochen umherlagen, seinen nicht wenig überraschten Blicken; sogar einige halbverbrannte Holzstücke lagen umher. Hier hatten also Menschen gehaus't; – welche Entdeckung!

Vor Erstaunen wurzelte sein Fuß am Boden. Er bückte sich, um die Asche zu befühlen und überzeugte sich auch durch das Gefühl, daß sein Auge ihn nicht getäuscht habe. Hier waren demnach – wie hätte er noch länger daran zweifeln können? – Menschen gewesen und hatten sich aller Wahrscheinlichkeit nach Speise bereitet; denn wozu sonst Feuer anzünden? Es waren vielleicht gar welche ganz in der Nähe, etwa hinter den Hügeln, die das Thal einschlossen? Welcher Art aber waren sie? und hatte er das Begegnen nicht viel mehr zu fürchten, als zu wünschen? Hatte er doch von Menschenfressern unter den Wilden gehört? Er wußte nicht, ob er sich über eine solche Nähe freuen oder betrüben sollte.

Eine andere Entdeckung, die er machte, erfüllte ihn indeß mit der reinsten Freude. Er sah an einer Stelle eine Pflanze aus dem Boden hervorgewachsen, deren Kraut einige Ähnlichkeit mit der unserer Kartoffel hatte, nur daß der Stamm höher und dicker und die Blätter etwas anders geformt waren. Um sich zu überzeugen, ob er sich nicht in seiner Voraussetzung geirrt habe, grub er mit seinem Taschenmesser ein Loch in die Erde und wühlte bald eine längliche, ziemlich große Knolle daraus hervor. Der Zufall hatte ihn die wilde Patate, die unsern Kartoffeln sehr ähnlich ist, entdecken lassen. Wie glücklich würde ihn dieser Fund gemacht haben, wenn er zugleich Feuer gehabt hätte, um sie zu braten; das aber fehlte ihm, und wie sich welches verschaffen?

Die Noth indessen ist die Mutter der Erfindungen. William hatte noch nicht lange nachgesonnen, so glaubte er es schon zu haben. Er dachte an sein ziemlich großes, starkes, vom besten Stahl gemachtes Taschenmesser, dessen Rücken gar füglich die Stelle eines Feuerstahls vertreten konnte. Es kam also nur noch darauf an, einen Feuerstein und etwas Zunder zu finden, denn um Holz durfte er nicht verlegen sein und nur zu der Brandstätte zurückkehren, um es zu finden; auch für Zunder trug er keine Sorge: ein Eckchen von seinem dünnen baumwollenen Taschentuche konnte gar füglich die Stelle desselben vertreten.

Der Stein aber machte ihm Sorge und so emsig er auch suchte, so konnte er doch keinen entdecken, der dem Kieselsteine nur entfernt ähnlich gewesen wäre. Endlich, als er bereits die Hoffnung aufgeben wollte, das Gewünschte zu finden, fiel ihm ein, daß er beim Baden in dem Bache auf Steinchen getreten war und sich an einem derselben den Fuß leicht geritzt hatte: das konnte möglicherweise ein Kieselstein gewesen sein, und er glaubte dies um so eher, als er von Europa her wußte, daß die Bäche gern ein Bett von Kieseln habe.

Er eilte also mit schnellen Schritten zu seinem geliebten Bache zurück, zog Schuhe und Strümpfe aus und watete mit bloßen Füßen mitten in denselben hinein. Es dauerte auch nicht lange, so fühlte er seine Fußsohlen wieder von einem etwas scharfen Gegenstande berührt; er bückte sich, langte auf den Grund des Baches nieder und brachte mit der Hand eine Menge Steine herauf, worunter sich ein prächtiger Kieselstein befand, der fast die Form eines Flintensteines hatte und also zu dem beabsichtigten Zwecke vollkommen dienen konnte.

Wer war froher als er! Er trocknete den Stein, ging damit zu der Brandstelle, sammelte die angebrannten Holzstückchen zusammen, raufte einige Hände voll gänzlich vertrockneten Grases aus, sammelte ein Häufchen von der abgefallenen Baumrinde, die so trocken wie Stroh war, und riß, als er dieses Alles vorbereitet hatte, ein Stück von seinem Taschentuche ab, das die Stelle des Zunders vertreten sollte.

Er hatte die Sache sich aber leichter gedacht, als sie in der That war: sein Zunder taugte nichts und wenn auch wirklich ein Fünkchen auf das baumwollene Zeug fiel und zündete, so verlosch es doch sogleich wieder. Eine halbe Stunde und länger mühte er sich mit dem Feuerschlagen ab und wollte schon den Gedanken aufgeben, sich Feuer zu verschaffen, als ihm einfiel, das Stückchen Zeug zwischen zwei Steinen gleichsam zu einer Art von Pulver zu zerreiben, was nach seiner Meinung besser zünden würde, als das Läppchen von dem Tuche. Auch diese Arbeit war nicht ohne Mühe und kostete viele Zeit; endlich siegte er aber doch durch Beharrlichkeit über alle Hindernisse und siehe da! der Sieg war sein. Kaum waren ein Paar Fünkchen in den Zunder gefallen, so glimmte das Ganze; er legte schnell erst von dem trockenen Grase darauf und blies es zur Flamme an, dann legte er von der Rinde dazu und endlich die gefundenen angebrannten Holzstückchen, die bald in einer lustigen Flamme emporloderten.

Als er damit zu Stande war, holte er eine gute Hand voll von seinen herrlichen Pataten, wusch sie an der Quelle rein und legte sie an das Feuer, wo sie schnell brieten; ein grüner, sehr biegsamer Baumzweig, den er wie eine Zange zusammenbog, mußte die Stelle der Feuerzange beim Umwenden der Pataten vertreten; mit der Hand konnte er diese nicht anfassen, da sie bereits glühend heiß vom Feuer waren.

Sein Appetit war durch den Anblick der kartoffelartigen Frucht so gestachelt worden, daß er ihn kaum mehr zu zügeln vermochte und wahrscheinlich – er selbst hat nichts davon gesagt – einige davon halbroh verzehrte, welche Gier ihm unter diesen Umständen schon nachzusehen sein durfte, so schlecht eine solche sonst auch für uns Menschen läßt, indem sie uns den Thieren ähnlich macht.

Nie hat wohl dem ärgsten Prasser, dem größesten Leckermaul eine Mahlzeit, mochte sie auch noch so ausgesucht, noch so trefflich bereitet sein, so geschmeckt, wie dieses Gericht Pataten unserm ausgehungerten William mundete. Er hatte weder Butter noch Fett, ja nicht einmal Salz dazu; aber an solche Leckereien dachte der gute Junge gar nicht; überdies hatten die Pataten einen etwas süßlichen, mehr dem Obste ähnlichen Geschmack, als unsere gewöhnlichen Kartoffeln.

Wie schmeckte, nach eingenommenem Mahle, auch ein frischer Trunk aus dem Bache, und wie lustig sangen buntgefiederte Vögel in den Zweigen des Gummi-Baumes, unter dem er sich zur Ruhe niederlegte; wie dufteten Blumen und Kräuter, die ihm zum Lager dienten; O, er wäre vollkommen glücklich gewesen, und hätte kaum noch einen Wunsch übrig gehabt, wenn er seine geliebte Mutter bei sich haben und ihr den Reichthum und die Herrlichkeit dieser Wildniß hätte zeigen können.

Sein erster Gedanke, nachdem er sich unter dem Gummi-Baume zur Ruhe niedergelegt hatte, war ein Gebet an Gott, ein heißes, inniges Dankgebet; sein letzter, bevor er einschlief, der an seine Mutter und die theure Heimath.

Eine empfindliche Kälte erweckte ihn gegen Morgen. Es hatte, wie es in diesen Gegenden der Fall zu sein pflegt, stark gethaut und Gesicht, Haare und Kleidung waren ganz naß davon. Schauder, wie von Fieberfrost, durchströmten sein Gebein; er zitterte vor Kälte und innerem Unbehagen, obgleich es eben nicht kalt, sondern die Luft nur etwas frischer, als gewöhnlich war. Er wollte, trotz dem daß der Tag nur erst zu grauen begann, aufstehen und sich durch Bewegung etwas zu erwärmen suchen; allein es verursachte ihm große Beschwerde, sich vom Boden zu erheben. Seine Glieder wurden steif und so wie er Hand, Fuß oder Nacken bewegte, hatte er den empfindlichsten Schmerz auszustehen.

Trotz dem erhob er sich; allein er wäre bald wieder umgefallen, so schwindelte ihm der Kopf, der obendrein sehr wehe that; auch wurde ihm das Schlucken schwer. Dies waren die traurigen Folgen des kalten Badens nach einer großen Erhitzung. Wenn es nun schon ein großes Ungemach ist, krank zu sein, wenn uns alle erdenkliche Hülfe geleistet, jegliche mögliche Erleichterung verschafft wird, ein wie viel größeres mußte es nicht für unsern William sein, dem Keiner zu Hülfe kommen, den Keiner hegen und pflegen konnte. Trotz dem raffte er sich auf und taumelte eine Strecke fort. Alle Gegenstände drehten sich im Kreise um ihn her; das Sehen fiel ihm schwer; sein Athem war kurz und beengt und Hände und Füße versagten ihm den Dienst; er fühlte sich so krank, wie er noch nie im Leben sich gefühlt hatte, selbst damals nicht, als die Masern bei ihm zum Ausbruche kamen, und er glaubte, daß sein letztes Stündchen gekommen sei, als er in tödtlicher Ermattung und unter den heftigsten Gliederschmerzen in der Nähe des Baches zur Erde sank.

Erst jetzt dachte er über die vermuthliche Ursache einer so plötzlichen Erkrankung nach, und hatte sie bald ausgefunden. Wie oft hatte seine sorgsame Mutter ihn nicht vor plötzlicher Erkältung nach großer Erhitzung gewarnt, und ihm die so leicht schädlichen Folgen einer solchen Erkältung vorgestellt; wie oft hatte sie ihm nicht das Glas vom Munde genommen, wenn er nach einem raschen Gange trinken wollte! Und jetzt hatte er an alle diese wohlgemeinten Warnungen nicht gedacht, sondern war, fast triefend von Schweiß, in das kalte Wasser des Baches gegangen. Mit wie vielen Leiden und Schmerzen mußte der Arme diese Unvorsichtigkeit und ein Gefühl augenblicklichen Wohlbehagens nicht bezahlen!

Bald wechselte der Frost, der seine Glieder geschüttelt hatte, mit einer brennenden Hitze ab. Sein Gesicht, seine Hände, seine Fußsohlen glühten: dabei schmerzte ihn jedes Glied seines Körpers; seine Zunge klebte vor Durst am Gaumen fest; seine Augen waren roth und brannten wie Feuer. Er hatte das größeste Verlangen, aus dem nahen Bache seinen glühenden Durst zu löschen; allein er vermochte nicht aufzustehen, nicht die wenigen Schritte bis zu demselben zu machen.

Seine Lage war in der That die schrecklichste und preßte ihm Wehklagen und Jammern aus. Bedenkt, Kinder, was es sagen will, von aller Welt verlassen, ohne Erquickung, ohne eine Handreichung, ja, ohne liebevollen Zuspruch, so in einer Wüste krank da zu liegen, und schenkt unserm armen Freunde Euer aufrichtiges Bedauern, verargt es ihm auch nicht, daß er wimmerte und weinte. Thut ihr das doch wohl auch einmal in schweren Krankheiten, trotz dem daß Alles liebevoll um Euch bemüht ist und die Kunst Alles aufbietet, Euch Linderung zu verschaffen; ja, klagt und wimmert Ihr vielleicht nicht blos – denn das würde Euch im Übermaße der Schmerzen schon nachzusehen sein – sondern werdet sogar ungeduldig und gegen Eure Umgebung undankbar und ungerecht! Das Letztere aber ist eine Sünde; jeder Kranke sollte dankbarer sein, als der Gesunde, weil ersterer noch weit mehr Liebe und Sorgfalt bedarf und findet als letzterer.

Unser William konnte aber weder dankbar noch undankbar sein: es nahm sich Keiner seiner an; keine Hand schob ihm ein weiches Kopfkissen unter sein armes, heftig schmerzendes Haupt; keine trocknete ihm die hellen Schweißperlen von der glühenden Stirn; keine reichte ihm den kühlen Trunk, nach dem er schmachtete; er war allein, verlassen von aller Welt und selbst unfähig, irgend Etwas für sich zu thun. Der arme, arme William!

12.

Trotz der großen Schmerzen, die es ihm verursachte, mußte der Kranke doch aufstehen, um seinen Durst zu löschen, der endlich zu einer unerträglichen Qual für ihn wurde, um so mehr, da er die Rolle des Tantalus zu spielen gezwungen war und ganz in der Nähe des köstlichsten Wassers, das er rieseln und rauschen hörte, vor Durst verschmachten sollte. Er erhob sich also; allein seine Beine versagten ihm den Dienst und er sank mehrere Male um; endlich erreichte er aber doch den Bach und trank nun mit vollen Zügen. Er konnte sich nicht wieder von dem herrlichen erquicklichen Wasser trennen und eingedenk der Mühseligkeiten und Schmerzen, die es ihm gemacht hatte, bis zu demselben zu gelangen, legte er sich ganz in der Nähe des Baches nieder.

Ein Glück war es für ihn, daß er keinen Hunger verspürte, wie man dies bei Kranken in der Regel bemerkt, denn wie hätte er, der kaum seine Hände zu rühren und keine zehn Schritte ohne die entsetzlichsten Schmerzen zu gehen vermochte, sich Nahrungsmittel suchen sollen?

Dieser schreckliche Zustand dauerte volle drei Tage und der arme William glaubte sich dem Tode nahe. Er würde in seiner völlig hülflosen Lage, verlassen von aller Kreatur, völlig haben verzweifeln müssen, wenn er nicht von seiner Mutter zur Frömmigkeit angehalten worden wäre und ein unbegrenztes Vertrauen zu seinem himmlischen Vater gehabt hätte. Dieses Vertrauen und ein inbrünstiges Gebet zu Gott erhielten seinen Muth aufrecht und wurden vielleicht seine Lebensretter; denn wie sehr würde es seinen Zustand verschlimmert haben, wenn er, statt sein Leben und Schicksal in die Hände seines himmlischen Vaters zu legen, sich einer wilden Verzweiflung überlassen hätte.

Seine größte Plage war die Schlaflosigkeit, die theils durch seine großen Schmerzen, theils dadurch herbeigeführt wurde, daß er sich gar keine Bewegung machen konnte. Da war es denn eine gute Sache für ihn, daß er sich zeitig daran gewöhnt hatte, auf Alles Achtung zu geben, was um ihn her vorging, denn sonst würde er die tödtlichste Langeweile gehabt haben. Am Tage schenkte er den ihn umstehenden Gräsern und Blumen, den schöngefärbten Schmetterlingen und Libellen, die ihn umflatterten, den Käfern und Würmchen, die sich auf den Spitzen der Grashalme wiegten, oder am Boden hinkrochen, seine Aufmerksamkeit und jeder Gegenstand gab ihm hinlänglichen Stoff, Betrachtungen anstellen zu können, da Alles hier ganz anders als in Europa war. In der Nacht beschäftigte er sich damit, die Gestirne zu beobachten und mit seinen Blicken ihren Lauf zu verfolgen, sich die Stellung zu bemerken, in der die einzelnen Gestirne gegeneinander standen. Zuweilen gewährte das Flattern oder der Ruf eines Nachtvogels ihm eine angenehme Unterhaltung; selbst das Quacken der Frösche, die am Rande des Baches ihr eintöniges Nachtlied anstimmten, war für sein Ohr jetzt kein unangenehmer Ton, so wenig er früher auch dieser Musik der Sumpf-Nachtigallen Geschmack hatte abgewinnen können: belebte es doch die sonst so schweigsame Natur!

Nachdem unser William drei volle Tage und Nächte so gelegen, ohne irgend Etwas zu sich zu nehmen, als das Wasser, das er aus seinem lieben Bache schöpfte, fing er endlich an, eine leise Anwandlung von Hunger zu verspüren; dies war das erste Zeichen der wiederkehrenden Genesung und er dankte Gott dafür, obgleich er nicht wußte, wie er den erwachenden Appetit stillen solle; war er doch noch zu schwach, um mit seinem Messer sich Pataten aus der Erde graben zu können, und woher hätte er vollends die Kraft nehmen sollen, Feuer anzumachen, um sie zu braten? Er mußte sich also einer neuen Geduldsprobe und Hungerkur unterwerfen, bis er sich wieder etwas stärker fühlen würde. Dieser Mangel an Nahrung – so unglaublich diese Behauptung Euch auch klingen mag – beförderte seine Genesung bedeutend. Ein kranker Körper bedarf in der Regel gar keiner Nahrung, ja sie schadet ihm in den meisten Fällen, und vermöchten alle Kranke es über sich, die strengste Diät zu halten, so würden sie noch einmal so schnell genesen. Zu einer solchen Enthaltsamkeit sah sich aber unser William durch seine Lage gezwungen und erst am fünften Tage, als sein Appetit recht groß geworden war, zwang ihn dieser, den Versuch zum Aufstehen zu machen, und jetzt ging es.

Zwar schwankte er noch wie ein vom Winde hin und her bewegtes Rohr; zwar drehten sich scheinbar alle Gegenstände um ihn her im Kreise, wie es bei großer Schwäche der Fall zu sein pflegt; zwar mußte er sich nach zehn bis zwanzig zurückgelegten Schritten erst niedersetzen, um auszuruhen; allein es ging doch immer besser und besser und in der Zeit von einer Stunde hatte er eine gute Strecke zurückgelegt, indem er immer dem Laufe des Baches folgte.

Ein zwar niedriges, aber dem Anscheine nach dichtes Gebüsch zeigte sich in einiger Entfernung. In der Hoffnung, dort vielleicht irgend etwas Eßbares zu finden, strengte er den letzten Rest seiner Kräfte an, um es zu erreichen. Wie belohnte sich aber diese Anstrengung nicht für unsern armen Hungernden! Als er sich dem Gesträuche bis auf einige wenige Schritte genähert hatte, sah er fast jeden Zweig desselben mit schwellenden, dunkelrothen Beeren bedeckt, die traubenweise daran hingen und auf den ersten Blick von ihm für Himbeeren erkannt wurden. Seine Schwäche gänzlich vergessend, stürzte er auf diese labenden, duftigen Früchte zu und aß eine gute Menge davon. Es war ein Glück für ihn, daß er keine festere Nahrung gefunden hatte, weil er sich mit einer solchen den völlig ausgehungerten Magen gewiß gänzlich verdorben haben würde. Jetzt aber fühlte er sich nach dem Genusse der kühlenden und duftigen Frucht außerordentlich erquickt und so behaglich, wie seit längerer Zeit nicht; ja, er konnte sogar ohne allzugroße Beschwerde zu seiner geliebten Quelle zurück kehren, denn von dieser trennte er sich nur ungern.

Es ging von nun an immer besser; ja er konnte sogar seinen Appetit wieder an den nährenden Pataten stillen, die, nächst dem Wasser, die größeste Wohlthat für ihn waren.

So wie er nun seine ersten Bedürfnisse befriedigt sah, dachte er bereits auf andere. Obgleich der Himmelsstrich, unter dem er sich befand, einer der wärmsten, mildesten der Erde war, so empfand er doch oft, des stark fallenden Thaues wegen, Nachts ein heftiges Frösteln, besonders gegen Morgen, wo die Nachtkühle immer am empfindlichsten ist. Er sah sich also, so wie seine Kräfte es nur erlaubten, nach einem schützenden Obdache um, das aber nicht allzuweit von seinem geliebten Bache entfernt sein durfte.

Er hatte mehrfach gelesen und gehört, daß manche Berge Höhlen enthielten und seine Gedanken waren auf eine solche gerichtet. Er umkreißte also die nächsten Hügel und war bald so glücklich, eine geräumige Höhle zu entdecken. Der Boden derselben war zwar mit Staub und Schmutz, die Seitenwände mit Spinnenweben bedeckt; auch zeigten viele Thierspuren, sowohl von Vögeln als vierfüßigen Thieren, daß die Höhle diesen seither zum Aufenthalte gedient hatte; allein der Unrath konnte leicht beseitigt werden, und dann bot sie ihm einen willkommenen, schützenden Aufenthalt.

Ein Besen war sehr leicht gemacht, indem er eine Handvoll von den ziemlich starken Blättern des Farrenkraut-Baumes vermittelst des zähen und langen Grases zusammenband und in diesen Bündel einen starken Stock steckte, um ihn gehörig handhaben zu können. Er war so ämsig bei der Arbeit und vergaß seine gegenwärtige verlassene Lage so gänzlich, daß er sich mehrere Male auf das Verdeck des Schiffes versetzt glaubte, wo er Arbeiten der Art zu verrichten gehabt hatte und bald mit Diesem, bald mit Jenem der Mannschaft eine Unterhaltung anzuknüpfen im Begriff war. Aber ach! keine Stimme antwortete ihm, kein Auge blickte wohlwollend auf ihn: er war verlassen von aller Welt, gleichsam abgetrennt von aller menschlichen Gesellschaft, und mit einem tiefen Seufzer setzte er bei diesen niederschlagenden Gedanken sein Reinigungsgeschäft fort.

Bald jedoch kehrte, zugleich mit dem unbegrenztesten Vertrauen zu seinem himmlischen Vater, seine ihm angeborene Heiterkeit zurück und mit lauter Stimme sang er demselben ein Dank- und Loblied. Wie angenehm wurde er bei dieser Gelegenheit nicht überrascht, als eine andere Stimme der seinigen gleichsam zu antworten schien. Er stand halb erschrocken, halb erfreut, still und schaute sich nach allen Seiten um; nun aber schwieg die Stimme und ließ sich erst wieder vernehmen, als er sein Lied fortsetzte. Jetzt begriff er, was es war: er hatte das nahe Echo durch seine eigene Stimme geweckt und seine eigenen Laute waren es, die, von einer etwa 60 Schritt von ihm entfernten Felsenwand zurückgeworfen, ihm antworteten. Er lächelte, als er diese Entdeckung machte, und diese Laute in der Einöde, dieser Ton einer menschlichen Stimme, wenn gleich nur seiner eigenen, machten ihm so viele Freude, daß er mehrere Male den geliebten Namen seiner Mutter, so wie der frühern Bekannten, rief, um ihn von dem Echo wiedergegeben zu hören. Daß er keinen menschlichen Laut in dieser ganzen Zeit vernommen, dies hatte ihn besonders in seiner jetzigen Einsamkeit betrübt und so enthob die Entdeckung des Echos ihn eines beklemmenden Gefühls, indem es diese Einöde gleichsam belebte.

Endlich war unser William mit seinem Reinigungs-Geschäfte fertig und jetzt konnte er auf ein weiches, bequemes Lager für die Nacht denken. Auf die Entdeckung eines zu diesem Zwecke besonders sich eignenden Mooses glaubte er verzichten zu müssen, da er auf seiner Wanderung keine Pflanze der Art erblickt hatte; allein das hohe Gras und mehr noch die Blätter des Farrenkraut-Baumes versprachen ihm eine erwünschte Aushülfe. Zwar machte es ihm keine kleine Mühe, mit seinem Taschenmesser so viel Gras abzuschneiden, als er zu einem Lager bedurfte; zwar vergoß er Ströme von Schweiß bei dieser in der brennendsten Sonnenhitze verrichteten Arbeit; aber er ließ doch nicht davon ab: war er doch auf dem Schiffe an eine oft eben so ermüdende Thätigkeit gewöhnt worden. Auch stärkte ihn der Gedanke, wie süß es sich im kühlen Schatten der Höhle, auf dem weichen, duftigen Lager ruhen würde, bei seiner mühevollen Arbeit, und wie schmeckten ihm seine Pataten, wie der Trunk aus kühler Quelle nach derselben.

Er war jedoch so ermüdet, daß er, als er sich mit Anbruch der Nacht zur Ruhe niederlegte, keines Schlummerliedes bedurfte, um einzuschlafen. Wie lange er geschlafen haben mochte, als er sich, noch mitten in der Nacht, und in der größesten Dunkelheit, durch einen rauhen Gegenstand geweckt fühlte, der über sein Gesicht hinstrich, vermochte er nicht zu bestimmen. Er fuhr erschrocken in die Höhe und wußte sich im ersten Augenblick nicht zu besinnen, wo er sich befände, noch weniger aber sich zu sagen, was es gewesen war, das ihn so unerwartet geweckt hatte. Er rieb sich die Augen, als wenn er auch in der ihn umgebenden rabenschwarzen Finsterniß so besser sehen könne, und schaute sich nach allen Seiten mit lautpochendem Herzen um.

Lange sah er nichts; endlich aber erblickte er in einiger Entfernung vor sich zwei glänzende Punkte, die, da sie oft ihre Stelle veränderten, von einem lebenden Geschöpfe herkommen mußten. Dieser Anblick erfüllte ihn mit solcher Angst, daß ihm der Schweiß aus allen Poren seines Körpers hervorbrach und er regungslos nach dem Winkel schaute, wo er die beiden feurigen Punkte erblickte. Bald vernahm er auch ein erst leises, dann immer stärker werdendes Schnurren, wie von einer großen Katze. An eine solche dachte er in seiner Angst nicht, sondern an Löwen und Tiger, die, wie er aus der Naturgeschichte wußte, gleichfalls zum Katzengeschlechte gehörten und, wie er meinte, recht gut Bewohner dieses Landes sein könnten. Sein Wissen reichte nicht so weit, wie ohne Zweifel das eurige, meine geliebten Kinder! Ihr würdet Euch in Australien nicht vor Löwen und Tigern gefürchtet haben, weil Euch gewiß bekannt ist, daß dieser Welttheil keine Thiere der Art besitzt.

Unser William wagte nicht, sich zu bewegen, aus Furcht, die Aufmerksamkeit seines vermeintlichen Feindes und Verschlingers durch das leiseste Geräusch auf sich zu ziehen. Starr waren seine Augen auf die beiden beweglichen leuchtenden Punkte gerichtet und mit immer mehr steigendem Entsetzen erfüllte ihn das Schnurren, das aus demselben Winkel hervorkam. Jeden Augenblick glaubte er die Beute des vermeintlichen Ungeheuers zu werden und seine Angst war so groß, daß er nicht einmal Gott um die Erhaltung seines Lebens zu bitten vermochte.

Unter welchen Empfindungen er den Rest der Nacht verbrachte, vermöcht Ihr Euch nicht vorzustellen. Kein Schlaf kam mehr in seine Augen und um die eben so nöthige als ersehnte Ruhe war es geschehen; ja, er wagte nicht einmal, sich wieder niederzulegen, aus Furcht, daß er durch irgend ein Geräusch die Aufmerksamkeit seines Feindes auf sich ziehen möchte.

Endlich brach der so heiß ersehnte Tag an und zu seiner eigenen Verwunderung lebte er noch. Er sah durch die Öffnung der Höhle einen schwachen Lichtschimmer dringen, und nicht lange dauerte es, so fiel selbst ein Sonnenstrahl auf den Vordergrund des Einganges. Dieser Anblick, den er nicht mehr zu erleben gehofft hatte, stillte sein Bangen in Etwas und er wagte es jetzt, sich zu erheben, um wo möglich die Höhle zu verlassen und auf irgend einem Baume eine Zuflucht gegen seinen vermeintlichen Feind zu suchen.

So wie er sich aber erhob – o Schrecken! erhob sich dieser auch; allein er sprang nicht auf ihn zu, um ihm seine krralligen Tatzen in den Leib zu schlagen, sondern schlüpfte, schnell und geschmeidig wie ein Aal, zur Höhle hinaus.

»Wer war denn aber dieser böse nächtliche Störenfried?« höre ich Euch neugierig fragen.

»Eine Katze.«

»Eine Katze? Du spaßest mit uns! Wie sollte die dorthin gekommen sein?«

Und doch war es eine Katze, geliebte Kinder; zwar keine gezähmte, wie die, welche wir der Mäuse und Ratten wegen in unsere Wohnungen aufgenommen haben, sondern eine *wilde* Katze, ähnlich der, die man auch noch in einigen Wäldern Europas antrifft. Sie sind in Australien aber kleiner, als bei uns, braun und schwarz gestreift, lang, dünn und lang geschwänzt; ihre Krallen sind sehr lang und scharf und ihre Schnauze gleicht der eines Ferkels. Sie fallen übrigens nie Menschen und größere Thiere an, sondern begnügen sich mit Vögeln, die sie in ihren Nestern auf den Bäumen im Schlafe überraschen.

Als unser William dieses winzige Thierchen erblickte, das wahrscheinlich eine noch weit größere Furcht vor ihm, als er vor dem vermeintlichen Löwen oder Tiger gehabt hatte, und zugleich seiner ausgestandenen Angst gedachte, mußte er unwillkührlich lächeln; dies war wohl das erste Lächeln, das seit seinem Schiffbruche ihm auf den Lippen schwebte.

Bald zog ihn ein leises Wimmern im Innern der Höhle wieder in diese zurück; er lauschte und vernahm fest deutlich Töne, die nur von jungen Kätzchen herkommen konnten. In dieser Voraussetzung hatte er sich nicht geirrt; schon nach kurzem Suchen entdeckte er in einer Felsenspalte ein Nest mit 7 bis 8 jungen Kätzchen, die wahrscheinlich ein solches Klaggeschrei erhoben, weil ihre Mutter und Ernährerin sie verlassen hatte. Der Anblick dieser artigen Thierchen erfreute Williams Herz: er kroch auf dem Bauche in die Felsenspalte und holte sich eins davon heraus, um es zu streicheln; aber es erhob ein noch lauteres Klaggeschrei, was vermuthlich die draußen ängstlich harrende Mutter vernahm. Mit *einem* Satze war diese in der Höhle, mit einem zweiten auf Williams Schulter und ehe er es sich versah, hatte sie mit ihrem Maule das schreiende Kätzchen erfaßt und sprang damit zum Neste, wo sie es zu den andern Thierchen legte; bald sogen alle begierig an ihr, sie aber sah sehr zornig aus, und sowie sich William nur der Felsenspalte näherte, erhob sie sich, sträubte das Haar empor, machte einen Katzenbuckel und schlug mit dem Schwanze um sich. Trotz ihrer Furcht vor dem ihr völlig unbekannten Geschöpfe, trotz der großen Überlegenheit an Größe und körperlichen Kräften, die dasselbe vor ihr hatte, bereitete sie sich doch aus mütterlicher Liebe auf einen Kampf mit unserm William vor und würde wahrscheinlich lieber ihr Leben, als eins ihrer Kätzchen in seinen Händen gelassen haben. William ehrte ihre Gefühle und erkannte ihre Rechte an. Er beschloß, die arme, so rührend zärtliche Mutter nicht ferner zu beunruhigen, sie aber wo möglich durch Wohlthaten für sich zu gewinnen. Er ließ sie daher in Ruhe; als er aber sein Mittagsessen verzehrte, warf er ihr einige von seinen gebratenen Pataten in die Felsenspalte und suchte zu beobachten, welche Wirkung diese Gabe auf seine Nachbarin hervorbringen würde. Ohne Zweifel hatte unser Freund auf einige Erkenntlichkeit gerechnet; allein er sah sich in dieser Erwartung getäuscht. Zwar beroch die Katze die Pataten, dann aber ließ sie sie unangerührt liegen und kehrte zu ihren Jungen zurück. Dies setzte ihn einigermaßen in Erstaunen: er wußte nicht, daß diese zu den Raubthieren gehörenden Geschöpfe im wilden Zustande nur animalische Nahrung zu sich nehmen und Vegetabilien oder Pflanzenkost gänzlich verschmähen.

Die Katze wollte also von ihm nichts wissen; trotz dem aber war ihm ihre Gesellschaft sehr angenehm, seit er sich nicht mehr vor ihr fürchtete, und als die Nacht heran kam, legte er sich völlig unbesorgt vor seiner Nachbarschaft zur Ruhe nieder; ja, er schlief auf seinem Lager von Gras und Blättern vollkommen so gut, wie in einem weichen Bette: gesünder, naturgemäßer aber gewiß.

13.

Das Allernothwendigste hatte unser William jetzt: Wasser, um seinen Durst zu löschen, die Pataten, welche seinen Hunger stillten und endlich gar ein schützendes Obdach mit einem guten Lager; selbst an Leckereien fehlte es ihm nicht, da die schönsten Himbeeren, obschon an so niedrigen Sträuchern wie bei uns die Heidelbeeren, in so großer Fülle vorhanden waren, daß er sich vom Morgen bis zum Abende daran hätte satt essen können. Trotz dem aber fehlte ihm nicht nur Etwas, sondern sogar sehr Viel; besonders trug er ein großes Verlangen nach einer animalischen oder thierischen Kost, an die er von frühester Jugend auf gewöhnt worden war. Wie sich aber eine solche verschaffen? Er hatte weder eine Flinte noch Bogen und Pfeile, ja nicht einmal eine Schlinge vermochte er zu machen, weil er sich nicht darauf verstand, um irgend ein Thier darin zu fangen. Zwar hätte er Nachts, wo die wilde Katze oft auf längere Zeit auf Beute ausging, leicht eines der Kätzchen nehmen und es tödten können, dagegen aber sträubte sich sein Gefühl, auch vielleicht ein ihm selbst kaum bewußter Eckel gegen eine so ungewohnte Kost, und so blieben die wilden Kätzchen ungefährdet von ihrem menschlichen Nachbar.

Da das Verlangen nach einer veränderten Nahrung immer stärker wurde, beschloß er, den Weg zum Strande zu suchen. Er hegte die Hoffnung, dort vielleicht eine Schildkröte oder doch Muscheln zu finden, die er dann am Feuer braten und zur Speise bereiten wollte. Da ihm sehr daran gelegen sein mußte, den Rückweg zu seiner Höhle nicht zu verfehlen, ging er erst immer hart am Bache hin, dann aber, als dieser sich nach und nach zwischen dem immer höher und dichter werdenden Grase verlor, schnitt er mit seinem Messer ziemlich große Kerben an die zu Seiten seines Weges stehenden Bäume, wodurch er sich den Rückweg offen erhielt.

Lange wanderte er fort, ohne das Meer zu entdecken; endlich hörte er es, zu seiner nicht geringen Freude, hinter einem Felsen brausen und rauschen. Schnell erklomm er den Felsen und hatte jetzt das unermeßliche Meer vor sich, das an der Stelle, wo er sich befand, einen ziemlich tief in das Land hineingehenden Meerbusen bildete. Erstaunt und entzückt schaute er auf das großartige Schauspiel, das sich seinen Blicken darbot. Durch die lange Fahrt auf dem Ocean war er so vertraut mit dem Meere und dieses ihm so lieb geworden, daß ihm beim Anblick desselben die hellen Freudenthränen über die Wangen schossen. Hatte er doch auch besondere Ursache, es zu lieben, da ihm allein Rettung durch ein etwa an der Insel landendes Schiff kommen konnte. Nachdem er sich längere Zeit an Betrachtungen vergnügt hatte, stieg er den Felsen hinab, um am Strande nach eßbaren Muscheln – er träumte sogar von Austern, die man ihm in Hamburg als große Leckerbissen gerühmt hatte – zu suchen. Er fand zwar eine Menge der allerschönsten, buntesten Muscheln, die er unter andern Umständen gewiß begierig aufgelesen haben würde, jetzt aber unbeachtet liegen ließ, weil sie leer und von ihren frühern Bewohnern sämmtlich verlassen waren.

Statt des vergebens Gesuchten that er aber einen Fund, dessen Wichtigkeit ihm bald einleuchten sollte. Eine ziemliche Strecke vom Wasser entfernt, aber doch an der Grenze des Strandes, sah er einen Stein liegen – wenigstens hielt er eine Zeitlang den ihm auffallenden Gegenstand dafür – dessen regelmäßige Form seine Aufmerksamkeit erregte. Er näherte sich demselben mit eiligen Schritten und wie ward ihm, als er, statt des erwarteten Steins, eine braunroth angemalte Kiste fand! Er erkannte sie auf den ersten Blick für die des Schiffs-Zimmermanns der »Hoffnung«, auch war der Name dieses Mannes, wenn auch die mit weißer Ölfarbe darauf gemalten Buchstaben zum Theil abgerieben waren, noch ganz deutlich darauf zu lesen; über diesem Namen war das ihm so wohlbekannte Hamburger Wappen, die drei Thürme, mit dem sie haltenden Löwen daneben, in bunten Farben abgebildet.

Die hellen Thränen schossen ihm über die Wangen bei dieser unerwarteten Erinnerung an die geliebte Vaterstadt, an das Schiff, auf dem er den weiten Ocean durchschwommen, an die Mannschaft desselben, die jetzt tief im Meeresgrunde lag oder wohl schon die Beute gefräßiger Hayfische geworden war. Mit unaussprechlicher Rührung mußte er in diesem Augenblicke jedes gütigen, freundlichen Worts gedenken, das der Eine oder Andere dieser Männer während seines langen und steten Beisammenseins mit ihnen zu ihm gesprochen hatten, der fröhlichen Gesänge, die sie in ihren wenigen Musestunden erschallen ließen, der Mährchen und Sagen, deren sie eine so große Menge wußten, und mit anmuthiger Einfachheit zu erzählen verstanden; der kleinen Neckereien, die sie sich im harmlosen Scherze gegen einander erlaubten; der Belehrungen, die er von den Älteren und Ernsteren empfing, wenn er diese oder jene Sache noch nicht anzugreifen verstand. Und das Alles war nun todt und hin; die fröhlichen Laute der bekannten Stimmen waren für immer erstorben; die bald heitern, bald ernsten Blicke erloschen, die Kraft dieser Muskeln gelähmt – todt! todt war so viel Leben und Regsamkeit!

Wer würde in diesem Augenblick wohl ungerührt geblieben sein? wer hätte in demselben wohl an die, unter den gegenwärtigen Umständen unermeßlichen Schätze denken können, die eben diese Kiste, welche unserm William heiße Thränen entlockte, in ihrem Innern barg? Er dachte gewiß im ersten Augenblick nicht daran, sondern kniete neben derselben nieder, küßte sie unter Thränen und nannte mit leiser, von Schluchzen unterbrochener Stimme den Namen des ehemaligen Besitzers. Dieser war, obschon äußerlich ein ernster, fast rauher Mann, doch im Grunde ein vortrefflicher, wohlmeinender Mensch gewesen, der besonders unserm jungen Freunde sehr gewogen war und ihm manchen Liebesdienst erwiesen hatte.

William war so in Schmerz und Erinnerung versunken, daß er nicht bemerkte, daß es bereits Abend geworden war, und zu dunkeln begann.

Als er sich endlich aufraffte und an die Rückkehr nach seiner Höhle dachte, war es bereits zu spät dazu und er mußte sich entschließen, die Nacht am Strande zuzubringen, da er, wenn er den Rückweg angetreten, sich leicht hätte verirren können, weil er die an den Bäumen gemachten Einschnitte nicht mehr erkennen konnte. Er bereitete sich daher ein Lager am Strande, indem er sich gewissermaßen in den warmen Sand einwühlte, und lehnte das müde Haupt gegen die geliebte Kiste.

Erst spät, als bereits der Vollmond hoch am Himmel stand, schlief er ein und träumte von der geliebten Heimath, von der theuren, über Alles theuren Mutter, von seinen Gespielen und Schulgenossen. O, er war noch einmal vollkommen glücklich; aber ach! der erste im Osten sich zeigende Strahl der Sonne verscheuchte dieses holde Glück, indem er ihn weckte. Er rieb sich die Augen, seufzte tief auf, indem er um sich blickte, und erhob sich schwankend von seinem beweglichen Lager.

Der Gedanke, wie nützlich ihm der Inhalt der Kiste werden könne, konnte nicht lange ausbleiben; zugleich aber erhoben sich in seiner Seele Bedenklichkeiten über sein Recht, sich die darin enthaltenen Sachen aneignen zu dürfen, und lange kämpfte er mit sich selbst darüber. Endlich sagte er sich, daß einmal der frühere Besitzer dieser Kiste aller Wahrscheinlichkeit nach todt, dann aber für ihn keine Möglichkeit vorhanden sei, selbst wenn er lebte, sie ihm wieder zuzustellen. Ferner war die Noth, in der er sich befand, so groß und er aller sonstigen Hülfe so gänzlich beraubt, daß er meinte, Gott werde es ihm schon vergeben, daß er sich des Inhalts der Kiste bemächtige und zu seinem Besten verwende.

Eine andere Frage, nachdem er diese beseitigt hatte, war nun die, wie er die Kiste öffnen solle? Der Zimmermann hatte sie aller Wahrscheinlichkeit nach selbst und, da er ein tüchtiger Mann in seinem Geschäfte war, gewiß sehr fest gebaut. Zwar hätte er trotz dem den Deckel leicht mit einem großen und kantigen Steine zerschlagen können; allein zu diesem Auswege, der ihm noch übrig blieb, wenn kein anderer sich erdenken ließ, konnte er immer noch greifen und der Gedanke, die Kiste ganz zu erhalten, war ihm so angenehm, daß er lieber erst alles Andere versuchen, als sie zertrümmern wollte. Er hatte bemerkt, daß die Schlosser mit einem an der Spitze etwas krumm gebogenen Instrumente von Eisen leicht zugesprungene Schlösser aufmachten, und da er als ein kluger und aufmerksamer Knabe sich alle dabei angewandten Handgriffe gemerkt hatte, kam es nur darauf an, daß er einen gehörig starken Nagel fände, der dann vermittelst eines statt des Hammers dienenden Steins leicht die gehörige Form erhalten könnte. Er ging also, um einen Nagel zu suchen, noch etwas weiter den Strand hinauf.

Dieser Weg wurde ihm reichlich belohnt, indem er noch eine Menge Schiffstrümmer, sogar den ganzen Spiegel des gescheiterten Schiffs, und einige Tonnen mit Zwieback am Ufer fand. Seine Freude bei diesem unerwarteten Anblick war nicht gering und er machte sich sogleich ans Werk, die Trümmer weiter auf den Strand hinauf zu ziehen, damit nicht etwa eine höher gehende See sie wieder ins Meer zurückführte. Wie vielen Schweiß vergoß er bei dieser, seine Kräfte fast übersteigenden Arbeit; aber obgleich ihn Hunger und Durst nicht wenig bei derselben quälten, versagte er sich doch die Befriedigung dieser dringenden Bedürfnisse, um seinen Schatz erst in Sicherheit zu bringen. Jedes Stückchen Brett, mochte es auch schon halb zertrümmert sein, war ein Schatz für ihn, dem es an allem fehlte. Nur den Spiegel des Schiffs vermochte er, seiner Schwere wegen, nicht von der Stelle zu bringen, und ihn zu zertrümmern, dazu fehlte es ihm an den gehörigen Geräthschaften. Was hätte er nicht jetzt darum gegeben, einen Genossen zu haben, der ihm hülfreiche Hand bei der sauren Arbeit leistete!

Als er das, was ihm möglich gewesen war zu retten, höher auf den Strand und somit in Sicherheit gebracht hatte, dachte er zunächst daran, seinen Hunger und Durst zu stillen und freute sich in seinem Herzen nicht wenig, den ersteren mit dem in den Tonnen enthaltenen Zwiebacke stillen zu können. Er zerschlug daher eine derselben und die Zwiebacke kamen zu Tage; aber ach! sie hatten sich, aufgeweicht durch das Seewasser, in einen Brei verwandelt und dieser schmeckte so salzig und bitter, daß er nicht einen Mund voll davon herunter zu würgen vermochte.

Die Hoffnung, die er auf diesen Fund gesetzt hatte, war also eine vergebliche gewesen, und er mußte sich nach einem andern Nahrungsmittel umsehen. In der Nähe war dieses nicht zu finden, was ihn sehr betrübte, da er mit dem Aufsuchen so viele Zeit verlieren mußte; denn auch mit der Hoffnung, Muscheln am Strande zu finden, war es nichts gewesen. Erst nach langem, fruchtlosen Umherirren fand er einen Baum, der große Ähnlichkeit mit unserm Birnbaume und eine Frucht wie dieser hatte.

»Ha! Birnen!« rief er bei diesem willkommenen Anblicke mit freudig bewegter Stimme aus, und schon nach wenigen Augenblicken hatte er zehn bis zwölf Stück mit einem Stecken, den er sich geschnitten, heruntergeschlagen. Jetzt sollte es ans Schmausen gehen; aber o weh! wie bitter sah sich unser William abermals in seiner Hoffnung getäuscht! Die ihn so lieblich anlächelnden Birnen waren nichts weiter, als die Saamenkapseln eines dem Birnbaum ähnlichen Baumes und die Schale war so hart, daß sie seinen tüchtigen Zähnen Trotz bot. Er ließ sie also liegen und setzte, etwas entmuthigt, seine Wanderung fort. Die gleichfalls nicht eben einladenden, aber doch genießbaren Kirschen mußten endlich aushelfen und waren deßhalb willkommen, weil sie den Hunger und Durst zugleich stillten. Er aß eine tüchtige Portion davon, legte sich dann unter den Schatten eines prachtvollen, seine Äste weit ausstreckenden Gummi-Baumes nieder und verfiel in einen sanften Schlaf.

Zwar hatte er sich beim Einschlafen vorgenommen, nur ein Stündchen zu ruhen und dann an den Strand zu gehen, um seine Kiste zu öffnen; allein aus dem sich gegönnten Stündchen wurden drei bis vier Stunden und als er endlich wieder erwachte, sank die Sonne bereits in das Meer hinab, so daß er eilen mußte, wenn er den Strand noch vor Dunkelwerden wieder erreichen wollte. In der Eile mochte unser Freund aber nicht auf den rechten Weg gemerkt haben, denn das Meer wollte sich noch immer seinen Blicken nicht zeigen und doch dunkelte es bereits. Endlich mußte er für diesen Abend die Hoffnung gänzlich aufgeben, seine Schätze noch zu erreichen und es blieb ihm weiter nichts übrig, als Schutz und nächtliche Ruhe unter freiem Himmel oder einem stark belaubten Baume zu suchen. Früh, mit Anbruch des Tages, weckten ihn aber die empfindliche Morgenkühle und der überaus stark gefallene Thau, der bereits seine wenigen Kleidungsstücke gänzlich durchnäßt hatte. Da er jetzt schon die Gefahr einer solchen Durchnässung kannte, sprang er schnell auf und machte sich eilig auf den Weg, um sein Blut wieder in Bewegung zu setzen. Er war noch keine halbe Stunde gegangen, so vernahm er aus der Ferne das Brausen und Rauschen der Wellen, die seinem Ohre wie die lieblichste Musik erklangen, und nicht lange, so stand er wieder an dem heißersehnten Meeresstrande, zwar in einiger Entfernung von den geborgenen Schätzen, aber doch so nahe, daß er sie bereits mit seinen scharfen Blicken erreichen konnte.

Als er ihnen näher kam, fiel es ihm nicht wenig auf, daß er sich etwas Lebendiges zwischen den Schiffstrümmern bewegen und hin und hergehen sah. Sein erster Gedanke war, daß es vermuthlich ein Raubthier sei; denn vor diesen fürchtete er sich immer noch, da er nicht wußte, daß Australien keine fleischfressenden Thiere besitzt, die dem Menschen gefährlich werden. Als er aber, schüchtern und mit großer Vorsicht näher ging, bemerkte er, zu seiner nicht geringen Überraschung, daß sein vermeintlicher Feind auf zwei Beinen und aufrecht ging.

»Gewiß ein Affe, vielleicht gar ein Urang-Utang!« sagte er bei sich. Er irrte aber in dieser Voraussetzung, denn auch Thiere dieser Gattung sind in Australien nicht zu Hause.

Sein Erstaunen erreichte aber den höchsten Grad, als er am Strande, unfern der von ihm geborgenen Sachen, ein Canot, oder indianisches Boot, erblickte. Es hatte die Gestalt eines großen Troges und war aus einem ausgehöhlten Baumstamme gemacht. Aus Vorsicht hatte der Besitzer desselben es auf den Strand gezogen, was sich seiner Leichtigkeit und Kleinheit wegen leicht bewerkstelligen ließ.

William, der sich jetzt vor einem vielleicht Menschen fressenden Wilden, wie zuvor vor Löwen und Tigern, fürchtete, ging nur langsam und mit großer Vorsicht auf den Wilden zu, der seinerseits so ämsig mit dem Aufschlagen der Kiste beschäftigt war, daß er die Ankunft unsers Freundes nicht eher bemerkte, als bis dieser ihm ganz nahe stand.

Ein Schrei des Entsetzens entfuhr dem armen Wilden, der ein Knabe von dreizehn bis vierzehn Jahren zu sein schien, krauses Haar und eine ziemlich dunkle Hautfarbe, aber im Übrigen einen sehr wohlgebildeten Körper hatte, so bald er eines Menschen ansichtig wurde, wie er noch nie zuvor einen gesehen. Er glaubte ohne Zweifel den weißen Geist, eine Gottheit, die von diesen Wilden angebetet und sehr gefürchtet wird, vor sich zu haben und stürzte zur Erde nieder, das Gesicht gegen den Boden drückend und die Hände weit von sich streckend. Dabei stieß er so erbärmliche, seltsam klingende Töne aus, daß William sich kaum eines Lächelns erwehren konnte, so wenig ihm auch sonst darnach zu Muthe war. Der Augenblick, wo er einen Menschen wiederfand, war ja ein großer, überaus wichtiger für ihn.

Da William sah, daß er Furcht einflößte, schwand natürlich die seinige und das Mitleid mit dem armen, zitternden Wilden nahm die Stelle derselben ein. Er bückte sich zu dem armen *Kolbi* – dies war

sein Name, wie er späterhin erfuhr – nieder und berührte seinen
nackten Körper sanft mit der Hand, indem er ihm gute Worte gab und
ihm Muth einzusprechen suchte. Aber Kolbi verstand ihn nicht und
die sanfte Berührung von Seiten des vermeinten Geistes vermehrte
dermaßen sein Entsetzen, daß sein armer Körper wie ein Espenlaub
zitterte.

William, der nicht wußte, was er anfangen sollte, um den armen
Knaben zu beruhigen, kniete neben ihm nieder, streichelte seinen Kopf
und sprach in so sanften Tönen zu ihm, daß es dem armen Zitternden,
obgleich er seine Worte nicht verstehen konnte, doch begreiflich wurde,
daß er nichts Böses von ihm zu befürchten habe. Er erhob also das
Haupt etwas vom Boden und sah unsern William von der Seite an; so
wie er ihm aber in das Gesicht sah, schauderte er sichtbar zusammen
und schloß die Augen wieder, ganz wie der Strauß es machen soll, der
seinen Kopf in den Busch steckt und meint, sein Verfolger sehe ihn
nicht, weil er diesen nicht mehr sieht.

Endlich gelang es unserm jungen Freunde doch, dem Wilden einiges
Vertrauen einzuflößen; Kolbi erhob sich wenn gleich noch leise zitternd,
und reichte dem weißen Manne sogar die Hand, als dieser ihm die
seinige bot. Beide gingen jetzt wieder zu der Kiste, die William so sehr
am Herzen lag. Kolbi hatte ihm die Mühe erspart, das Schloß vermittelst
eines krumm gebogenen Nagels zu öffnen, indem er in seinem Unverstande den Deckel mit einem Stein zertrümmert hatte, so daß der Inhalt
bereits zu Tage lag. Diesen bildeten, außer Wäsche und Kleidungsstücken, etwas Geld, das für William jetzt ohne allen Werth war, da
er nichts dafür kaufen konnte, eine Menge sehr guter Handwerksgeräthe, als Sägen, Hobel, Bohrer, Hammer, ein Beil, Meissel u. dgl. m.,
einige Seecharten, ein Gebet- und Gesangbuch und endlich eine silberne
Uhr, die zwar still stand, weil sie nicht aufgezogen war, aber durchaus
nicht gelitten hatte, wie überhaupt die Sachen in der Kiste nicht. Denn
der brave Zimmermann hatte seine Lade so tüchtig gearbeitet und sogar
das Schlüsselloch mit einem so gut schließenden Schieber versehen,
daß auch nicht ein Tropfen Seewasser in das Behältniß gedrungen war.

Der Anblick der Uhr machte William eine außerordentliche Freude,
und da der Schlüssel an einer schweren silbernen Kette daran hing,
zog er sie gleich auf; sie ging! Kolbi sah Alles, was er that, mit neugierigem Erstaunen an; als ihm William aber die Uhr vor das Ohr hielt,
damit er sie picken höre, erschrak er nochmals so, daß er fast wieder

zur Erde gefallen wäre, und die Uhr angebetet hätte, wie früher unsern Freund; ja, das lebhafteste Entsetzen spiegelte sich in seinen Blicken ab, als er William den vermeinten Gott in seine Tasche stecken sah.

Unser Schiffbrüchiger war durch das Auffinden der Kiste und der Trümmer des Schiffs, weit mehr aber noch durch das Begegnen Kolbis auf einmal zu einem Reichthum gelangt, den er nicht mehr zu hoffen gewagt hatte. Es gelang ihm auch, dem jungen Wilden ein so großes Vertrauen einzuflößen, daß dieser ihm, als er gegen Abend zu seiner geliebten Höhle zurückkehrte, willig dahin folgte. Kolbi war ihm von sehr großem Nutzen, indem er einen Theil dessen, was William gleich in Sicherheit bringen wollte, auf seine starken Schultern nahm, so daß, da Beide trugen, der werthvolle Inhalt der Kiste gleich in die Höhle geschafft wurde. Nicht wenig erstaunte Kolbi, als er William, so wie sie in derselben angelangt waren, vermittelst eines gleichfalls gefundenen Feuerstahls, Schwamms und Steines Feuer anmachen, und die Pataten daran legen sah. Als diese gehörig gebraten waren, theilte William sein einfaches Mahl mit seinem schwarzen Freunde, der vermuthlich lange keine so gute Kost genossen hatte, denn er ließ es sich vortrefflich schmecken und auch keine einzige Patate blieb übrig. Auch William hatte den besten Appetit von der Welt; in zwei Tagen waren es nur Kirschen gewesen, mit denen er ihn hatte stillen können, und so war ihm die derbere Nahrung jetzt sehr erwünscht.

Als Beide sich gehörig gesättigt und ihren Durst durch einen frischen Trunk aus der Quelle gestillt hatten, legten sie sich auf dem weichen Lager, einträchtig wie Brüder, neben einander nieder und schliefen bald ein; unser William jedoch erst, nachdem er die Pflicht des Dankes gegen seinen so gnädigen und gütigen Vater im Himmel erfüllt hatte, und o! für wie viel Gutes hatte er ihm nicht mit gerührter Seele am Abende dieses Tags zu danken!

14.

Als er am andern Morgen erwachte, hatte er Mühe sich zu überzeugen, daß die Erlebnisse der beiden vorhergehenden Tage nicht ein bloßer Traum gewesen sey, und erst als er Kolbi am Eingange der Höhle erblickte – dieser war etwas früher erwacht und aufgestanden als er – begriff er sein Glück. Auch er erhob sich, ging zu seinem jungen

Freunde, gab diesem freundlich die Hand und kniete dann am Eingange der Höhle nieder, um Gott sein Morgen- und Dankgebet darzubringen. Kolbi, der glaubte, daß er Alles nachmachen müsse, was der »gute weiße Geist« – so nannte er unsern William noch – that, kniete neben ihm nieder und faltete eben so andächtig seine Hände, als hätte er gewußt, warum es sich handelte; davon hatte der Arme aber keinen Begriff.

William führte darauf Kolbi zu der Stelle, wo die Pataten wuchsen, damit er ihm behülflich sey, einige davon aus der Erde zu nehmen, weil sie ihr Frühstück damit halten wollten. Wie es schien, verstand sich der junge Wilde besser darauf, als er selbst; er brach einen Stecken vom nächsten Baume, und wühlte die Erde so schnell und geschickt damit auf, daß er eine Menge dieser eßbaren Knollen ans Tageslicht förderte. Als William ihn so gut unterrichtet sah, machte er Feuer an, um sie zu braten; Kolbi verstand auch jetzt, was er wollte, und trug die gewonnenen Früchte eilig herbei; jetzt aber mußte William seiner großen Geschäftigkeit Einhalt thun, denn der Wilde, der weder von Eckel noch Reinlichkeit viel wußte, wollte die Pataten mit aller daranhängender Erde an das Feuer legen und sie würden ihm auch so ganz vortrefflich gemundet haben. Aber nicht so William, dieser riß sie wieder vom Feuer, legte sie Kolbi in die Arme, nahm den Rest und eilte damit dem Bache zu, wohin ihm der Wilde nicht ohne einige Verwunderung folgte. Hier angelangt, wusch er erst die Frucht rein und bedeutete dann Kolbi durch Zeichen, daß er sie jetzt ans Feuer legen und braten lassen dürfe, was dieser auch that, ohne begreifen zu können, wozu die eben gesehene Procedur gut seyn konnte.

Nach eingenommenem Frühstücke führte William erst seinen Freund zu der Stelle, wo die Himbeeren in so großer Fülle wuchsen; auch diese kannte Kolbi und ließ sich nicht lange nöthigen, zuzugreifen. Als man sich gesättigt hatte, füllen sie ein mitgenommenes Beutelchen, das man unter den geretteten Sachen gefunden hatte, mit diesen duftigen Früchten an und auch die Ledertasche wurde mit Wasser angefüllt, worauf Beide wieder den Weg zum Strande antraten, um auch die zurückgebliebenen Bretter, Nägel, Balken u. s. w. zu bergen.

William, der jetzt schon klüger geworden war, hatte einige Endchen starken Bindgarns mitgenommen und befestigte vermittelst desselben einige Bretter so aneinander, daß sie eine Art von Schleife bildeten, worauf man bequem andere Bretter fortbringen konnte, indem man die Schleife hinter sich herzog. Nicht wenig mußte sich unser junger Freund über die Klugheit und Gelehrigkeit des Wilden wundern. So wie William etwas that, richtete er aufmerksam seine Blicke auf jede seiner Bewegungen, und es dauerte nicht lange, so hatte er seine Absicht begriffen, in die er dann eben so klug als geschickt und behende einging.

Welch ein Trost, welch eine Freude war der Besitz Kolbis für William! Zwar konnte er nicht anders, als durch Zeichen zu ihm reden; zwar verstand Keiner die Sprache des Andern; aber trotz dem unterhielten sie sich doch schon durch Blicke und Zeichen, die Kolbi schnell begriff, denn er war ein sehr gescheidter junger Mensch. Welch Entzücken war es für unsern Freund, als er wieder in ein Menschenauge blicken und Liebe und Dankbarkeit daran lesen konnte! Auch that Kolbi gar nicht mehr scheu gegen ihn, sondern bezeigte sich jetzt vollkommen zutraulich, und wenn er gleich William, seiner weißen Hautfarbe wegen, noch für ein überirdisches Wesen hielt, so fürchtete er sich doch nicht mehr vor ihm, wie er zu Anfang ihrer Bekanntschaft gethan hatte. Ihr müßt nämlich wissen, liebe Kinder, daß die Schwarzen sich den bösen Geist *weiß* malen, während wir den Teufel schwarz. Der Anblick eines Europäers, des ersten, den er in seinem Leben sah, war also wohl dazu geeignet, unserm armen Australier eine ungemessene Furcht einzuflößen. Fast drei Tage bedurfte man, um die geborgenen Schifftrümmer zu der Höhle zu schaffen; denn auch den Spiegel des Schiffs hatte man fortbringen können, da man ihn vermittelst des gefundenen Beiles kleiner gemacht hatte. Am dritten Tage, als man den letzten Weg zum Strande – wenigstens für diesmal – machte, warf Kolbi plötzlich die Last, womit er seine Schultern beladen hatte, zu Boden, und ehe William es sich versah, hatte er den Stamm eines sehr hohen Baumes, fast bis zum Gipfel desselben, erklettert. William wußte nicht, was diese Erscheinung zu bedeuten habe, und stand erwartungsvoll unter dem Baume, um abzuwarten, was sein Gefährte da oben schaffen würde. Er sah, daß dieser mit der Hand in eine Höhlung des Baumes langte und sie bald wieder hervorzog; er hielt dabei, wie triumphirend, etwas in die Höhe; was es war, konnte aber William nicht unterscheiden, bis Kolbi wieder unten bei ihm anlangte.

Könnt Ihr vielleicht errathen, was der Wilde dort oben in dem Baume gesucht und gefunden hatte? Strengt einmal Euere Denkkraft an; solltet Ihr mein Räthsel aber nicht lösen, so will ich Euch den

Schlüssel dazu in die Hand geben. Es gibt in Australien, eben so gut wie bei uns, Bienen .... – »O! nun wissen wir Dein Geheimniß schon!« rufen jetzt gewiß Viele von Euch: »Der Kolbi brachte eine Honigscheibe herunter; nicht wahr?«

Ja, eine Honigscheibe hielt er wirklich in der Hand, und zwar eine mit dem hellsten, schönsten Honig, den man sich nur denken kann. Gewohnt, mit seinen überaus scharfen Augen überall umherzuspähen, hatte er einige wilde Bienen entdeckt, welche die Spitze des Baumes umschwärmten und daraus geschlossen, daß er dort oben ein Nest finden würde. Daß er sich in dieser Voraussetzung nicht geirrt hatte, zeigte die Honigscheibe in seiner Hand. Mit der ihm eigenthümlichen rührenden Gutmüthigkeit bot er den leckern Fund seinem Freunde dar, bevor er selbst noch das Geringste davon gekostet hatte; William nahm das Geschenk zwar an, allein er wollte es mit ihm theilen, was Kolbi jedoch nicht litt, denn er sollte den Honig einmal allein behalten. William, der so vielen Honig nicht auf einmal genießen konnte, kostete etwas davon und beschloß den Rest für eine andere Zeit aufzuheben. Er legte ihn daher, so wie man in der Höhle angelangt war, auf einen Felsenvorsprung, denn Gefäße hatte man ja nicht, um ihn anders aufzuheben.

Mitten in der Nacht wurden beide Schläfer, trotz ihres festen Schlafs, durch ein höchst lästiges Kriechen und Krabbeln, das sie auf allen entblößten Theilen ihres Körpers – der arme Kolbi über seinen ganzen nackten Leib – empfunden, mehreremale aufgeweckt; sie waren aber so schlaftrunken, daß sie sogleich wieder einschliefen und erst gegen Morgen völlig munter wurden. Wie erschracken aber Beide, als sie sich anblickten! Jeder war über den ganzen Leib mit Ameisen bedeckt, die ihnen zwar nichts thaten, sondern nur über die beiden Schläfer weg, zu dem Honig krochen, dessen Geruch die ganze Ameisen-Nachbarschaft in die Höhle gelockt hatte; denn Süßigkeiten sind für diese Thierchen ein wahrhafter Leckerbissen, und sie gehen ihnen emsig nach.

Sobald Kolbi sah, was es gab, sprang er auf, entkleidete sich von der Binde, die er um seine Lenden gewunden hatte, und eilte, die Binde schwankend und schüttelnd, um sie von den lästigen Gästen zu befreien, dem Bache zu, indem er sich tüchtig badete und abwusch, um das lästige Brennen und Jucken los zu werden. William begriff, daß die von seinem Gefährten ergriffene Maßregel eine sehr ersprießliche sey, und folgte seinem Beispiele, was ihn sehr erfrischte.

Ein schlimmer Umstand trat aber jetzt ein: die Höhle war für sie, wenn auch vielleicht nicht für immer, doch für längere Zeit, verloren und man mußte sich beeilen, die darin geborgenen Sachen herauszunehmen. So lange die Ameisen nach dem Geruch des Honigs witterten, drangen sie in großen Zügen in die Höhle und es war nicht darauf zu rechnen, daß dieser Geruch sich sobald wieder verlieren würde, selbst wenn man den Honig herausnähme. Das war dann freilich eine betrübte Sache; sie entmuthigte indeß unsere Beiden nicht; hatte man doch jetzt Holz und Bretter genug, um sich eine Hütte bauen zu können, und noch an demselben Tage wurde der Anfang damit gemacht. William wollte aber eine solche nicht bloß für eine kurze Zeit, sondern gleich gehörig herstellen, und so mußte man es sich gefallen lassen, einige Nächte unter freiem Himmel zuzubringen. Man legte die Hütte auf einem kleinen Vorsprunge des Hügels, von wo aus man eine sehr reizende Aussicht auf das umliegende Thal hatte, an, und machte sie so geräumig, daß man nicht nur selbst Platz darin fand, sondern auch alle Geräthschaften bewahren und gegen die Einflüsse von Luft und Wetter schützen konnte.

Kolbi zeigte sich auch bei diesem Geschäfte überaus thätig und gelehrig. Man sah es ihm an, daß dieß nicht die erste Hütte war, die er erbaute; nur mit den europäischen Geräthschaften wußte er nicht umzugehen, und sah besonders William mit großem Erstaunen zu, als dieser vermittelst einer Säge, die von den Handwerkern der Fuchsschwanz genannt wird, ein Brett durchschnitt, das für den beabsichtigten Zweck zu lang war.

Beim Einrammen der das Dach der Hütte tragen sollenden Pfähle bewies sich Kolbi so geschickt, daß er William weit hinter sich ließ. Dieser war nämlich sehr um eine Schaufel oder eine Grabscheit verlegen, und wußte nicht, wie er ohne diese, ihm unentbehrlich scheinenden Instrumente ein gehörig tiefes Loch in die Erde graben sollte. Das verstand Kolbi aber vortrefflich: er suchte sich unter den vielen umherliegenden Steinen einen Stein aus, der fast die Form einer Schaufel hatte, legte sich neben der Stelle, wohin der Pfahl kommen sollte, auf den Bauch nieder und schaufelte jetzt mit beiden Händen die Erde so schnell weg, daß schon nach wenigen Minuten ein ziemlich tiefes Loch da war. Auch beim Befestigen der Pfähle zeigte er sich eben so geschickt. Erst schaufelte er alle ausgeworfene Erde davon, dann klopfte er den Boden fest und endlich trieb er in diesen noch Steine und Holzsplitter ein, was wesentlich dazu beitrug, die Stäbe recht fest zu machen.

Da William sah, daß er seinem Freunde diese Arbeit ruhig überlassen könne, machte er sich an andere, die er besser verstand. Die Schiffstrümmer enthielten eine große Menge Nägel von fast allen Größen; sie mußten aber erst herausgezogen und auf einem Steine gerade geklopft werden, bevor man sie nochmals gebrauchen konnte. Das war eine sehr schwierige Arbeit; allein William war es bereits gewohnt, mit vielen Hindernissen zu kämpfen, und so überwand er endlich auch diese. Die Menge von Nägeln, die er auf diese Weise gewann, war ein ordentlicher Schatz für ihn, auch verachtete er, die Wichtigkeit desselben einsehend, nicht das kleinste Stiftchen.

Bald standen die Pfähle und an die Bedachung konnte gedacht werden. William machte diese so gut und zierlich und das Ganze hatte überhaupt ein so gefälliges Ansehen, daß er selbst seine Freude daran hatte und Kolbi, der gewohnt war, sie auf andere Weise kund zu thun, die possierlichsten Freudensprünge machte. Sogar an eine Hausthüre konnte man denken, da es an einigen Hängen nicht fehlte, und es zeigte sich bald, wie gut man gethan hatte, die Hütte damit zu versehen. Das Wetter blieb nicht immer gut, sondern es kam eine sehr schlimme Zeit, von der ich Euch, meine Geliebten, späterhin erzählen werde.

Als die Hütte einigermaßen im Stande war, dachte William bereits auf einige Mobilien, als auf Tische und Bänke, die bisher noch gefehlt hatten. Die Arbeit ging zwar langsam von statten, aber er wurde dabei von Kolbi gut unterstützt, indem dieser schnell manchen Handgriff faßte und mit großer Beharrlichkeit bei der Arbeit aushielt. Ein großes Vergnügen war es dabei für William, Kolbi in seiner Muttersprache zu unterrichten. Er zeigte auf die verschiedenen Gegenstände und nannte bloß das Hauptwort, als: Sonne, Mond, Baum, Blume u. s. w., und zu seinem nicht geringen Erstaunen lernte Kolbi gleich nach dem ersten Namen die verschiedenen Namen der Gegenstände auswendig und wandte sie das nächstemal richtig an. Man hat überhaupt die Bemerkung gemacht, daß das Gedächtniß wilder Menschen sehr scharf ist und diese nicht nur schnell lernen, sondern das Gelernte auch gut behalten. Dies war ganz besonders bei Kolbi der Fall, den die Natur überhaupt mit ganz vortrefflichen Gaben ausgestattet hatte. In Hinsicht der Schnelligkeit, Biegsamkeit und Behendigkeit konnte kein Europäer sich mit ihm vergleichen; auch waren Gesicht, Geruch und Gehör von einer wirklich erstaunungswürdigen Schärfe.

15.

Unsre Colonisten hatten jetzt zwar das Nothwendigste: ein schützendes Obdach, die nothdürftige Nahrung und Geselligkeit; aber trotz dem blieb für Beide noch mancher Wunsch unbefriedigt und dahin gehörte vorzüglich der nach einer abwechselnden Speise, an die besonders William sich in seinem frühern Leben gewöhnt hatte. Die Pataten und Früchte, womit sich Beide seither gesättigt hatten, füllten ihnen zwar den Magen, aber sie wurden trotz dem nicht völlig satt davon, und selbst nachdem sie ihren Hunger gestillt hatten, blieb eine empfindliche Leere in demselben zurück.

Sobald William sich seinem Freunde verständlich machen konnte, theilte er ihm seinen Wunsch nach einer nährendern Speise mit. Es machte ihm freilich viele Mühe, Kolbi sein Verlangen mitzutheilen, und dies mußte mehr durch Zeichen, als durch Worte geschehen; endlich aber begriff der gute Wilde ihn und nickte, wie bejahend, mit dem Haupte. Bald darauf forderte er von William das Messer, mit dem er bereits sehr geschickt umzugehen wußte, und entfernte sich damit in das nahe Gebüsch. William wußte nicht, was er im Sinne hatte, ließ ihn aber gewähren und erwartete geduldig seine Rückkehr.

Er blieb ziemlich lange weg, dann kehrte er, in seiner Hand mehre Baumzweige tragend, mit freudigem Gesichte zurück und wies seinem Freunde triumphirend das Mitgebrachte. William begriff erst nicht, was Kolbi mit den geschnittnen Stecken wollte und sah ihm mit einiger Neugierde zu, als er sich auf den Boden niedersetzte und an seinen Stecken zu schnitzen anfing. Bald aber wurde ihm die Absicht seines Freundes klar: Dieser schnitzte aus dem mitgebrachten Holze einen überaus zierlichen Bogen und als dieser fertig war, auch eine Handvoll Pfeile, erstere von einem biegsamen, letztere von sehr hartem, festen Holze. Die Arbeit konnte aber nicht vollendet werden, denn dem Bogen fehlte noch die Sehne, den Pfeilen die scharfe Spitze von Metall und die Federn; William war nicht wenig neugierig, wie Kolbi es anfangen würde, diesem Mangel abzuhelfen.

Schon in der nächsten Nacht sollte diese Neugierde befriedigt werden. Er sah Kolbi, so wie es völlig dunkel geworden war, fortwandern; wohin, konnte er nicht in Erfahrung bringen, da der Wilde sich ihm nicht verständlich machen konnte. Er blieb so lange weg, daß William sich sehr um ihn ängstigte und schon im Begriffe war, ihm nachzugehen und ihn aufzusuchen, als er ihn mit raschen Schritten herbeieilen hörte. Was er gethan, und was er von seiner nächtlichen Wanderung mitgebracht hatte, konnte er nicht in Erfahrung bringen, da, als Kolbi zurückkehrte, der bis dahin leuchtende Mond untergegangen war und eine vollkommene Dunkelheit in der Hütte und selbst draußen herrschte; Licht hatten aber unsre Beiden nicht, um sich die Nacht zu erhellen.

So wie Kolbi wieder angelangt war, warf er sich auf sein Lager nieder, seinem Freunde eine gute Nacht zurufend, denn diese Worte und die Bedeutung derselben hatte er bereits von William gelernt, der sie ihm jeden Abend zurief, so wie er sich zum Schlafen niederlegte. Früh am andern Morgen, als erst William, dann Kolbi erwacht war, ging letzterer aus der Hütte in's Freie hinaus und kehrte gleich darauf mit zwei todten Vögeln in der Hand, die dem Ansehen nach unsern Tauben glichen, nur weit größer und von einem schönen schillernden Gefieder waren, zu seinem Genossen zurück. Mit triumphirenden Blicken zeigte er seinen Fang, bedeutete William, daß er auf seinen Streifereien am vorhergehenden Tage ein Nest dieser Thiere hoch in der Spitze eines sehr hohen Baumes entdeckt, und beide Eltern, die Mutter darin, den Vater daneben, überrascht und getödtet habe. Er hatte sich die Stelle, wo der Baum mit dem Neste stand, und diesen selbst so genau gemerkt, daß er ihn auch während der Nacht wieder zu finden vermochte, wobei ihm freilich der Mondschein etwas zu Hülfe kam.

Man kann sich vorstellen, wie erfreut William über den Anblick dieser Vögel war, die ihm einen leckern Braten verhießen. Er zündete sogleich ein gutes Feuer an, steckte zu beiden Seiten derselben zwei Stäbe in die Erde, die oben durch ihre Zweige eine Gabel bildeten, und schnitzte von starkem Holze einen Spieß, an den er die Tauben stecken und ihn dann auf die beiden Gabeln legen wollte, zwischen denen sich das Feuer befand. Kolbi ließ ihn gewähren und machte sich seinerseits an die Arbeit. Mit einer wirklich bewunderungswürdigen Geschicklichkeit und Schnelligkeit rupfte er die Tauben, wobei er Sorge trug, daß kein Federchen verloren ging, denn diese waren von der größten

Wichtigkeit für den von ihm beabsichtigten Zweck. Als er mit dieser Arbeit fertig war, schnitt er den Vögeln den Bauch auf und nahm behutsam aus beiden die Eingeweide heraus, mit welchen er zum nahen Bache ging, um sie von allem Unrathe zu reinigen; die Tauben selbst aber warf er William zu, der sich anschickte, sie an seinem improvisirten Spieße zu braten.

Was Kolbi mit den Federn wollte, hatte William bereits begriffen; aber was er mit den Eingeweiden anzufangen gedachte, blieb ihm so lange ein Räthsel, bis dieser mit den gereinigten Gedärmen vom Bache zurückkehrte, und indem er mehrere davon sehr fest zusammendrehte, eine Bogensehne davon machte. William bewunderte die Geschicklichkeit und Ämsigkeit seines Freundes nicht wenig, und brach in einen Jubelruf aus, als Kolbi ihm triumphirend den fertigen Bogen und die vermittelst der Taubenfedern bereits befiederten Pfeile zeigte, an welchem letztern nichts mehr fehlte, als die tödtende Spitze. Er zweifelte jetzt aber keinen Augenblick mehr daran, daß Kolbi auch dazu Rath schaffen würde, und dieses Vertrauen durfte er, nach den Proben, die er von seiner Geschicklichkeit und Einsicht abgelegt, wohl zu ihm haben.

Die beiden Tauben waren indeß gebraten, und wenn sie gleich nicht so lecker waren, wie die, welche eure gute Mutter, unterstützt von einer geschickten Köchin, zuweilen auf den Tisch bringt, wenn sie auch nicht in einem Meere von Butter schwammen; ja, wenn ihnen sogar das Salz zur Würze fehlte, so glaubte doch William, in seinem ganzen Leben kein so leckeres Mahl gehalten zu haben, als dieses. Auch Kolbi ließ sich seine Taube wohl schmecken, wobei er mit der größten Sorgfalt die Knöchelchen sammelte und auf die Seite legte. Was er damit beginnen, zu welchem Zwecke er sie benutzen wollte, begriff William wieder nicht, bis er seinen Freund die vorher schon geschnitzten und befiederten Pfeile hervornehmen und ihn sie mit kleinen scharfen Spitzen versehen sah, die er von den Knöchelchen vermittelst des Messers geschnitzt hatte.

Jetzt war ihm Alles klar, und seine Freude nicht gering, als er sich nun sogar auch im Besitze einer Waffe sah, die ihm noch viele solche Leckerbissen versprach, wie er eben genossen hatte.

In Hinsicht der Handhabung des Bogens sah er sich aber weit von Kolbi übertroffen, dessen Augen und Hände so sicher waren, daß er fast nie sein Ziel verfehlte, während William, zum nicht geringen Ergötzen des wilden Jägers, unter zehnmal kaum *einmal* traf. »Übung macht den Meister«, heißt es im Sprichwort; so ging es auch mit William bald besser, und er wurde lange nicht mehr so oft von dem über seine größere Geschicklichkeit triumphirenden Kolbi ausgelacht.

Jetzt hatte man in der That keine Noth mehr zu leiden. Die Gegend wimmelte von Vögeln aller Art; da gab es nicht nur wilde Tauben und Hühner in Menge, sondern auch Gänse und Enten, worunter die sogenannte *Holz-Ente*, welche ihre Jungen im Walde ausbrütet, als besonders schmackhaft erfunden wurde. Auf dem Bache erblickte man den schwarzen Schwan; denn in Australien, das fast in allen Dingen gänzlich verschieden von den andern Welttheilen ist, haben die bei uns schneeweißen Schwäne ein schwarzes Gefieder.

Unter den Vögeln fiel unserm William besonders der *Emu* – so nannte Kolbi dieses Thier – oder der australische Kasuar, auf. Wenn die Kasuare aufrecht stehen und ihre langen Hälse in die Höhe strecken, erreichen sie fast die Größe eines Mannes. Sie sehen in der That wunderbar aus, und William konnte sich sogar einiger Furcht vor diesen riesigen Thieren nicht erwehren, wenn er ihnen auf seinen Streifereien begegnete. Der Emu hat einen langen Hals und sehr lange Beine, einen plump gebauten Körper und, obgleich er zum Vogelgeschlechte gehört, weder Federn noch Flügel. Die Stelle der Federn vertritt eine Art von Haaren, die aber sehr dünn auf den Körper gesäet und gleichsam ein Mittelding zwischen Haaren und Federn sind; statt der Flügel hat er zwei kurze Lappen an der Seite. Eine Stimme hat man noch nicht an dem Emu bemerkt. Das Fliegen ist diesen Thieren unmöglich, dagegen aber laufen sie, wenn sie verfolgt werden, sehr schnell.

Die Eingeborenen machen mit Hunden Jagd auf sie. Man kann nur die Keulen zur Speise benutzen, diese aber schmecken ganz wie unser Rindfleisch. Auch die Eier sind ein Leckerbissen. Man findet sechs bis sieben in einem Neste, und sie sind so groß, daß man die Schaalen zu Gefäßen benützen kann. William war nicht wenig erfreut, als Kolbi auf einen ihrer Streifereien ein Emunest entdeckte; jubelnd trug man es heim, genoß mit großem Behagen den Inhalt, und hatte noch obendrein mehre ganz artige Gefäße, an denen es ihnen seither sehr gefehlt hatte.

Die wilden Truthähne – zwei Arten entdeckte man bis jetzt davon, die dunkeln und die blaufarbigen – waren ein großer Leckerbissen für unsre Colonisten. Ihr Fleisch war zart und saftig, und hatte den allerbesten Geschmack, da es fetter als das der übrigen wilden Vögel war. Sie bewohnen die buschigen Stellen der Insel und sind nicht leicht zu erlegen, da sie sehr furchtsamer und vorsichtiger Natur sind. Außer diesen Vögeln fand man noch Schnepfen, die große Taube, die von Kolbi *Wanga-Wanga* genannt wurde; zwei Arten brauner Tauben, und die schöne Federbusch- und grüne Taube. Ein sehr schönes Thier ist auch der Bergfasan, welcher nicht nur vortrefflich schmeckt, sondern auch ein Spottvogel ist, der die Stimmen anderer Vögel nachzumachen versteht. Auch Krähen und Elstern, gute Bekannte unsers Williams von der Heimath her, zeigten sich in großer Menge; allein unsere Schützen machten keine Jagd darauf, da ihr Fleisch nicht genießbar ist. Auf den Gipfeln der Berge hauste der König der Vögel, der Adler, der hier einen weißen Kopf hat; auch an andern Raubthieren, namentlich an Falken, fehlte es nicht. Sie sind die Feinde der andern Vögel und sehr von ihnen gefürchtet.

Auf einem Spaziergange, den William und Kolbi an einem schönen Abende machten, erblickte ersterer einen schneeweißen, schön befiederten Vogel, den er auf den ersten Blick für einen Kakatu erkannte; er hatte nämlich einen solchen früher in einer Menagerie gesehen, und war nicht wenig erfreut, ihn hier im Naturzustande zu erblicken. Späterhin entdeckte er vier Arten von Kakatus: zwei schwarze, ohne Federbüsche, mit gelbgefleckten Flügeln und eben so gestreiften Schwänzen; dann den weißen mit gelben und endlich den schieferfarbigen mit rothem Federbusch. Besonderes Vergnügen gewährten unserm William, für den diese ganze Thierwelt völlig neu war, die vielen Papageien, die er erblickte. Man findet sie in Australien fast von allen Farben und Größen und prächtiger gefiedert, als sonst irgendwo. Er sah diese Thiere, die man in Europa so theuer bezahlt, in ganzen Schwärmen umherfliegen und fast jedes Gebüsch davon belebt. Da war der schöne Königspapagei mit seinem herrlichen grünen Gefieder, dem glänzendrothen Kopf und Nacken – auch ihr werdet ihn schon gesehen haben; – den kleinen Rosehillpapagey mit rothem Kopf und gelber Brust; den Bergpapagei, der blau ist und in allen Farben des Regenbogens schillert. Williams Auge konnte nicht müde werden, diese schönen Thiere zu betrachten und da sie, niemals bisher von den Menschen verfolgt, durchaus nicht scheu thaten, konnte er ihnen ganz nahe kommen und sie mit Muße besehen. Kolbi, der gute Kolbi bemerkte kaum, welche Freude sein Genosse an diesen Vögeln hatte, so war er auch schon darauf bedacht, einige davon für seinen Freund zu fangen. Er legte ihnen sehr geschickt Schlingen, und da er ihre Lieblingsnahrung kannte, lockte er sie vermittelst derselben in diese. William hatte bald eine vollständige Sammlung dieser schönen Geschöpfe, und man sah sich genöthigt, einen Winkel der Hütte mit Brettern abzukleiden, um einen großen Käfig für die lieben Gäste herzustellen. In müßigen Stunden vertrieb William sich die Zeit damit, diese Vögel zu zähmen und ihnen, da er ihre große Gelehrigkeit kannte, Worte aussprechen zu lehren. Hierin zeichnete sich vor allen andern der große Königspapagei aus, der sehr bald, zu Williams nicht geringem Ergötzen, ganz deutlich seinen und Kolbis Namen aussprach und nach und nach auch noch andere Worte, als: Mutter, Vater, guten Morgen erlernte; William wollte ihm auch den Namen seiner geliebten Vaterstadt Hamburg lehren; allein dies war eine zu schwierige Aufgabe für seine kleine Kehle, und das Wort kam nur sehr unvollkommen heraus.

So hatten unsre Beiden in ihrer Einsamkeit und Abgeschiedenheit auch ihre kleinen Genüsse und Freuden, die noch durch das Einfangen eines jungen australischen Hundes, den man *Dingo* nennt, vermehrt wurden. Diese Hunde sind von den unsrigen sehr verschieden. Sie haben entweder dunkles oder röthliches Haar, das sehr zottig ist, lange, buschige Schwänze, spitzige Ohren, sehr dicke Köpfe und etwas spitzige Schnautzen. Sie laufen mit wahrhaft erstaunenswerther Schnelligkeit und beißen tüchtig um sich, wenn sie sich zu vertheidigen gezwungen sind. Sie bellen nicht wie unsre Hunde, stoßen aber oft ein erbärmliches Geheul aus, das besonders bei Nachtzeiten höchst widerlich klingt. Sie sind Raubthiere und werden von andern Thieren sehr gefürchtet, die sie vermöge ihrer großen Schnelligkeit leicht erreichen. Sie tödten sie nicht, reißen ihnen aber mit ihren scharfen Zähnen ein Stück Fleisch aus und an dieser Wunde sterben dann die armen Gebissenen eines qualvolleren Todes, als wenn sie auf der Stelle von ihnen getödtet worden wären.

Kolbi, der eben kein Kostverächter war, hatte schon mehre Male Dingos erlegt und sich einen für seinen Gaumen höchst schmackhaften Braten davon gemacht; William mochte dabei aber nicht sein Gast sein, weil das Fleisch einen überaus widerlichen Geruch hatte. Die Ähnlichkeit dieser Thiere mit den ihm von der Heimath her so lieb gewordenen Hunden, bewog ihn aber zu dem Wunsche, einen jungen Dingo zu besitzen, um ihn zähmen und abrichten zu können. Kaum war Kolbi dieser Wunsch bekannt geworden, so dachte er auch schon darauf, ihn zu befriedigen. Die Sache war aber nicht eben leicht in's Werk zu richten, indem der Dingo, der sehr scheu ist, sein Nest überaus gut zu verstecken weiß; auch war es, selbst wenn man bewaffnet war, nicht ungefährlich, sich dem Lager zu nähern, wenn die Alten gegenwärtig waren, da diese ihre Jungen wüthend vertheidigten.

Indeß verzagte unser Kolbi trotzdem nicht, und als er erst einmal so glücklich gewesen war, das Nest eines Dingo's zu entdecken, lauerte er so lange auf, bis er die bereits dem Säugen entwachsenen Jungen allein überraschte. Er ergriff eines davon und trug es eilig zur Hütte, sich nicht daran kehrend, daß es sich sträubte und mit den kleinen spitzigen Zähnen tüchtig um sich biß.

Nicht wenig erfreut war William, sowohl über diesen neuen Beweis von der Zuneigung seines Kolbi, als über den Besitz des artigen Thieres; denn obschon im erwachsenen Zustande mehr häßlich als hübsch, sind die jungen Dingos doch ganz allerliebst; auch wollte William das Thier weniger zum Zeitvertreibe haben, als es zum Wächter erziehen.

Der kleine Dingo machte unsern Beiden zu Anfang das Leben sehr schwer. Er biß um sich, so wie man sich seinem Behälter nur nahte, heulte die ganzen Nächte hindurch und verschmähte zuerst sogar jegliche Nahrung, so daß unsre Freunde, die fürchten mußten, ihn elendiglich umkommen zu sehen, aus Mitleid schon im Begriffe waren, ihm seine Freiheit wieder zu geben. Da änderte das kleine Ungethüm, vermuthlich, weil der Hunger ihm allzu sehr zusetzte, plötzlich seine Natur: er genoß nicht nur etwas von dem ihm hingeworfenen Fleische, sondern nahm es schon nach wenigen Tagen begierig aus der Hand Williams oder Kolbis; ja, es waren nun erst einige Wochen verstrichen, so wollte er keine andere Nahrung nehmen, als die einer der beiden Freunde ihm reichte; selbst das Wasser, welches man ihm in einer der von den Kasuar-Eiern gewonnenen Schaalen reichte, mußte ihm hingehalten werden, wenn er es trinken sollte, und statt die ihm hingehaltene Hand, wie früher, zu beißen, leckte er sie dankbar. Jetzt, da er sich so vernünftig und zuthunlich bezeigte, glaubte man ihm die Freiheit schenken zu dürfen. Man öffnete seinen kleinen Kerker und er kroch aus demselben hervor. Er mißbrauchte die ihm gewährte Freiheit auch nicht, sondern trennte sich nicht mehr von seinen Gebietern, die freilich seine volle Zuneigung auch durch ihr liebreiches Betragen verdienten. Es war entschieden beider Liebling und mancher Leckerbissen fiel ihm zu. Wenn sie ihr einfaches Mahl hielten, gesellte er sich allemal zu ihnen und war offenbar »*in ihrem Bunde der Dritte.*« Mit klugen Augen sah er bald den Einen, bald den Andern an, ob nicht etwa ein Bissen für ihn abfiele, und erhielt er ihn, so leckte er dankbar die Hand des Gebers. William, der ihn nie neckte und zerrte, wie Kolbi zuweilen in seinem kindischen Muthwillen that, schien ganz besonders seine Gunst zu besitzen, denn jede Nacht schlief er ganz dicht neben jenem. Man hatte auf Williams Wunsch dem Dingo den Namen *Waldmann* gegeben, nach einem artigen Tackelchen, das in der Heimath der Liebling unsers Freundes gewesen war, und das Thier hörte bald sehr verständig auf diesen Namen. Überaus schwer war es aber gefallen, den Hund an gekochte oder vielmehr gebratene Speisen, noch schwerer aber, ihn an den Genuß der Pataten zu gewöhnen. Seiner Natur nach fraß er nichts als rohes Fleisch und durchaus keine Pflanzenkost; endlich gewöhnte er sich aber doch daran, die Knochen des gebratenen Fleisches zu nagen, und als man ihn einige Zeit hatte hungern lassen, fraß er sogar mit Begierde die ihm dargereichten Pataten. So fehlte es unsern beiden Einsiedlern keineswegs an kleinen Genüssen und Freuden, ja sogar nicht an Unterhaltung, indem Kolbi nach und nach Williams Sprache verstehen und selbst nothdürftig sprechen lernte. Zwar klang das, was er sagte, oft überaus possierlich und mit den Fürwörtern wußte er namentlich noch immer nicht zurecht zu kommen, auch verwechselte er die Artikel; allein eben dieses Kauderwälsch ergötzte William und überdies verstanden sie einander ganz vollkommen, zumal da letzterer bereits eine Menge Wörter von der Papuas-Sprache – der Volksstamm, zu dem Kolbi gehörte, nennt sich die Papuas – verstand, so daß, wenn Kolbi eine Sache auf deutsch nicht zu nennen wußte, er sie nur in seiner Muttersprache zu nennen brauchte, um sich seinem Freunde verständlich zu machen. William würde sich geschämt haben, sich von Kolbi in der Gelehrigkeit übertreffen zu lassen, und so legte er sich auf die Papuas-Sprache, wie Kolbi auf die deutsche.

Wenn es dunkel wurde und sie folglich keine Arbeit mehr verrichten konnten, vertrieben sie sich die Zeit wechselseitig mit Erzählungen von ihrer Vergangenheit und den Sitten und Gebräuchen der Nation, zu der sie gehörten. William war der Erste, welcher seinem Freunde die von ihm erlebten Schicksale mittheilte, und Kolbi folgte seinem Beispiele.

Er erzählte ihm, daß er auf seinem winzigen, aus einem ausgehöhlten Baumstamme gemachten Canot von der Küste eines großen, großen Landes herübergekommen sei, weil die Feinde seines Stammes, in deren Gefangenschaft er im Kriege gerathen war, ihn hatten braten und verzehren wollen.

»Verzehren?!« rief William entsetzt bei diesen Worten aus; »verzehren? das wäre ja abscheulich gewesen!«

»O, Menschenfleisch soll sehr gut schmecken«, versetzte Kolbi ruhig, »und wäre ich nur noch ein Jahr älter gewesen, so würde auch ich es gewiß gekostet haben; denn bei meinem Stamme erhalten es nur die tapfern Krieger, die schon einen Feind erlegt oder gefangen genommen haben. Wäre ich nun größer und stärker geworden, so hätte ich auch schon einen Feind tödten oder mit meinen Händen gefangen nehmen wollen, und dann würde man es mir nicht verwehrt haben, sein Fleisch zu braten und zu verzehren.«

»Ich danke Gott dafür, Kolbi, daß du eine solche Sünde nicht begingest«, sagte William, der bei dem Gedanken schauderte, daß sein so herzlich geliebter Kolbi ein Menschenfresser hätte werden können.

»Ich weiß nicht, was eine Sünde für ein Ding ist«, versetzte Kolbi; »aber so viel weiß ich, daß es mir sehr leid thut, daß es hier keine Feinde gibt, die man erlegen und deren Fleisch man essen kann; denn es soll besser schmecken, als das der Kängeruh, selbst wenn diese noch jung und zart sind. So sagte mir wenigstens mein Vater, der oft Menschenfleisch genossen hat, nun aber keins mehr ißt, weil er todt und wahrscheinlich von den Feinden aufgegessen ist. Ich selbst sah ihn in der Schlacht fallen, als ich ihm die Waffen in derselben nachtrug, und da die Feinde den Sieg erhielten, weil der gute Geist, den wir *Koyan* nennen, sich von uns abgewendet hatte, werden sie ihn wohl gefunden und mit sich geschleppt haben.«

»Wie geriethest aber du in Gefangenschaft? und wie gelang es dir, dich aus derselben zu befreien und hieher in dem Canot zu retten?« fragte William, der, von Neugierde getrieben, es für ein Andermal versparte, seinen Freund davon zu unterrichten, was eine Sünde sei.

»Das will ich dir sagen«, versetzte Kolbi. »Als mein Vater von der Lanze eines Feindes getroffen worden war und blutend zu Boden sank, wurde ich so betrübt, daß ich neben ihm niederfiel und vor übergroßer Betrübniß nicht daran dachte, mich zu retten. Zwar rief er mit der letzten Anstrengung seiner Kräfte zu: »Flieh, mein Sohn! Rette dich!

sonst werden die Feinde, wenn sie den Sieg erhalten, auch dich schlachten und verzehren!« allein ich war viel zu betrübt, um diesem Befehle Folge leisten zu können; auch mochte ich meinen Vater nicht verlassen, so lange noch Leben in ihm war. Als aber sein Athem stockte; als er die Augen schloß, um sie nicht mehr aufzuthun, da war es zu spät, mich zu retten. Die Feinde hatten unsern Stamm in die Flucht geschlagen; ich wurde neben der Leiche meines Vaters ergriffen; man band mir die Hände auf den Rücken fest und schleppte mich fort an den Strand des Meeres, wo man ein Siegesfest feiern und die Erschlagenen, mich wahrscheinlich auch, nachdem man mich geschlachtet, verzehren wollte. Ich war sehr traurig, denn ich mochte mich nicht braten und verzehren lassen ......«

»Das verdenke ich dir nicht«, unterbrach William den Erzähler; »ich hätte das auch nicht gemögt. Aber erzähle weiter; ich bin sehr begierig darauf, wie du dich rettetest.«

»Als die Feinde mich mit sich an's Ufer geschleppt hatten«, fuhr Kolbi fort, »banden sie mich an einen Baum fest, der unfern des Platzes stand, wo sie ihr Siegesfest feiern wollten und wo sie bereits ein großes Feuer angezündet hatten, an dem die Getödteten und ich gebraten werden sollten. Ich weinte bitterlich und erwartete jeden Augenblick den Tod. Sie bereiteten indeß den *Kawa*, indem sie eine Wurzel kauten und den dadurch erhaltenen Brei mit Wasser vermischten, wie es bei uns Sitte ist; wer aber viel von diesem Getränke trinkt, der wird wie toll und weiß nicht mehr, was er thut; er macht die närrischten Sprünge und ist so ausgelassen lustig, daß es eine Freude ist, ihn zuzusehen. Die Feinde tranken nun vielen Kawa und als ich sie in dem dir eben beschriebenen Zustande sah, glaubte ich, daß es Zeit sei, an meine Rettung zu denken. Ich versuchte, eine meiner Hände aus der Schlinge zu ziehen, mit der beide an den Baum befestigt waren, und nach einiger Anstrengung gelang es mir. Denn, als Alles das bereits hoch empor lodernde Feuer umtanzte und Keiner mehr Acht auf mich gab, warf ich mich auf den Boden nieder und kroch auf dem Bauche, wie eine Schlange, durch das hohe Gras hin, bis ich in einen Wald gelangte. Hier erhob ich mich und eilte so schnell von dannen, daß es den Feinden nicht möglich gewesen sein würde, mich noch wieder einzuholen. Lange irrte ich in dem mir völlig unbekannten Walde umher, nährte mich von Beeren und Wurzeln und schlief des Nachts auf Bäumen, zwischen deren Zweigen ich mich festklemmte, um im

Schlafe nicht herunter zu fallen. Endlich gelangte ich wieder an das Meer und da ich, zu meiner Freude, am Strande ein Canot fand, schob ich es in das Wasser, setzte mich hinein und ruderte fort. Wohin? das wußte ich selbst nicht, auch war es mir gleich viel, wenn ich nur nicht wieder in die Gewalt derer fiele, die mich braten und verzehren wollten. Ich hatte gehört, daß gegen Aufgang des großen Gestirns, das du Sonne nennst, nicht allzufern von der Küste, ein Eiland läge, und dahin steuerte ich in der Hoffnung es zu finden. Das Glück verließ mich nicht, und nachdem ich fast einen halben und einen ganzen Tag auf dem Meere umhergeschifft war, erblickte mein Auge in der Abenddämmerung die Küste der Insel, die ich bald glücklich erreichte. Ich zog mein Canot auf den Strand und legte mich darein, um zu schlafen; denn es war dunkel geworden und ich so müde, daß ich kaum an meinen großen Hunger dachte. Am andern Morgen, als ich die an den Strand getriebenen Trümmer des großen Hauses auf dem Meere, das du Schiff nennst, betrachtete, und die gleichfalls entdeckte Kiste öffnete, fandest du mich. Alles Andere aber weißt du auch, daß ich dich zu Anfang für den bösen Geist *Potayan* hielt, der den armen schwarzen Leuten großen Schaden zufügt, und mich sehr vor dir fürchtete.« Hier schloß Kolbi seine Erzählung, die ich Euch nicht in seiner unvollständigen, kauderwälschen Sprache, sondern in der mitgetheilt habe, die Euer Ohr gewohnt ist.

16.

Dadurch, daß unsre Freunde jetzt hinlänglich mit Jagdgeräth versehen waren – denn Kolbi hatte für William auch einen trefflichen Bogen gemacht und Pfeile schnitzte er stets in Menge – konnten sie bereits darauf denken, auch den vierfüßigen Thieren der Insel den Krieg zu erklären. Es gab deren nicht viele auf derselben, wie Australien überhaupt nicht eben reich an vierfüßigen Thieren ist; dafür aber waren sie desto seltsamer, und unser William, dem sie bisher völlig unbekannt geblieben waren, konnte oft vor Erstaunen kein Wort hervorbringen, wenn er ihnen auf seinen Streifereien begegnete.

Da war zuerst das *Kängeruh*, wovon es wohl fünf bis sechs verschiedene Arten gab, und das größte einheimische Thier Australiens ist, und, obschon es oft an 200 Pfund wiegt, zum *Mäusegeschlecht* gehört.

»Zum Mäusegeschlecht sollte ein so großes Thier gehören?« fragt wohl der Eine oder Andere voll Verwunderung.

– Zu keinem andern, ist meine Antwort, und wenn Ihr eine Naturgeschichte zur Hand nehmt, die mit Abbildungen versehen ist, werdet Ihr finden, daß dieses große und seltsam gebildete Thier in seinem Bau, bis auf die langen Hinter- und sehr kurzen Vorderfüße, eine große Ähnlichkeit mit unsern Mäusen hat. Es gibt graue, röthliche und schwarzbraune Kängeruhs, und fast von allen Größen, bis zur Kängeruhratte hinab, die gern in hohlen Bäumen wohnt.

Kaum kann ein Anblick seltsamer sein, als der dieser Thiere. Der Körper derselben ist, wie schon gesagt, wie der einer großen Maus gestaltet, sie haben aber wohl dreimal so lange Hinter- als Vorderfüße und gehen fast beständig auf den ersteren, folglich in aufrechter Stellung.

Der sehr kurzen Vorderfüße bedienen sie sich fast nur, um ihre Nahrung zu erfassen, die in Gras und Kräutern besteht. Ihres überaus langen, starken und dicken Schwanzes bedienen sie sich zum Stützpunkte, er vertritt also gleichsam die Stelle eines dritten Beins. Ihr Gang ist eine Art von beständigem Hüpfen, wobei sie sehr schnell von der Stelle kommen. Sie haben nur *ein* Junges zur Zeit, das sie, bis es gehörig ausgewachsen, in einem unter ihrem Leibe befindlichen Beutel tragen, weshalb man sie auch zu den *Beutelthieren* zählt. Sie sind durchaus harmlos und, wo man nicht häufig Jagd auf sie macht, auch wenig scheu. Wenn sie verfolgt werden, machen sie ungeheure Sprünge und setzen oft sogar über breite Bäche und Hecken weg, wobei ihnen ihr starker Schwanz gleichsam als Springstock dient. Man jagt sie, da ihr Fleisch sehr schmackhaft und beliebt ist, mit Hunden, die sie in die Beine beißen, umwerfen und durch Bisse in die Kehle tödten.

Ein anderes seltsames Thier, dem unsere Freunde zuweilen in den Wäldern begegneten, war der *Koala* oder australische Bär. Er hat die Größe eines erwachsenen Pudels und ist hellgrau von Farbe. Ihm fehlt der Schwanz gänzlich. Die Ohren stehen unten sehr weit und breit, oben spitzig hoch über dem Kopf empor und geben ihm ein seltsames Ansehen. Als Kolbi einst ein solches Thier erblickte, und dieses, um sich durch die Flucht vor ihm zu retten, einen sehr hohen Gummibaum erklomm, was sie, trotz ihres etwas plumpen Körpers mit großer Gewandtheit thun, war auch er nicht träge und ehe zwei Minuten verstrichen waren, hatte er es im höchsten Gipfel des Baumes erreicht, nahm es in seine Arme, drückte ihm die Kehle zu und warf es, da er es todt glaubte, hinunter; denn der Koala gilt bei den Wilden für einen großen Leckerbissen, und man war eben um einen guten Braten verlegen. Dieses Thier vermittelst Pfeilschüsse zu erlegen, wäre nicht gut möglich gewesen, da es ein sehr dickes, zottiges Fell hat.

Kolbi war nicht wenig froh, daß die Expedition ihm so gut gelungen war; er hatte aber die Rechnung ohne den Wirth gemacht: der Koala war nicht völlig in seinen Armen erstickt und so glücklich gefallen, daß er, nachdem er einige Augenblicke wie betäubt unter dem Baume gelegen, sich plötzlich aufrichtete und davon lief. Dies rettete ihn jedoch nicht, denn kaum hatte er sich auf die Beine gemacht, so war Waldmann, der Dingo, sein natürlicher Feind, schon hinter ihm, erreichte ihn bald und erwürgte ihn. Auch die Koalas oder Beutel-Bären gehören zu den Thieren, die ihre Jungen in einem Beutel unter ihrem Leibe tragen. Sie sind völlig harmlos wie die Kängeruh's[2] und nähren sich nur von Pflanzenkost, am liebsten von den jungen Sprossen der Gummi-Bäume. Wenn nun gleich unser William bisher schon über die vielen ungewohnten Erscheinungen in der Thierwelt erstaunt gewesen war, so sollte er es durch ein in seiner Art einziges Thier noch mehr werden.

Als er mit seinem Kolbi an einem Abende an dem herrlichen Bache entlang spaziren ging, sah er in der kristallhellen Fluth ein Thier sich bewegen, von dem er nicht zu sagen wußte, ob es ein Fisch, ein Vogel oder ein Säugethier sei. Es war ungefähr 1½ Fuß lang, hatte einen mit kurzen braunen Haaren bewachsenen Körper, der in einer Art von Fischschwanz endete, hinten zwei längere, vorn zwei sehr kurze Füße, deren Klauen mit Schwimmhäuten versehen waren, und, was das Wunderbare der Erscheinung vermehrte, ein Maul, das vollkommen einem breiten Eulenschnabel glich, was ihm ein vogelartiges Ansehen gab.

Diese Erscheinung war so auffallend, daß William beim unerwarteten Anblick dieses seltsamen Thieres einen Ruf der Verwunderung erschallen ließ, auf den Kolbi zu ihm trat, um zu sehen, was es gäbe. William zeigte mit der Hand nach der Gegend, wo das Thier sich im Wasser bewegte und sah seinen Freund fragend an, als wolle er von ihm Auf-

---

2   Der große Naturforscher *Oken* schreibt den Namen dieses Thieres in seiner Naturgeschichte *Känge-Ruh*.

schluß über diese seltsamste aller Erscheinungen verlangen. Kolbi zeigte aber kein Erstaunen in seinen Mienen, denn für ihn war das Thier kein Fremdling und mit gleichgültigem Tone sprach er das Wort *Mouflengong* aus, mit welchem Namen die Eingeborenen es benennen. Es war aber das sogenannte *Schnabelthier* (*Ornithorhynchus paradoxus*), über das von den Naturforschern schon so viel geschrieben worden ist. Nach langem Streiten, ob das Thier ein Fisch, ein Vogel oder ein Säugethier sei, ist ausgemacht worden, daß es zu den Säugethieren gehört, denn es bringt lebendige Junge zur Welt und säugt sie.

Gern hätte William dieses seltsame Geschöpf noch länger beobachtet, allein Kolbi warf aus Muthwillen mit einem Steine darnach, und alsobald tauchte es unter, kam auch nicht wieder zum Vorschein, was William sehr leid that, denn er konnte sich nicht satt daran sehen.

Das Schnabelthier wird nur in den Flüssen und Seen Australiens gefunden, wo es sich von Insecten und deren Eiern nährt, die es unter den Wurzeln der Wasserpflanzen sucht. Ein Naturforscher, Herr *Bennett*, ein Engländer, reiste eigends in der Absicht nach Australien, die Natur dieses seltsamen Geschöpfes zu erforschen, und ihm verdanken wir größtentheils, was wir darüber wissen.

Außer den Euch bereits genannten und zum Theil beschriebenen Thieren, sah unser William auch noch die sogenannten fliegenden Füchse, harmlose Thiere, die aber ein gar häßliches Ansehen und Ähnlichkeit mit unsern Fledermäusen haben, fliegende Eichhörnchen, Opossums, *Bandikuts*, die viermal so groß wie unsere Ratten und den Wilden eine angenehme Speise sind. Auch an Stachelschweinen fehlte es nicht; sie hatten Ähnlichkeit mit den europäischen.

Kolbi, dem diese Thierwelt schon bekannt war, konnte nicht begreifen, wie William so großes Vergnügen daran finden konnte, diese für ihn so völlig neuen Gegenstände genau in Augenschein zu nehmen, und mehre Male meinte er, es müsse wohl in dem Vaterlande seines Freundes weder Thiere noch Pflanzen geben, da William so oft sein Erstaunen über dieses oder Jenes an den Tag legte. Dieser belehrte ihn zwar eines andern, indem er ihm sagte, daß man zwar in Europa auch Thiere und Pflanzen, aber ganz anderer Art habe.

»Nun«, versetzte Kolbi, »so begreife ich nicht, weshalb du dich bei den unsrigen so lange aufhältst: Thier ist Thier, und Pflanze, Pflanze!«

Daß es ein großes Vergnügen für einen denkenden Menschen sei, sich zu belehren, davon hatte unser Wilder keinen Begriff. Für ihn hatten nur solche Dinge Bedeutsamkeit, von denen er mehr oder minder Nutzen ziehen konnte. In dieser Zeit machte Kolbi, der die Augen überall hatte, die Entdeckung, daß ein Thier, welches er *Wombat* nannte, in der Nähe ihrer Hütte sein müsse, und er pries seinem Freunde dasselbe als eine sehr leckere Speise. Er hatte nämlich eine Höhle dieses Thiers entdeckt; denn es gräbt sich solche in die Erde, um während des Tages darin zu schlafen. Der *Wombat* oder das Beutel-Murmelthier, ist bis jetzt nur in Australien gefunden worden, und gehört zu den Pflanzen fressenden Thieren. Es ist fast so groß, wie eine englische Dogge, grau von Farbe und sehr plump gebaut; in seinen Bewegungen ist es äußerst langsam. Man brachte zwei dieser Thiere nach Paris, um ihre Lebensweise zu erforschen, und sie waren bald so zahm, wie unsre Hunde; allein sie zeigten weder den Verstand noch die Gelehrigkeit derselben, sondern waren dumm und so träge, daß man sie selbst durch Schläge nicht zum schnellerem Fortlaufen zu bewegen vermochte. Sie gehören zu den Beutelthieren, d. h. zu den Thieren, die ihre Jungen in einem an ihrem Leibe befindlichen Beutel bei sich tragen, bis diese selbstständig sind und sich selbst ernähren können.

Die Wilden stellen ihnen besonders ihres Fetts wegen nach, und eben deshalb war unser Kolbi auch so begierig, eins zu fangen und zum leckern Mahle zu bereiten. Lange entzog es sich seinen Bemühungen und der Dingo, der tief in seine Höhle einkroch und es mit dem Maule aus derselben hervorzog, mußte endlich das Beste dabei thun. Kolbi tödtete es jetzt, zog ihm das Fell ab und zertheilte es in kleinere Stücke. Das Fleisch des Wombats war in der That ein Leckerbissen und so fett, daß beim Braten sehr viel Fett in's Feuer trof. Was hätte unser William nicht darum gegeben, dieses auffangen und statt des Öls oder Talgs gebrauchen zu können; es fehlte ihm aber an einer Bratpfanne, um es aufzufangen. Er hätte dieses Fett aus dem Grunde so gern aufgehoben, weil es die bereits sehr langen Abende, die man völlig müßig wegen Mangel an Licht zubringen mußte, ihm verkürzt haben würde; denn der Müßiggang war für unsern Freund eine entsetzliche Plage.

Am Tage gab es freilich Beschäftigung für Beide genug. Man hatte immer noch mit der Hütte zu thun, in der man diese oder jene Bequemlichkeit anbrachte, und deren Ritzen man sorgfältig mit Gras verstopfte, weil Kolbi geäußert hatte, es werde nun bald eine sehr schlimme Zeit kommen, in der »viel, viel Wasser« – so drückte er sich aus, vom Himmel herabfallen würde. Daß er darunter den Regen verstand, werdet Ihr, meine Geliebten, wohl schon begriffen haben.

Ferner hatte man angefangen, einen Garten auf dem Abhange des Hügels, worauf die Hütte lag, anzulegen und ihn, zum Schutze gegen die wilden Thiere mit einer steinernen Mauer zu umgeben. An Steinen dazu fehlte es nicht, nur machte es einige Mühe, sie den Hügel hinanzuschleppen. Als die Umzäumung fertig war, machte William von einem Stücke Eichenholz ein Grabscheit, die die gewünschten Dienste beim Umgraben des Bodens leistete; auch einen Rechen oder eine Hacke machte er, um das gegrabene Land zu ebnen, das dann in ordentliche Beete eingetheilt wurde. Auf diese Weise gewann das Plätzchen ganz das Ansehen eines Gartens. Als der Boden bereitet war, dachte man auch daran, ihn zu bepflanzen. Zuerst setzte man neben der Mauer und rund um dieselbe, Himbeersträuche, die, da man sie fleißig begoß, bald fröhlich fortwuchsen. Aber wie mühselig war dieses Begießen, da man kein anderes Gefäß dazu hatte, als die Ledertasche oder die Eierschalen, die William von den Eiern des *Emus* oder australischen Kasuars gewonnen hatte. Wie viele Male mußte man den Berg hinab und wieder hinaufsteigen, um die vielen Pflanzen zu begießen! Dabei bewies aber Kolbi eine wirklich außerordentliche Ausdauer, die die Williams bei Weitem übertraf.

Auf die bereiteten Beete pflanzte man dann Pataten, diese für unsre Einsiedler so wichtige Frucht. William verfuhr ganz so damit, wie man in Europa mit den Kartoffeln verfährt und sein Fleiß wurde reichlich belohnt.

Ein besonderes Interesse gewährten ihm aber einige Apfelsinen-Körne, die er in einer der Taschen der Kleidungsstücke gefunden hatte, welche ehemals seinem guten Freunde, dem Zimmermann, angehört hatten. Zu welchem Zwecke dieser sie aufgehoben – vielleicht, um sie bei seiner Rückkehr nach Europa selbst zu pflanzen? – wußte er sich nicht zu sagen; genug, er fand zehn bis zwölf Stück davon, die sorgfältig in Papier gewickelt waren, und zugleich mit ihnen einige platte Körner, die er auf den ersten Blick für Gurkenkörner erkannte, die aber, wie sich späterhin auswies, Körner von Melonen waren.

Dieser Fund versetzte unsern William in eine Art von Freudentaumel und es hätte nicht viel gefehlt, daß er die lieben Körner geküßt. Er bereitete für sie eine besondere gute Stelle, reinigte sie von allen

Steinchen und legte die Körner, etwa zwei bis drei Fuß von einander entfernt, einen halben Zoll tief in die Erde, was er mit einer Art von heiliger Empfindung that. Damit nicht etwa die Papageyen, deren Genäschigkeit ihm bereits bekannt war, über die *Steffens-Stelle* – so hatte er sie im Andenken an den guten Zimmermann benannt – kämen, die gelegten Körner hervorwühlten und aufpickten, bedeckte er sie mit den Blättern des Farrenkrautbaumes, die ihnen hinlänglichen Schutz gewährten. Er hatte die Vorsicht gehabt, die vermeinten Gurkenkerne von den Orangenkörnen zu trennen, und dies bekam ihm sehr gut, wie die Folge zeigte. Die sich bald über alle Erwartung ausbreitenden, die Größe unserer Kürbispflanzen erreichenden Melonenpflanzen würden die zarten Orangenstämmchen bald überwuchert und gänzlich unterdrückt haben.

Da die Erde überaus trocken war, begoß er sie jeden Abend; allein trotz dem lagen die Körner viel zu lange für seine Ungeduld in der Erde, ohne sich zu zeigen. Endlich aber zuckte das erste grüne Blättchen, das noch die zersprengte Hülse gleich einem Mützchen auf dem Kopfe hatte, aus dem Boden hervor, und der Jubel der Freunde war kein kleiner. Es waren die Melonen, die sich zuerst hervor gemacht hatten; bald aber zeigten die Orangen gleichfalls ihre zarten Spitzen und wuchsen von nun an fröhlich fort.

Wenn Einer von Euch Lieben auch einmal vom Schicksale zum Robinson bestimmt sein und gerade auf dieses Eiland kommen sollte, so werdet Ihr Euch an den herrlichen Früchten dieser Stämmchen laben und unsers Williams dabei gedenken können, der selbst sie nicht genießen sollte. Auch die Melonen dürften sich selbst fortgepflanzt haben und nicht weniger willkommen sein, als die saftigen und duftigen Orangen.

17.

In der kleinen Colonie trugen sich indeß zwei Vorfälle zu, bei welchem William, bei dem erstern mit einem kleinen, bei den letzern aber mit einem großen Schrecken davon kam.

William, der einstmals allein auf der Insel umherstreifte, weil Kolbi eben beschäftigt war, neue Pfeile zu spitzen, ließ sich durch eine ihm sonst nicht eigenthümliche Naschhaftigkeit verleiten, etwas von dem weißröthlichen Stoffe zu kosten, der in leichten Flocken an dem Grase unter den Bäumen hing, die von den Naturforschern *Eucalyptus manniferra* genannt werden. Diese Bäume schwitzen einen solchen Saft in großer Menge aus und streuen ihn auf den unterliegenden Rasen, oder er bleibt auch in leichten Flocken an den zarten Zweigen hängen.

Diese Flocken hatten einen sehr angenehmen, süßlichen Geschmack, und das war es, was unsern Freund verführte, ziemlich viel davon zu genießen. Aber o Himmel! wie schlecht bekam ihm seine Naschhaftigkeit, fast so schlecht wie »*Fritz dem Näscher*«, in dem Euch gewiß bekannten Gedichte, die seinige.

Kaum hatte er das Manna – denn dieses war es, was er genossen hatte – zehn Minuten im Leibe, so wurde ihm entsetzlich übel und dabei stellte sich ein Bauchgrimmen ein, wie er es nie zuvor gehabt hatte. Seine Kräfte drohten ihn gänzlich zu verlassen und nur mit der äußersten Anstrengung vermochte er sich nach Hause zu schleppen, wo er wie ein halbtodter Mensch niedersank und in ein solches Ächzen und Stöhnen ausbrach, daß Kolbi erschrocken seine Arbeit niederwarf und ihn fragte: ob er denn todt bleiben wolle?

»Ach!« stöhnte William »ich glaube, daß ich irgend ein Gift genossen habe und sterben muß. Armer Kolbi, was soll denn aus dir werden?«

»Wenn du stirbst, dann sterbe ich auch«, versetzte der gute Junge; »ich mag nicht mehr ohne William leben; William ist so gut gegen Kolbi!« Die hellen Thränen traten ihm bei diesen Worten in die Augen und weinend setzte er sich zu seinem, sich wie ein Wurm windenden und krümmenden Freunde nieder; wie er ihm helfen, wodurch seinen Zustand erleichtern solle? das wußte er nicht.

»Kolbi«, nahm William nach einer Pause wieder das Wort, »Kolbi, ich glaube nicht, daß ich davon kommen werde, denn die Schmerzen in meinen Eingeweiden sind zu groß, als daß ich sie lange aushalten könnte. Wenn ich aber sterben sollte, dann versprich mir zwei Dinge: erstlich, nicht mit mir sterben, sondern nach Gottes Willen auch ohne mich fortleben zu wollen, und dann, mich ordentlich zu begraben, in dem Gärtchen vielleicht, das wir angelegt haben, und dessen Früchte ich wohl schwerlich noch genießen werde.« – »Ich will wohl ein großes Loch in die Erde graben und dich hineinlegen, wenn du dich nicht mehr rühren und nicht mehr die Augen aufschlagen kannst«, versetzte Kolbi; »allein wenn du darin liegst, dann grabe ich gleich ein zweites Loch für mich, denn ich will nicht ohne dich leben.«

William wollte ihm aber das Sträfliche eines solchen Vorsatzes auseinandersetzen, als das Manna die Wirkung auf ihn hervorbrachte, wegen welcher es in unsern Apotheken aufbewahrt wird: es ist nämlich ein sehr starkes Abführungsmittel, und da William eine gute Portion davon zu sich genommen hatte, war die Wirkung dem angemessen. Hilf Himmel! wie oft mußte der arme Junge nicht ein entlegenes Plätzchen aufsuchen, um seinem Freunde nicht beschwerlich zu fallen! Wie ermattet, wie elend fühlte er sich nicht, wie oft wünschte er nicht, durch den Tod von seinen Leiden befreit zu werden!

Die ganze Nacht ging es so fort, und erst mit Anbruch des nächsten Morgens legten sich die Schmerzen und die übrigen lästigen Wirkungen des Mannas, so daß er ein wenig einschlafen konnte. Der gute Kolbi saß weinend neben ihm und lauschte auf seine Athemzüge, ob sie auch schon stockten; denn er glaubte nicht anders, als daß sein geliebter William »über das große Wasser hinfliegen« würde, denn die Wilden Australiens stellen sich so den Tod vor.

Einige Stunden ruhigen Schlafs wirkten aber wie ein Wunder: William fühlte sich beim Erwachen wie neugeboren und ganz ohne Schmerzen. Zwar war er noch so matt, als hätte er eine lange Krankheit überstanden, und sah so bleich aus wie einer, der schon lange im Grabe gelegen; aber trotz dem war sein Zustand jetzt doch so, daß er wieder neue Lebenshoffnungen zu schöpfen begann; ja, es regte sich sogar wieder einiger Hunger bei ihm, was, nach der erlittenen großen Ausleerung, eben kein Wunder war.

Als Kolbi sein Verlangen nach Nahrung vernahm, war er sehr vergnügt, denn mit Recht dachte er, daß sein Freund sich jetzt in der Genesung befinden müßte. Er hatte noch ein Stück von einer gebratenen Taube und gab es William, der es mit gutem Appetit verzehrte. Einige Himbeeren, die Kolbi ihm zu seiner Erquickung pflückte, bekamen ihm ganz vortrefflich, indem sie seinen brennenden Durst zugleich löschten. Schon nach zwei Tagen befand William sich vollkommen wieder wohl; so oft er aber einen Mannabaum erblickte, mußte er an sein Abentheuer denken.

Der zweite Vorfall wäre bald weit schlimmer abgelaufen.

Ihr werdet euch erinnern, daß William unter den Sachen des Zimmermanns auch eine silberne Uhr gefunden hatte und sie sehr werth hielt. Er zog sie regelmäßig jeden Morgen auf und stellte sie jede Woche einmal um Mittag, wenn die Sonne gerade über seinem Scheitel stand, so daß sie doch ungefähr die richtige Tageszeit anzeigte. Kolbi sah immer sehr aufmerksam zu, wenn er die Uhr aufzog, denn jetzt fürchtete er sich nicht mehr vor dem »lebendigen Dinge«, wie er sie nannte, nachdem ihm William die Zusammensetzung der Uhr, das Ineinandergreifen der Räder u. s. w. gezeigt und ihm die Sache nothdürftig erklärt hatte. Zwar war trotzdem noch immer eine geheime Scheu in dem Wilden vor dem »lebendigen Dinge«, und er sah es oft furchtsam von der Seite an; allein er erschrak nicht mehr davor, wie früher, wenn er es zufällig berührte.

An einem Morgen, wo William über eine andere Beschäftigung vergessen hatte, die Uhr aufzuziehen, kam eine ganz besondere Kühnheit über den armen Kolbi. Nach einigem Zögern nahm er die Uhr, legte sie ans Ohr und steckte den Schlüssel in das Loch, so wie er sie nicht mehr gehen hörte, um sie aufzuziehen. Dies hatte er oft von William gesehen und glaubte es auch zu können. Er drehte und drehte; die Uhr fing an zu zucken und seine Freude war groß; konnte er ja nun doch auch das Ding lebendig machen! Er kam sich zugleich wie ein Held und wie ein großer Künstler vor.

Er drehte also, da die Sache so gut ging, erst langsam, dann immer geschwinder fort, bis es auf einmal im Innern der Uhr knack! sägte und es furchtbar zu schwirren anfing. Ein wahrhaftes Entsetzen ergriff ihn, und er ließ sie in diesem Augenblick auf den Boden fallen. Da sie auf den harten Stein fiel, zerbrach das Glas und sprang in Splittern weit umher.

Einige Augenblicke stand Kolbi wie vom Schlage gerührt. Er glaubte nun doch an Zauberei, und daß irgend ein Geist in der Uhr verborgen sei, der seinen Zorn gegen ihn durch das Schwirren habe kund geben wollen. Wenn ihm dieser Gedanke an sich nun schon eine panische Furcht einflößte, so wurde sie noch durch die Vorstellung von dem Zorne vermehrt, den William wie er meinte, darüber an den Tag legen würde, daß er die Uhr zerbrochen hatte, so daß der arme Wilde keine andere Rettung, als durch eine eilige Flucht sah.

Er schlich sich aus der Hütte, kroch hinter der steinernen Befriedigung des Gartens auf seinem Bauche fort, um von dem im Garten beschäftigten William nicht gesehen zu werden, und fort war er!

Als William mit seiner Arbeit fertig war und in das Haus zurückkehrte, wunderte er sich zwar, Kolbi nicht dort zu finden; allein er hatte doch keine Ahnung davon, wie die Sachen standen, sondern glaubte vielmehr, daß sein Freund vielleicht auf die Jagd oder sonst wohin gegangen sei, um ihm eine angenehme Überraschung zu bereiten, wie er oft zu thun gewohnt war. Als aber der Abend herankam und Kolbi noch immer nicht zurückgekehrt war, ja, als es endlich sogar Nacht wurde und Mond und Sterne hell am Himmel standen, da ergriff ihn eine unendliche Angst um den so innig geliebten Genossen und diese trieb ihn aus der Hütte fort, um ihn zu suchen. So lange war Kolbi noch nie weggeblieben: es mußte ihm also irgend ein Unfall begegnet sein!

Er durchstreifte die ganze Umgegend; er rief ohne Aufhören den Namen seines Freundes; keine andere Stimme aber antwortete ihm, als seine eigene, die durch das nahe Echo zurückgeworfen wurde.

Jetzt bemächtigte sich eine wahrhafte Verzweiflung seiner. Er kehrte in die Hütte zurück und sank laut weinend auf sein Lager. Kein Schlaf kam in seine Augen.

Früh, mit dem ersten Strahl des Tages, erhob er sich wieder, um seine Nachforschungen fortzusetzen. Er durchstreifte nicht nur die Umgegend und den nahen Wald von Gummibäumen, sondern wagte sich sogar in Gegenden, die noch nicht von ihnen besucht worden waren, so daß er endlich an das jenseitige Meeresufer gelangte. Obgleich die Sonne ihre sengendsten Strahlen vom Himmel herniedersendete; obgleich er den ganzen Tag nichts genossen hatte, als dann und wann einen Trunk aus der Quelle, so fühlte er in seiner großen Angst doch weder Hunger und Durst, sondern rannte nur immer vorwärts, stets den Namen Kolbi's rufend, bis die Stimme ihm den Dienst versagte und er nicht mehr rufen konnte.

So brach der zweite Abend an und da William zu weit von der Hütte entfernt war, um noch dahin zurückkehren zu können, warf er sich laut weinend unter einem Baume nieder, um, wo möglich, einigen Schlaf zu finden.

Stellt Euch, meine jungen Freunde, die trostlose Lage unseres Williams vor, und Ihr werdet nicht nur seinen Schmerz begreifen, sondern gewiß das innigste Mitleid mit ihm haben. Wenn es schon eine bittere Sache ist, inmitten der menschlichen Gesellschaft einen geliebten Freund zu verlieren, um wie viel härter mußte es nicht sein, den *einzigen* Genossen einbüßen zu sollen? Und Kolbi war, obschon nur ein Wilder, der beste zärtlichste Freund. Seine Liebe und Hingebung für William kannte keine Grenzen; er war immer nur darauf bedacht, ihm eine

Freude zu machen, ihm die Arbeiten zu erleichtern und die größeren Beschwerden abzunehmen. Er besaß das reinste, beste Herz von der Welt und übte, ohne einmal zu wissen, was Tugend sei, die schönsten, erhabensten Tugenden. Er war unfähig zur Lüge und Verstellung, stets wahr, treu, uneigennützig und aufopfernd; an sich selbst dachte er immer zuletzt, desto mehr aber an seinen William, den er gleichsam wie ein höheres Wesen verehrte, weil er fühlte, wie sehr dieser ihm an Verstand, Einsicht und Wissen überlegen sei. Dabei besaß er eine unverwüstlich gute Laune und war immer zu Scherzen und Spässen aufgelegt. Er sang den ganzen Tag bei der Arbeit, hüpfte und sprang wie ein Reh, machte Purzelbäume und die närrischsten Capriolen, so daß er William zugleich auf die angenehmste Weise unterhielt.

Er konnte aber auch wieder ernsthaft sein und sich zusammennehmen, und zwar besonders beim Lernen. William, der Mitleid mit seiner großen Unwissenheit hatte, war nämlich auf den Gedanken gekommen, seinen Kolbi in manchen Dingen zu unterrichten und ihm richtigere Ideen davon beizubringen. Zu den Gegenständen, worin er ihn unterrichtete, gehörte auch das Lesen. Er hatte ja in der Kiste des Zimmermanns zwei Bücher gefunden, und diese konnten ihm sehr gut dazu dienen, seinem Kolbi eine Wissenschaft beizubringen, die mit Recht als die Mutter aller übrigen Wissenschaften angesehen wird. Er zeigte ihm also in dem mit ziemlich großen Lettern gedruckten Gesangbuche erst die Lettern des großen, dann auch die des kleinen A-B-Cs, und lehrte ihn zugleich die Aussprache. Um Kolbi nicht zu ermüden, oder ihm, der das Lernen nicht gewohnt war, gar einen Eckel dagegen einzuflößen, zeigte er ihm jeden Tag nur *einen* Buchstaben, so daß er in vier und zwanzig Tagen erst das Alphabet kennen lernte. Das aber konnte Kolbi bald so gut, daß er gar nicht mehr fehlte, und jetzt konnte William schon zum Buchstabiren übergehen. Der eben nicht sehr geschmeidigen Zunge fielen aber manche Laute sehr schwer und es war possirlich anzuhören, wie er sich damit abkasteite; besondere Mühe machte es ihm, Worte auszusprechen, in denen mehre stumme Buchstaben hinter einander vorkamen, und die Silben gehörig trennen zu lernen. Indeß überwand sein Eifer und sein Fleiß endlich doch alle Hindernisse. An und für sich machte ihm das Lesenlernen gar kein Vergnügen, weil er noch nicht begriff, wozu es gut sein solle; aber er sah, daß er William durch seinen Fleiß Freude machte, und so unterwarf er sich ihm zu Liebe dieser Anstrengung.

Ich denke, Kinder, daß Ihr den guten Kolbi auch schon lieb gewonnen habt; wie viel mehr mußte William, der täglich und stündlich mit ihm zusammenlebte, ihn nicht lieben! Und jetzt sollte er diesen theuren Freund, seinen einzigen Genossen, vielleicht für immer verlieren! Der Gedanke drückte ihn so zu Boden, daß selbst das heiße, innige Gebet, welches er zu Gott vor dem Einschlafen emporschickte, ihn nicht zu ermuthigen vermochte.

Endlich aber schlief er doch vor übergroßer Ermüdung ein, und war im Traume glücklicher, als er beim Wachen gewesen war: er erblickte seinen geliebten Kolbi, der in der Hütte am Boden saß und Pfeile schnitzte. Dieser Traum erweckte ihn: er erhob sich und schaute verwirrt um sich. Es war noch sehr früh und der Thau lag noch auf den Gräsern und Pflanzen. Wie ward ihm, als er auf diesen die Spuren von Menschentritten wahrnahm! Die Insel war also noch von andern menschlichen Geschöpfen bewohnt? Oder sollte Kolbi? ..... Der Gedanke machte, daß er aufsprang und nach allen Seiten um sich blickte. Er verfolgte dann die Fußspuren im Grase, und gelangte, ihnen immer folgend, zu einer Art von Vorgebirge, das in das Meer hinaus lief und fast bis an den Strand hinabging. Er erklomm einen der Hügel desselben und sah nun – wer beschriebe wohl sein Entzücken? – Kolbi, seinen geliebten Kolbi auf einer Felsenklippe sitzen und in das vor ihm liegende blaue Meer hinausschauen. Es konnte kein Anderer als Kolbi sein: er erkannte ihn an der Kleidung, die er ihm endlich, nach langer Weigerung, aufgedrungen hatte; denn der Wilde fand sie zu Anfang – vielleicht auch jetzt noch – eben so unbequem als überflüssig und ließ sich schwer dazu bereden, eine leichte Hose von Leinwand und eine Jacke von demselben Stoffe anzuziehen.

»Kolbi! Kolbi!« rief William mit lauter, freudig bewegter Stimme und streckte zugleich die Arme gegen ihn aus. Kolbi vernahm sogleich die Laute der ihm so theuern, wohlbekannten Stimme; allein er antwortete nicht wie sonst freudig auf den Zuruf, sondern erhob sich, sah sich nach William um, und ergriff eiligst die Flucht.

»Was ist das?« fragte sich William, der ihm erschrocken nachstarrte. »Sollte ich ihn vielleicht beleidigt oder gekränkt haben, ohne es zu wissen? War er doch so freundlich und liebevoll gegen mich, als ich ihn das letzte Mal sah?«

Während William diese Betrachtungen anstellte, war er jedoch dem geliebten Flüchtlinge nachgeeilt, und sei es nun, daß er diesmal schneller als Kolbi war; sei es, daß dieser bereits bittere Reue über seine unbedachtsame Flucht empfand, und sich willig einholen ließ; genug, er wurde von dem ihn Verfolgenden am Saume des Waldes glücklich eingeholt.

»Was ist dir, Kolbi? und weshalb fliehst du vor mir?« fragte ihn William, so wie er ihn erreicht und zum Stehen gebracht hatte.

Statt ihm auf diese Frage zu antworten, warf sich der arme Junge vor ihm auf die Knie nieder, umfaßte seine Füße, als wolle er Verzeihung von ihm erstehen, und vergoß einen Strom von Thränen.

»Sprich, Kolbi, mein theurer Kolbi, was ist dir?« fragte William, indem er sich zu ihm niederbog und ihn, wiewohl vergebens, aufzuheben suchte, um ihn in seine Arme zu schließen und an sein Herz zu drücken.

Kolbi hatte aber noch immer keine andere Antwort, als Thränen.

»Ach!« sagte jetzt William mit traurigem Tone; »jetzt begreife ich Dich! Du wolltest mich heimlich verlassen, Kolbi; Du sehntest dich nach deinen Landsleuten, nach deinen frühern Gespielen und wolltest versuchen, zu ihnen über das Meer zurück zu schwimmen? Unsre Einsamkeit war dir lästig geworden und du hattest nicht den Muth, von mir Abschied zu nehmen? Sprich, Kolbi, ist es nicht so?«

»O nein! nein!« schluchzte Kolbi; »William ist mir der Liebste auf der Welt, lieber als die ganze Welt! Kolbi müßte sterben, wenn er William nicht mehr hätte!«

»Nun, was war es denn, was Dich zur Flucht antrieb?« fragte William, dessen Verwunderung mit jedem Augenblicke wuchs.

»Kolbi ist nicht werth, daß William ihn lieb hat«, sagte der arme Junge, indem ein neuer Strom von Thränen ihm über die schwarzen Wangen floß; »Kolbi hat William betrübt, hat das *Ding* entzwei gemacht; Kolbi ist ein ganz schlechter Mensch geworden und will todt bleiben!«

»Du hast die Uhr zerbrochen?« fragte William, der wußte, was er unter dem »Dinge« verstand, aufathmend.

»Ja, die Uhr«, versetzte der arme Wilde, »und der Geist in dem Dinge wurde sehr böse – o, sehr böse! – und er zischte mich an, wie die große gelbe Schlange, wenn man sie mit einem Stecken schlägt. Kolbi war so erschrocken darüber, daß er das Ding fallen ließ und es zerbrach; o, Kolbi war sehr böse!«

»Gott sei gedankt, daß es nichts weiter ist!« rief William erfreut aus. »Zwar war mir die Uhr sehr werth, indem sie mich an ihren frühern Besitzer erinnerte, der ein gar braver Mann war; allein tausend solcher Uhren, und noch weit mehr gäbe ich freudig um dich hin, mein Kolbi! Tröste und beruhige dich daher: ich bin gar nicht böse, nicht einmal betrübt; habe ich doch dich wieder, meinen guten, guten Kolbi!« Er breitete ihm bei diesen Worten die Arme entgegen, in die Kolbi laut schluchzend sank. Der Friede war jetzt wieder zwischen den Freunden geschlossen und Arm in Arm traten unsere Beiden den Rückweg zur Hütte an.

Auf dem Wege erzählte Kolbi, daß William ihm oft ganz nahe gewesen sei und er seinen Ruf deutlich vernommen, dann aber aus Furcht vor ihm die höchsten Bäume erklommen habe, auf denen William ihn nicht gesucht. Dies war auch der Fall an dem Abende gewesen, wo William, vom langen Umherstreifen gänzlich ermattet, sich unter dem Eucalyptus zum Schlafen niedergelegt. Sobald Kolbi, der sich keine hundert Schritte von ihm befand, ihn eingeschlafen sah, hatte er sich vorsichtig näher geschlichen und sich, beschützt von der Dunkelheit, neben ihm niedergelegt. Mit Anbruch des Tages hatte er ihn aber verlassen, um seine Flucht fortzusetzen; »denn«, fügte er mit traurigem Tone hinzu, »ich wollte dir nicht wieder vor Augen treten und in der Einsamkeit vor Hunger und Kummer umkommen.«

18.

Unter solchen Gesprächen waren sie endlich wieder bei der Hütte angelangt, die sie in ihrem vorigem Stande fanden; nur der arme Dingo und die Vögel hatten große Noth gelitten, da ihnen Speise und Trank während der Abwesenheit der Freunde ausgegangen waren, und sie sich beides nicht hatten verschaffen können, weil William sie während der Nacht einzusperren gewohnt war und vergessen hatte, sie bei seinem Weggehen aus ihrem Kerker zu befreien.

»Gieb Futter! Gieb Futter!« rief der große Königspapagei unaufhörlich: denn diese Worte hatte William ihn gelehrt und so oft er Futter haben wollte, rief er sie; der Dingo aber heulte erbärmlich, so daß die Freunde nichts Eiligeres zu thun hatten, als die armen Gefangenen zu befreien und ihnen Speise und Trank zu reichen. Der Dingo lief sogleich an den Bach, um seinen gewiß sehr peinigenden Durst zu löschen, und Kolbi folgte ihm mit dem Lederbeutel dahin, um Wasser für die Vögel zu schöpfen, die indeß von William mit den für sie eingesammelten Körnern und Früchten gespeiset wurden. Auch für Waldmann waren noch einige Knochen da, über die er sich begierig hermachte, und so war der großen Noth der armen Thiere abgeholfen.

Schon auf dem Wege zur Hütte hatte Kolbi sich oft nach dem Himmel umgesehen. Jetzt, als man die Thiere versorgt hatte, that er es nochmals und sagte dann zu William:

»Böse Zeit! Böse Zeit!«

Dieser wußte nicht, was die Worte zu bedeuten haben sollten und sah neugierig bald Kolbi, bald den Himmel an. Letzterer hatte sich mit noch leichten Wölkchen bedeckt, die sich aber bald zusammenzogen und wie ungeheure Berge am fernsten Rande des Horizontes aufthürmten.

Kolbi, der aus Erfahrung wußte, daß diese Erscheinung den nahen Ausbruch von Sturm, Regen und Gewitter bedeute, lief zu der Stelle, wo die ihnen so nothwendigen Pataten in Menge wuchsen, grub so viele davon aus, als ihm möglich war, und lud William, der ihm erstaunt zusah, mit den Worten:

»Böse Zeit kommt! Pataten sammeln! Nicht zögern, Pataten in die Hütte zu bringen!« zur Theilnahme an seinem Geschäfte ein.

William begriff jetzt, was er mit seinem: »Böse Zeit! Böse Zeit!« sagen wollte, und war ihm eifrig bei seiner Beschäftigung behülflich. Sie mußten sich in der That sputen: immer dichter zogen sich die Wolken zusammen, immer dunkler wurde der Himmel und schon hörte man das ferne Rollen des Donners; dabei hatte sich ein Wind erhoben, der in einzelnen Stößen zwar nur noch, doch die Luft heftig erschütterte. Obgleich man über eine halbe Stunde vom Meere entfernt war, hörte man es doch »rohren«, wie die Seeleute das hohle Brausen des Meeres, welches großen Stürmen und Gewittern voranzugehen pflegt, zu nennen pflegen. Kolbi, der immer in der freien Natur und in der Nähe des Meeres gelebt hatte, war ein scharfer und unfehlbarer Beobachter in allen Dingen der Art geworden und seine Prophezeihungen trafen immer richtig ein.

Die Richtigkeit seiner Voraussage sollte sich auch diesmal bewähren: immer stärker und hohler braußte das Meer; immer heftiger und anhaltender wurden die Windstöße; immer schwärzer überzog sich der

Himmel: immer stärker wurde das Rollen des Donners, das bald zu einem furchtbaren Krachen und Prasseln wurde, dem zackige Blitze jedesmal vorangingen, und nicht lange, so fielen große, schwere Regentropfen vom Himmel nieder. Es war ein Glück für unsre Freunde, daß Kolbi die Naturerscheinungen so genau kannte; denn sehr schlimm würde es für sie gewesen sein, wenn sie sich nicht gehörig mit Vorräthen versehen hätten. Während des Unwetters Pataten aus der Erde zu graben, sie in die Hütte zu bringen, das wäre völlig unmöglich gewesen. Der Regen ergoß sich nicht etwa wie bei uns, sondern beständig, wie ein heftiger Platzregen, der alle Niederungen schon nach wenigen Stunden in Sümpfe und Pfützen verwandelt hatte. Der sonst so sanft und ruhig dahinfließende Bach war bald zu einem reißenden Strome geworden und überschwemmte, aus seinen Ufern getreten, die umliegenden Gegenden. Er erhielt immer neue Nahrung von den kleineren Bergquellen, die sich in ihn ergossen und die ganze Niederung, das ganze früher so lachende Thal wurde in einen einzigen großen See verwandelt.

Dabei rollte der Donner fortwährend in den Lüften; zackige Blitze durchzuckten die dunklen Wolkenmassen und fuhren bald in diesen, bald in jenen Baum, dessen Spitzen sie abbrachen oder den sie gänzlich niederstürzten, so daß er krachend zu Boden fiel.

Die Gewitter halten in diesen Gegenden nicht, wie bei uns nur einige Stunden, sondern fast immer mehrere Tage an, auch sind sie weit furchtbarer. Die ganze Natur scheint bei ihnen in Aufruhr zu sein und Alles tritt aus seiner gewohnten Ordnung.

Da es das erste Gewitter der Art war, welches William erlebte, erschreckte es ihn zu Anfang nicht wenig; bald aber gewöhnte er sich auch daran, und jetzt gewährte ihm das wirklich großartige Schauspiel sogar Genuß.

Die Hütte legte bei diesem Unwetter ihr Probestück ab und lobte ihre Baumeister. Obschon nur von Brettern aufgebaut und mit Brettern gedeckt, trotzte sie doch den sich vom Himmel herabstürzenden Fluthen und ließ auch nicht *einen* Tropfen Wasser durch, so daß sie Menschen und Thieren den vollkommensten Schutz gewährte. Die letztern bezeigten sich furchtsamer als Kolbi, der auch nicht die geringste Ängstlichkeit verrieth. Er verrichtete alle ihm obliegende Geschäfte so ruhig, als wäre kein Aufruhr in der Natur gewesen; dagegen heulte der Dingo fast unaufhörlich und die Papageien schrieen ganz erbärmlich, indem sie zugleich mit den Flügeln schlugen, als wollten sie den Regen, von dem sie doch nicht getroffen wurden, abschütteln.

William, der jetzt wieder ganz ruhig und gefaßt geworden war, dachte daran, diese schlimme Zeit zu einer Arbeit zu benützen, die eigentlich schon längst hätte beschafft werden müssen, aber immer aufgehoben worden war, weil es draußen nothwendigere Dinge zu thun gab. Der Mangel an Gefäßen, worin man etwas aufbewahren, namentlich, worin man einen Vorrath von Wasser sammeln konnte, war unsern beiden Einsiedlern schon lange empfindlich gewesen, und jetzt, wo man doch nichts anderes beginnen konnte, sollte endlich demselben abgeholfen werden.

Man besaß noch einige Holzblöcke, die vermuthlich die Trümmer von dem großen Maste des gestrandeten Schiffs, auf dem William gereist war, oder eines andern Schiffes waren. Man hatte sie an einem Tage, wo man das Meer besuchte – und dies geschah fast täglich, da man ämsig nach einem rettenden Schiffe umherspähte – am Strande gefunden und sie, ihrer Nützlichkeit wegen, in die Hütte gebracht. Dies war freilich, bei ihrer Größe und Schwere, eine mühselige Arbeit gewesen, bei der unsre Beiden manchen Schweißtropfen vergießen mußten; aber sie scheuten solche Anstrengungen nicht, und so war ihnen das saure Werk gelungen. William forderte Kolbi auf, ihm behülflich zu sein; man legte die Holzstücke auf eine Art von Stellage und schnitt dann mit der Säge Stücke von 1 Fuß oder 1½ Fuß Länge davon. Da sie von einem Maste abstammten, hatten sie von selbst eine runde Form; man hatte also nur nöthig, sie sorgfältig auszuhöhlen, was man vermittelst eines Meissels mit nicht allzugroßer Mühe that. Freilich war auch diese Arbeit keine leichte und ein Drechsler würde in wenigen Minuten vielleicht zu Stande gebracht haben, wozu sie bei dem angestrengtesten Fleiße einen ganzen Tag bedurften; aber dies schreckte sie nicht, und drei bis vier hübsche Gefäße wurden fertig, wovon eines sogleich zum Trinktrog für die Thiere bestimmt wurde.

Außerdem verfertigte Kolbi, der sich darauf verstand, noch einige allerliebste Körbe von einem sehr starken Grase, das auf den Inseln Australiens gefunden und von den Europäern neuseeländischer Flachs genannt wird. Die Fasern dieses Grases sind so stark und biegsam, daß man angefangen hat, Anker- und andere Schiffstaue davon zu machen, die an Haltbarkeit bei weitem die von Hanf gemachten übertreffen sollen.

Von diesem trefflichen Grase hatte Kolbi schon vor einiger Zeit eine gute Portion neben der Hütte aufgehäuft, weil man schon lange mit der Idee umgegangen war, Körbe und Körbchen davon zu flechten.

Während nun William den Drechsler spielte, machte sich Kolbi an die Körbe, und er gab seinem Freunde Gelegenheit, seine Geschicklichkeit zu bewundern. Mit unglaublicher Schnelle machte er das artigste Körbchen von der Welt fertig, und es fehlte ihm sogar nicht einmal an Zierlichkeit und angenehmer Form. Er verstand runde und längliche zu machen und versah jedes Körbchen mit so festen Henkeln, daß man ihm etwas anvertrauen konnte, ohne fürchten zu müssen, daß der Inhalt auf die Erde fiele.

So verstrich denn auch diese Zeit, die sonst so trüb und unangenehm für sie gewesen sein würde, auf eine wirklich angenehme Weise, indem sie während derselben sich unausgesetzt einer lohnenden, nützlichen Thätigkeit befleißigten. Ja, das Unwetter hätte noch weit länger dauern können, ohne ihnen lästig zu fallen, um so mehr, da ihr Vorrath an Pataten noch immer ausreichte, Dank sei es der Fürsorge Kolbi's.

Endlich schien die bisher sich so empört gezeigt habende Natur in ihr früheres Geleis zurücktreten zu wollen, nachdem das Unwetter etwa acht Tage angehalten hatte. Eine ordentliche Regenzeit, die fünf bis sechs Wochen zu dauern pflegt, wie man sie in andern tropischen Ländern[3] zu finden gewohnt ist, giebt es in Australien nicht. Die Stelle derselben vertreten ziemlich starke und länger als bei uns anhaltende Gewitter und Regengüsse, die aber die Natur außerordentlich erfrischen und den Pflanzenwuchs befördern.

Das Gewitter hatte schon längere Zeit aufgehört; der Sturm legte sich nach und nach, auch der Regen fiel nicht mehr in Strömen, sondern bereits in kleineren Tropfen. Am Abende des achten Tages regnete es noch etwas, als man aber am Morgen des neunten erwachte, lachte die Sonne hell vom heitersten Himmel herab.

Unsere Freunde konnten jetzt wenigstens aus der Hütte in's Freie hinaustreten, wenn sich gleich noch nicht in das gänzlich überschwemmte Thal wagen. Ihr erster Gang war in den Garten, um nach ihren lieben Pflanzen und Pflänzchen zu sehen.

---

3   Tropische Länder nennt man solche, die zwischen den Wendekreisen liegen.

Hätten sie den Garten unten im Thale angelegt, so würde es vermuthlich übel um die jungen Orangen- und Melonenpflanzen ausgesehen haben; aber zum Glück lag er an einem Abhange des Hügels, auf dem die Hütte stand, und so hatten ihre kleinen Anlagen nicht den mindesten Schaden gelitten. Im Gegentheil, es war bewunderungswürdig, wie sie gewachsen waren, seit man sie zuletzt gesehen. Die Orangen hatten schon allerliebste Blättchen und die Melonen fingen bereits an, sich auf dem Boden auszubreiten.

Williams Freude bei diesem Anblick könnt Ihr Euch vorstellen, meine geliebten Kinder. Der Eine oder Andere von Euch besitzt gewiß auch ein Gärtchen oder doch ein Beet, worauf er säen, pflanzen und wirthschaften kann und wird in diesem Falle mitempfinden können, was unser William empfand, als er Alles so weit gediehen erblickte. Mir ist es wenigstens als Kind oft so ergangen, daß ich Abends vor Ungeduld kaum einschlafen konnte, wenn irgend eine schöne Blume auf meinem Beete sich zu entfalten, ihren farbigen Kelch dem Lichte zu öffnen im Begriff war; und früh, wenn kaum der junge Morgen sich im Osten zeigte, wenn noch die glänzenden Thauperlen an den Spitzen der Gräser hingen, war ich schon wieder im Garten und stand entzückt vor meiner lieben, lieben Blume. Dieser Freude an der Natur und dem, was sie hervorbringt, habe ich vielleicht meiner Gewohnheit, früh aufzustehen, zu verdanken, für die ich Gott nicht genug danken kann. Die Natur ist am Morgen am schönsten, der Mensch selbst am frischesten und am besten zur Thätigkeit aufgelegt. Dies habe ich erkannt und mich daher bei der guten Gewohnheit erhalten. Die meisten von den vielen Büchern, die Euch und andern gute Kinder schon erfreut haben, sind in solchen Stunden geschrieben worden, in denen der gern spät aufstehende Großstädter sich noch im warmen Bette dreht. Macht es so wie ich, und Ihr werdet, meine Geliebten, viele Zeit, ein gutes Wohlbefinden, Kraft und Munterkeit dadurch gewinnen.

William konnte sich nicht satt sehen an seinen Pflänzchen und auch Kolbi stimmte in seine Freude ein, obgleich er noch keinen Begriff davon hatte, welche köstliche Früchte sowohl die Melonen, als die Orangen zu tragen bestimmt waren. Die Früchte der erstern sollte er jedoch bald kennen lernen; denn die Pflanzen wuchsen, daß man hätte glauben sollen, sie wachsen zu sehen.

19.

Man kann sich keinen Begriff davon machen, wie angenehm die Luft, wie erfrischt Alles nach diesem anhaltenden Regen und nach der Entladung der Luft durch das Gewitter von allen in ihr angehäuften Unreinigkeiten war. Alle Pflanzen glänzten, dufteten und standen kräftiger. Es dauerte auch nicht gar lange, so hatte der Boden das überflüssige Wasser eingesogen und unsre Beiden konnten sich wieder in das Thal hinabwagen, wo der schöne Bach seine gewöhnlichen Ufer wieder gefunden hatte.

Unsre Einsiedler konnten jetzt auch wieder ihren gewohnten Beschäftigungen nachgehen und sich durch die Jagd einen leckern Braten verschaffen; ja, wie der Mensch ungenügsam von Natur ist, William bezeigte sogar ein Gelüste nach Fischen, so daß er darauf dachte, von dem zähen neuseeländischen Flachse ein Netz zu machen, in dem er am Meere die harmlosen Bewohner der kühlen Fluth zu fangen gedachte. Er hatte aber die Rechnung ohne den Wirth gemacht: hart am Strande waren keine Fische und an einem Kahne fehlte es ihnen, weil William nicht die Vorsicht gebraucht hatte, das Canot, auf dem Kolbi hergekommen, gehörig zu befestigen: die nächste etwas hochgehende See hatte es also mit sich fortgerissen.

Indessen verzweifelten unsre Freunde keineswegs daran, auch noch ein Canot herzustellen; sie trauten sich, im Besitze ihrer Geräthschaften, schon immer mehr und mehr zu, besonders da sie mit jedem Tage geschickter in der Handhabung derselben wurden. Ein Baumstamm konnte vermittelst der Säge und der Axt in wenigen Tagen gefällt werden und das Aushöhlen desselben durch darin angezündetes Feuer verstand Kolbi sehr gut. Es wurde also beschlossen, schon in den nächsten Tagen zum Werke zu schreiten und es kam nur noch darauf an, einen passenden Baum zu finden.

Dieser Plan, der gewiß von ihnen ausgeführt worden wäre, sollte aber durch ein schreckliches Ereigniß, das sich mit ihnen zutrug, zu Wasser werden.

An einem Morgen, als sie aus dem Schlafe erwachten und sich eben anschicken wollten, ihr Frühstück zu bereiten, kam der Dingo, welcher bereits die Hütte verlassen hatte, mit einem kläglichen Geheul angerannt und zu ihrem nicht geringen Entsetzen sahen sie, daß in seinem Fell ein Pfeil hing. Das arme Thier schüttelte sich, um die ihn auf den Tod verwundende Waffe los zu werden, aber es war vergeblich! der Pfeil stack fest, und winselnd kroch er, seine Gebieter mit dem der Wunde entquillendem Blute bespritzend, zu ihnen heran. Kolbi war sogleich bereit, den Pfeil aus der Wunde zu ziehen, um seine Qual zu enden; allein der arme Waldmann war auf den Tod getroffen, und schon nach wenigen Augenblicken verendete er zu den Füßen unserer erschrockenen Colonisten.

Dies war, da man das gute Thier sehr lieb gewonnen hatte, freilich schon an und für sich ein trauriges Ereigniß und sie konnten sich nicht enthalten, ihrem treuen und zuthunlichen Genossen eine Thräne nachzuweinen; allein die Sache hatte eine noch weit schlimmere Seite; es mußte eine Menschenhand, die eines Wilden gewesen sein, die den Pfeil auf den Dingo abgeschossen hatte; denn Europäer würden das Thier mit andern Waffen erlegt haben.

Dieser Gedanke drängte sich Beiden zugleich auf, und die größte Furcht bemächtigte sich ihrer. Was sollte aus ihnen werden, wenn Wilde an der Insel gelandet wären und sie vielleicht durchstreiften? Ihr Schicksal war nicht zweifelhaft, wenn sie diesen in die Hände fielen: man würde sie ergreifen, tödten und verzehren.

Nachdem sich ihr Schmerz über den Tod des treuen Thieres etwas gelegt hatte, waren sie auf ihre eigene Sicherheit bedacht, und Kolbi, der behender als William war, schlug vor, daß er den höchsten Baum des nächsten Hügels erklimmen wolle, um von diesem hohen Standpunkte aus die Insel zu überschauen, während William am Fuße desselben auf seine Berichte wartete. Gesagt, gethan! Schnell wie ein Eichhörnchen erklomm Kolbi den hohen Eukalyptus, aber weit schneller noch, als er hinaufgeklettert war, kam er, ohne ein Wort gesprochen zu haben, wieder herab, ergriff Williams Hand und rief ihm mit dem Tone des Entsetzens zu:

»Fort! Fort! sie kommen!«

William folgte ihm wie betäubt; doch verlor er selbst in diesem furchtbaren Augenblicke seine Besinnung und Besonnenheit nicht. Er bat Kolbi, ihm zur Hütte zu folgen und hier angelangt, bepackte er ihn und sich selbst mit ihren besten, unentbehrlichsten Geräthschaften, wozu auch die von Kolbi verfertigten Waffen gehörten, und dann erst ergriffen Beide die Flucht.

»Wohin aber?« fragte man sich. Die Insel war, wie sie jetzt wußten, nur von geringem Umfange und bot nirgends einen sichern Versteck dar, sie hätten einen solchen dann in den höchsten Gipfeln der Bäume des nahen Waldes suchen müssen. Zwar dachte man an die Ameisenhöhle, wie man die Höhle neben der Hütte nach dem Besuche der lästigen Thierchen nannte; allein man verwarf diesen Gedanken sogleich wieder, da sie zu nahe bei der Hütte lag. Es stand mit Recht zu vermuthen, daß die Wilden, so wie sie die Hütte entdeckten, auf Menschen schließen würden, die sie erbaut und bewohnt hätten, und in diesem Falle würde man sie in der nahe gelegenen Höhle zuerst suchen. Schon auf dem Wege in den Wald kam William noch ein guter Gedanke und er theilte ihn Kolbi mit: man wollte die Hütte durch Niederreißen zerstören, um den Wilden Glauben zu machen, daß sie bereits seit längerer Zeit von ihren Bewohnern verlassen worden sei. Man kehrte also, so dringend auch die Gefahr bereits war, nochmals zur Hütte zurück, bediente sich der Axt, die das Dach tragende Pfähle umzuhauen, und sah schon nach einer kurzen Frist in Trümmer zusammensinken, was man mit so großer Mühe und Anstrengung aufgebaut hatte.

Jetzt erst dachte man an eilige Flucht. Es war aber auch die höchste Zeit, denn kaum hatte man den schützenden Wald erreicht und sich hinter dichtem Gebüsch verborgen, so sah man die Wilden in dicken Schaaren über den Hügel herabkommen, an dessen Abhange die kleine Besitzung lag. Unsere Beiden waren noch so nahe, daß sie deutlich Alles unterscheiden und sogar den Ruf einzelner Stimmen vernehmen konnten.

Bald drängte sich Alles auf *einer* Stelle zusammen und bildete einen dichten Menschenknäuel: ohne Zweifel hatte man die Trümmer der Hütte entdeckt und war verwundert, in dieser Einöde die Reste einer menschlichen Wohnung zu finden. Bald sah man auch einzelne Wilde die Spitze des Hügels erklimmen und sich sorgfältig nach allen Seiten umsehen, als suche man Etwas; allein zum Glücke waren unsre Beiden gut versteckt durch das dichte Gebüsch, und die Späher kehrten zu den Übrigen zurück, ohne Etwas entdeckt zu haben.

Man durfte aber nicht in dieser Nähe weilen, weil es den Wilden jeden Augenblick einfallen konnte, in das Gebüsch zu dringen und es zu durchsuchen. Unsre Flüchtlinge setzten daher, so eilig sie konnten, ihren Weg weiter fort und drangen immer tiefer in das Gehölz ein. Aber bald waren sie auch hier nicht mehr sicher, denn schon vernahm ihr Ohr am Eingange des Waldes verwirrte Stimmen, und so wälzte sich der Schwarm, aller Wahrscheinlichkeit nach, hieher. Ihre Angst erreichte den höchsten Gipfel und sie wußten nicht, wohin ihre Zuflucht nehmen; da sahen sie in einer geringen Entfernung einen Koala oder australischen Bären aus einem dichten Gewinde von Rankengewächsen hervorkriechen, und daraus schließend, daß er dort seine Höhle haben werde, eilten sie auf die Stelle zu. Sie sahen sich in dieser Erwartung nicht getäuscht, und fanden unter dem Gesträuche einen in die Erde hinabgehenden Eingang, der zwar nicht breiter war, als daß sie auf dem Bauche kriechend, in die Höhle des Bären gelangen konnten, ihnen aber für den Fall der Noth doch einige Sicherheit gewährte.

Schnell machten sie sich daran, mit der Axt und ihren Händen, die die Stelle einer Schaufel vertreten mußten, den Eingang zu erweitern, wobei sie sich wohl hüteten, die aufgeworfene Erde umherzustreuen, denn das würde den Wilden ihren Zufluchtsort verrathen haben; sie warfen sie vielmehr zwischen die Ranken und vertilgten mit großer Sorgfalt jede Spur ihrer mühsamen Arbeit.

Diese wurde über alle Erwartung belohnt; denn kaum hatten sie die Öffnung einige Fuß tief erweitert, so dehnte sich die Höhle aus und wurde endlich so breit und geräumig, daß sie, wenn auch nicht aufrecht darin stehen, doch darin sitzen konnten.

Ein Knurren und Brummen ganz in ihrer Nähe verrieth ihnen, daß die Höhle noch außer ihnen von einem andern Geschöpfe bewohnt sei, wahrscheinlich von einem weiblichen Koala, das hier seine Jungen säugte. Eine solche Nähe konnte ihnen, obgleich sie sich nicht vor dem harmlosen Thiere fürchteten, nicht angenehm sein, schon des üblen Geruchs wegen, den diese Geschöpfe verbreiteten, und so mußten sie sich entschließen, den eigentlichen Besitzer der Höhle aus derselben zu vertreiben, was ihnen nach einigen derben Püffen, die sie dem armen Thiere versetzten, gelang. Knurrend und brummend nahm es, seine Jungen mit sich führend, seinen Abschied und unsre Beiden sahen sich im ruhigen Besitze des usurpirten Zufluchtsorts. Diese Besitznahme war im Grunde eine Ungerechtigkeit; aber die dringende Gefahr konnte ihnen zur Entschuldigung gereichen.

Hier saßen nun unsre Beiden in der tiefsten Finsterniß im Schooße der Erde; ihnen fehlte Alles und doch hatten sie Gott zu preisen, daß er ihnen einen solchen Zufluchtsort gezeigt hatte, der ihnen wenigstens die Hoffnung ließ, ihr Leben zu bewahren. Hand in Hand saßen William und Kolbi da und waren so niedergedrückt, daß sie kein Wort zu reden wagten.

Nicht lange sollte ihre Ruhe dauern. Kaum waren sie eine halbe Stunde in der Höhle gewesen, so drang ein Ton verwirrter Stimmen, das dem Summen eines Bienenschwarmes glich, zu ihren Ohren und sie schlossen daraus, daß die Wilden sich ihrem Zufluchtsorte genähert hätten. In dieser Voraussetzung irrten sie sich nicht: die Wilden hatten wirklich den kühleren Wald zu ihrem Aufenthaltsorte auserlesen und waren zu der Insel gekommen, um hier ein großes Fest zu feiern.

Ihr bisheriger Häuptling war nämlich im Kriege gefallen, und sie wollten einen neuen erwählen, bei welcher Gelegenheit stets große Festlichkeiten von ihnen veranstaltet werden. Zu solchen gehörten vor allen Dingen Schmausereien – macht man es doch bei solchen Gelegenheiten im civilisirten Europa nicht besser! – und da ihnen bekannt sein mochte, daß die Insel sehr viel Wildpret hege, waren sie herübergeschifft, um hier ihre Gastmähler zu halten.

Lautes Rufen, Geschrei, Gesang sogar, ließen sich bald ganz in der Nähe vernehmen, und Kolbi, der kühner als sein Freund, auf dem Bauche bis zum Eingange der Höhle vorgekrochen war, sah, vom Gestrüpp und den Rankengewächsen verdeckt, daß man viel trockenes Holz herbeischleppte, um ein großes Feuer anzuzünden. Alles war überhaupt beschäftigt. Einige Wilde trugen Erde und Laub zusammen, woraus sie einen Hügel machten, vermuthlich zum Sitze für den neu zu erwählenden Häuptling; andere schärften ihre Waffen und die Weiber und Kinder trugen Laub und Blumen herbei, aus denen sie Kränze winden wollten.

Unter einem hohen Baume und mit dem Rücken gegen den Stamm desselben gelehnt, saß aber ein Greis, den Kolbi auf den ersten Blick für den *Zauberer* erkannte, denn so nennen die Wilden ihre Priester. Er war zwar, wie die übrigen Wilden, bis auf ein Schurzfell, welches er um den Leib gebunden hatte, völlig nackt; allein um seinen Hals hatte er ein Gewinde von todten Schlangen, das ihm ein abschreckendes Ansehen gab, und in der Hand trug er ein großes steinernes Messer.

Dieses Messers bedienen sich die Priester, um den jungen Mädchen die beiden ersten Gelenke des kleinen Fingers an der linken Hand abzuhauen; denn wie die Europäerinnen ihre Ohren durchbohren lassen, um Ringe hineinzuhängen, was gleichfalls eine sehr lächerliche Mode ist, so verstümmeln die Wilden ihre Hand und glauben sich dadurch recht schön zu machen.

Dem Zauberer oder Priester näherte sich Alles mit der größten Ehrfurcht, und Keiner würde es gewagt haben, ihm den Rücken zuzukehren.

Während die Männer sich zur Jagd anschickten, sammelten die Weiber die Wurzeln von einer Art von Farrenkraut, die ihnen zur Speise dienen. Sie zerklopften sie mit Steinen und rösteten sie am Feuer; diese nicht eben wohlschmeckende Speise nannten sie *Uga-Due*. Noch Andere sammelten von einem Gummibaum ein grünes Gummi, das sie *Kudi* nannten. Es vertritt, da es einen scharfen Geschmack hat, die Stelle des Branntweins bei ihnen und sie kauen es beständig. Auch Pataten, von den Wilden *Kumara* genannt, sammelten sie in Menge zu dem vorhabenden Gastmahle ein. Zu diesen Vegetabilien lieferten die Männer bald Fleischspeisen. Sie schossen mit ihren Pfeilen eine Menge *Kukupas* (wilde Tauben), einen Dingo, einige Stachelschweine, fliegende Füchse und endlich gar ein Kängeruh, worüber sich ein großes Freudengeschrei erhob, als die glücklichen Jäger damit angeschleppt kamen.

Als William sah, daß sein Freund Kolbi in seinem sichern Verstecke unbemerkt blieb, trieb ihn die Neugierde, auf seinem Bauche auch aus der Höhle hervorzukriechen, um den Treiben der Wilden zuzusehen.

Er sah, daß dieser Menschenschlag fast ganz so schwarz, wie sein Kolbi war; nur hatte dieser letztere eine etwas angenehmere Gesichtsbildung und sah vor allen Dingen freundlicher aus. Sie hatten einen kleinen, aber sehr regelmäßigen Wuchs, ein etwas breites Gesicht, das bei den Männern sehr bärtig war; eine stumpfe Nase, durch deren Scheidewand sie kleine Knochen- oder Rohrstücke gezogen hatten, was sie sehr verunstaltete; dicke Lippen, sehr weiße Zähne, schwarze, tiefliegende Augen und sehr buschige Augenbrauen. Auf dem Kopfe trugen sie ein kleines Netz von Opossum-Haaren, das ihnen fast die Augen verdeckte, so daß sie es zurückschlagen mußten, wenn sie etwas genauer sehen wollten. Die meisten hatten eine feuerfarbene Binde, woran ein kleines Schurzfell hing, um den Leib geschlungen und ihre Haut war so glänzend, wie poliertes Ebenholz. Wie Kolbi seinem Freunde schon früher erzählt hatte, reiben sie sich den Körper mit Fischöhl ein, wichsen sich also gleichsam, wie wir unsere Schuhe und Stiefel. Lange konnte William nicht begreifen, womit sie sich den Kopf geschmückt hatten, der einige Ähnlichkeit mit dem eines Stachelschweins durch einen höchst seltsamen Aufputz hatte, bis Kolbi ihm erklärte, daß seine Landsleute sich das Haar mit einer Art von Gummi zusammenklebten und es dann mit Fischgräten und Vogelknochen besteckten. Viele von den Wilden waren vom Kopfe bis auf die Füße tätowirt, d. h. mit weißer und rother Farbe bemalt; Kolbi erklärte ihm, daß sie sich mit der rothen bemalten, wenn es in den Kampf gehen sollte, mit der weißen aber, wenn zum Tanze. Sehr häßlich machten sie die breiten weißen Ringe, die sie sich unter den Augen von einer weißen, unserer Kreide ähnlichen Erde gemacht hatten. Allen Männern fehlte ein Vorderzahn, den man ihnen unter großen Ceremonien ausreißt, so wie sie in das Jünglingsalter treten. Ihr Haar ist übrigens nicht kurz, kraus und wollig, wie das der Neger, sondern vielmehr glatt, lang und sehr schwarz; es könnte eine Zierde an ihnen sein, wenn sie es nicht *à la* Stachelschwein frisirten.

Alle ohne Ausnahme waren bewaffnet, selbst die Knaben trugen eine Art von Wurfspieß; Andere hatten eine Keule, die sie *Waddis* nannten oder Stangen (*Womerra*), Schilde, Lanzen, Bogen und Pfeile, steinerne Äxte u. s. w. Diese Waffen sind reich mit ausgeschnitzten Figuren verziert, die oft nicht ohne Anmuth sind. Sie führen immer Feuer mit sich, weil sie es, des vielen unverbrennbaren Holzes wegen, schwer anmachen.

Ihre musikalischen Instrumente, worauf sie aber wirkliche Töne hervorbrachten, bestanden in einer Art von Rohrflöte oder vielmehr Pfeife, die sie aber nicht mit dem Munde, sondern mit den *Naslöchern* spielten, was sich seltsam genug annahm. Andere Musikanten hatten plumpe Leyern mit drei Saiten und noch andere Muscheln, die man See-Trompeten nennt und worauf sie Töne hervorbrachten, als sei das jüngste Gericht gekommen. Vom Tacte, von einer Melodie scheinen sie keinen Begriff zu haben; Jeder blies, was ihm einfiel, und dies gab die köstlichste Katzenmusik von der Welt. Dies Alles würde unserm William, für den es völlig neu war, sehr belustigt haben, wenn er nicht für sein Leben hätte fürchten müssen. Die bisher heitre Sonne verwandelte sich aber bald in eine sehr tragische. Ein Knabe, der vielleicht dreizehn bis vierzehn Jahre alt sein mochte, kam jubelnd mit einem *Opossum* angeschleppt, das er erlegt hatte. Dies ist ein Thier von der Größe eines Fuchses, hat aber in seinem Wesen viel vom Eichhörnchen; auch nährt es sich nur von Pflanzenkost. Wenn es schläft, rollt es sich wie eine Kugel zusammen; wenn es wacht oder frißt, setzt es sich auf die Hinterfüße, legt den Schwanz auf den Rücken und hält seine Speise mit den Vorderfüßen, wie ein Affe. Es hat auf dem Rücken lange braune Haare, die nach dem Bauche zu in's Gelbliche fallen. Wird es verfolgt, so stößt es ein rauhes Geschrei aus. Die Augen sind groß und klug, die Schnauze ist sehr spitz. Will es auf den Bäumen von einem Zweige zum andern springen, so wickelt es seinen langen Rollschwanz um einen Ast und springt dann mit dem übrigen Theile seines Körpers. Das Opossum gehört zu den Beutelthieren, wovon es so verschiedene Arten in Australien giebt.

Kaum hatten die Wilden den armen Knaben mit seiner Beute erblickt, so sprangen alle, welche bisher am Boden gelagert gewesen waren, mit dem Geschrei: »Tapu! Tapu!« auf, schwangen ihre Waffen und umringten den zitternden Knaben, der erschrocken seine Beute hatte fallen lassen und vor Schrecken am ganzen Leibe zitterte. Der Zauberer oder Priester, welcher bisher unbeweglich, einer Statue gleich, unter seinem Baume gesessen hatte, erhob sich jetzt auch; seine Augen funkelten vor Zorn und drohend schwang er sein großes steinernes Messer über seinem Haupte. Alles machte dem Zornigen ehrerbietig Platz, so daß er sich ungehindert dem armen Knaben nähern konnte, der vor Angst auf seine Knie niedergesunken war und seine Arme kreuzweis über die Brust gelegt hatte. Als der Priester bei ihm angelangt war, murmelte er einige unverständliche Worte, die wie das ferne Rollen eines Donners klangen, und senkte dann sein großes Messer tief in die Brust des armen Schlachtopfers, das sogleich umsank und aus dessen Leibe ein dicker Strom von Blut hervorquoll.

Entsetzen ergriff William bei diesem Anblick, während Kolbi so ruhig zusah, als wäre gar nichts geschehen, und nahe war ersterer daran, einen lauten Schrei auszustoßen; er hielt ihn aber zum Glück zurück, denn er würde sie den Wilden verrathen haben und dann wäre ihr Loos gewiß kein besseres gewesen, als das des armen Knaben.

Dieser wälzte sich noch einige Augenblicke in seinem eigenen Blute am Boden, dann wurde er plötzlich still. Das arme Opfer des Aberglaubens hatte ausgelitten: es war todt.

Mit der Freude und dem Feste der Wilden war es jetzt augenscheinlich aus. Man nahm die Waffen auf; man warf Blumen und Kränze zur Erde; die lärmende Musik verstummte und der Zug entfernte sich mit langsamen Schritten und auf die Brust gesenktem Haupte, von dem Priester geführt. Dieser hielt sein blutiges Messer hoch empor und rief von Zeit zu Zeit mit schauerlichem Tone: »Tapu! Tapu!«

»Jetzt sind wir sicher«, sagte Kolbi, sich vom Boden erhebend; »sie schiffen sich sofort wieder ein, und kehren nie nach diesem Eilande zurück, da der Tapu durch den Knaben gebrochen worden ist.«

»Was aber ist der Tapu?« fragte William, der vor Entsetzen stumm geworden war und erst jetzt seine Sprache wiederfand. – »Was der Tapu ist?« wiederholte Kolbi und sah ihn verwundert über seine Unwissenheit an. »Der Tapu ist der Tapu«, fügte er hinzu; »weiß William denn das nicht?«

»Nein«, versetzte dieser; »wie sollte ich wissen, was ein Tapu ist? Nur soviel habe ich eben erfahren, daß es etwas Schreckliches ist, da er dem armen Knaben das Leben gekostet hat.«

Unser Kolbi war nicht gelehrt genug, um William die Sache gehörig erklären zu können, auch verstand er sie in der That selbst kaum und wußte nur soviel, daß, wer den Tapu gebrochen, sein Leben verwirkt hat. Da Ihr, meine Theuren, gewiß aber eben so neugierig seid, wie unser William war, will ich Euch die Erklärung nicht vorenthalten.

Tapu oder auch *Tabu* – das erstere Wort ist das richtigere – bedeutet so viel als ein Verbot, dieses oder jenes Thier, diese oder jene Pflanze, einen Stein, ein Haus, ein Feld, kurz irgend eine Sache berühren, das Thier, worauf der Tapu gelegt, tödten, die andern Gegenstände berühren zu dürfen. Es ist dies eine sich selbst auferlegte freiwillige Entbehrung, etwa wie unsere katholischen Glaubensbrüder sich an gewißen Tagen des Fleischgenusses enthalten. Das Wort des Priesters oder des Oberhaupts, ein Traum, den der Eine oder Andere gehabt hat, läßt den Tapu auf eine Sache legen; das Wort bedeutet also dem Sinne nach so viel als *Verbot*.

Dieses Verbot darf, bis es wieder aufgehoben ist, von keinem Mitgliede des Stammes gebrochen werden, und bricht es Einer, so ist er dem Tode verfallen. Der arme Knabe hatte wahrscheinlich vergessen oder überhört, daß der Priester den Tabu über das Opossum ausgesprochen, und als er jetzt mit einem erlegten Thiere dieser Art ankam, war er dem Tode verfallen. Der Ort aber, wo der Tapu gebrochen worden ist, wird von den Wilden als ein entweihter, als ein Ort des Unheils angesehen, daher augenblicklich verlassen, um nie wieder betreten zu werden. Das geschah auch jetzt, und bevor noch eine Stunde verflossen war, befand sich kein Mensch, außer unsern beiden Freunden, mehr auf der Insel.

Wie gern wäre Kolbi, der noch immer an seinen abergläubischen Vorstellungen hing, seinen Brüdern gefolgt; da er aber in ihnen die Feinde seines Stammes erkannt hatte, wagte er es nicht, sondern wollte lieber auf der Insel seinem Schicksale entgensehen.

20.

Der Anblick, den das Haus und dessen Umgebung gewährte, war der niederschlagendste von der Welt. Die Wilden hatten die Hütte nicht nur eingerissen, sondern auch einen Theil der Bretter verbrannt. Von den Geräthen, die mit so großem Fleiße und unter so anhaltender Anstrengung von ihnen verfertigt worden waren, fand man nur einige wenige unter den Trümmern vor, und auch diese waren zum Theil zerstört. Das Behältniß, worin man die Thiere aufbewahrt hatte, war erbrochen und diese selbst fort: ob die Wilden sie getödtet, ob ihnen die Freiheit gegeben hatten? wer vermochte das zu bestimmen?

Unsre Freunde waren so betrübt über den Anblick, der sich ihnen darbot, daß sie ganz verstummt waren und sich mit Augen ansahen, in denen Thränen perlten.

Ein schwerer Gang stand unserm William, der sich mehr als Kolbi für die Gartenanlage interessirte, noch bevor: er wagte es kaum, die Gartenmauer zu ersteigen; denn was konnte er erwarten, als auch in diesem die Gräuel der Verwüstung zu erblicken?

Endlich raffte er sich auf und erstieg die Mauer; als er oben auf derselben stand, verklärte ein Lächeln, das erste nach längerer Zeit, sein Antlitz und mit lauter, freudig bewegter Stimme rief er: »Kolbi! Kolbi!«

Dieser kam auf den Ruf seines Freundes eiligst herbeigerannt und fragte, was es gäbe?

»Freude! Freude!« rief ihm William entgegen. »Unser Garten ist unversehrt und die Melonen stehen in vollster Blüte.« –

Kolbi, der nicht wußte, welch' eine köstliche Frucht die Melone sei, bezeigte weniger Freude, als William erwartet hatte, und sagte sogar verdrießlich:

»Da sie uns alles Andere zerstört haben, hätten sie den Garten auch noch zerstören können!«

»So denke und spreche ich nicht«, versetzte William etwas geärgert durch die Gleichgültigkeit seines Freundes; »ich danke vielmehr Gott, daß er uns diese Freude noch ließ.« –

»Ich würde deinem Gott auch gedankt haben, obgleich ich ihn noch nicht recht kenne und mich fast so sehr vor ihm fürchte, wie vor dem bösen Geiste *Potayan*, wenn er uns die Hütte und alles Andere auch bewahrt hätte: da nun aber die Hütte in Trümmer liegt und unsere Gefäße zerschlagen sind, hätte er die Blumen immerhin auch mit zerstören lassen können; denn Blumen, und viel schönere als diese, blühen ja überall.«

»Wenn du erst einmal die Früchte dieser Blumen gekostet haben wirst«, versetzte William, »dann wirst du anders sprechen; ich aber danke meinem Gott, der ein freundlicher Gott ist, für die kleine Gabe, wie für die große.«

Er verließ mit diesen Worten Kolbi, um nach seinen Orangenbäumchen zu sehen, die ihm fast eben so sehr am Herzen lagen, als die Melonen, obgleich er wußte, daß er noch viele Jahre würde warten müssen, bevor er von ihnen Früchte zu ernten erwarten durfte. Zu seiner nicht geringen Freude waren auch sie, wie alles Andere, unversehrt; ja sie hatten während der Regenzeit artige Blättchen getrieben und sahen ganz frisch und kräftig aus.

Als er Alles gehörig besehen hatte und eben wieder zu Kolbi zurückkehren wollte, der traurig neben den Trümmern der Hütte saß, hörte er die Worte rufen:

»Gieb Futter! Gieb Futter!«

»Ach! da bist auch du noch?!« rief er freudig bewegt aus und ging auf die Gegend zu, von welcher der Ton gekommen war. Lange konnte er das artige Thierchen nicht finden; es hatte sich unter der Gartenmauer verkrochen, verrieth sich aber bald durch seinen wiederholten Ruf: »Gieb Futter! Gieb Futter!«

Endlich entdeckte William seinen Schlupfwinkel, und als er die Hand hineinsteckte, hüpfte das artige Thier – Ihr werdet schon errathen haben, daß es der Königspapagei war – ihm auf dieselbe, und sah ihn mit klugen Blicken an, als er es in die Höhe hob.

William trug ihn sogleich zu dem trauernden Kolbi, dessen Gesicht beim Anblick seines Lieblings vor Freude verklärt wurde. Der Verlust des Papageis war ihm fast eben so nahe gegangen, als der der Hütte und alles Andern, und so hatte er durch das Wiederfinden desselben auch seine Freude in der Trübsal. Er nahm ihn von Williams Hand auf die seinige und streichelte ihn mit der andern, was das Thierchen sich willig gefallen ließ.

»Höre«, sagte dann Kolbi, »nun mag ich deinen guten Geist, den du Gott nennst, schon besser leiden; daß er uns den lieben Vogel wieder gab, war wirklich recht gut von ihm.«

»Du wirst den lieben Gott schon noch näher kennen und ihn dann eben so lieben lernen, wie ich ihn liebe«, war Williams Antwort.

»Wenn er aber so gut ist, wie du sagst«, versetzte Kolbi, »weshalb ließ er denn die Feinde an das Eiland kommen und unsern Dingo tödten, unsere Hütte zerstören, unsere Gefäße zertrümmern? Du sagst mir immer, daß er eine so große Macht habe und Alles könne, was er wolle; so hätte er ja auch die Feinde abhalten können, uns so großen Schaden zuzufügen und uns in solche Angst zu versetzen?«

»Ich weiß noch nicht«, versetzte William ernst, »wozu es gut und für uns heilsam war, daß wir dieses Unheil erfahren mußten; allein ich hege das feste Vertrauen zu der Gnade, Weisheit und Freundlichkeit meines Gottes, daß er es auch in dieser Prüfung gut mit uns meinte, und daß sie zu unserm wahren Heile dienen werde.«

Kolbi konnte dies noch nicht recht verstehen, sondern schüttelte bedenklich das Haupt und meinte: Gottes Güte offenbare sich nur in dem seinen Geschöpfen verliehenen *Glücke*. Er sollte aber, zu seinem Heile, eines Bessern belehrt und davon überzeugt werden, daß Gott seine Menschen eben am meisten liebt, wenn er ihnen Trübsal sendet. William legte indeß nicht lange die Hände in den Schooß, sondern machte sich sogleich davon, die Trümmer der Hütte zu untersuchen, um zu sehen, ob die Wiederherstellung derselben wohl möglich sein würde. Diese Untersuchung gewährte aber ein ziemlich trostloses Resultat: weit über die Hälfte der Bretter war verbrannt und der noch übrig gebliebene Theil in einem solchen Zustande, daß an den Wiederaufbau nicht gedacht werden konnte; ja, der Rest der Bretter reichte nicht einmal hin, das Dach einer von großen Steinen ausgeführten Hütte zu decken. Das war dann freilich eine ziemlich trostlose Aussicht, um so mehr, da die Höhle noch immer von den Ameisen bewohnt wurde, die sich für immer häuslich darin niedergelassen zu haben schienen. Indeß mußte doch ernstlich auf ein sicheres Obdach gedacht werden, da, wenn wieder ein Unwetter eintreten sollte, sie ohne ein solches nicht hätten sein können.

Die Sache hatte indeß große Schwierigkeiten, denn einestheils hatte man bereits die in der Nähe aufzutreibenden größern Steine zur Umzäunung des Gartens benutzt, und die Gartenmauer wieder einzureißen, dazu konnte William sich nicht verstehen, da er sich des vielen vergossenen Schweißes erinnerte, unter dem sie die nöthigen Steine herbeigeschafft und aufgethürmt hatten; andrentheils wurden zum Bau der Hütte eine so große Menge von Steinen erfordert, daß man Monate lang daran hätte schleppen müssen, und doch war das Bedürfniß eines schützenden Obdachs so dringend. Die Mauern, welche die Hütte bilden sollten, mußten von einer doppelten Lage von Steinen aufgeführt werden, damit sich die eine Lage gegen die andere stütze; denn man hatte ja keinen Mörtel, um die Steine gehörig miteinander zu verbinden und aneinander zu befestigen.

»Es sieht sehr schlimm um uns aus«, sagte William zu Kolbi, der sich wie ein Kind noch immer mit dem wiedergefundenen Papagei beschäftigte und für nichts Anderes Sinn zu haben schien, »es sieht sehr schlimm um uns aus, und wir werden, fürchte ich, noch manche Nacht unter freiem Himmel zubringen müssen, bevor wir wieder eine neue Hütte haben werden.«

»Daß wir unter freiem Himmel schlafen, ist nicht nöthig«, versetzte Kolbi mit gleichgültigem Tone; »für mich wäre das übrigens kein allzugroßes Unglück, da ich daran gewöhnt bin«, fügte er hinzu, »und Regen und Unwetter wird es sobald wohl nicht wieder geben: hat doch der böse Geist alles Wasser ausgegossen und muß erst neues wieder sammeln, um es über uns auszuschütten.«

»Ich aber fürchte mich davor, unter freiem Himmel übernachten zu müssen«, nahm William wieder das Wort, »weiß ich doch, wie nachtheilig das auf meine Gesundheit wirkt.«

»Nun, so arbeiten wir nur am Tage hier«, versetzte Kolbi, »und kriechen Nachts in die Höhle des Koala, die nicht allzuweit von hier ist. Das Thier wird sie uns schon noch längere Zeit abtreten müssen und sollte es sich zudringlich zeigen, so haben wir ja noch unsere Axt, um es todt schlagen zu können.«

William, der an diesen Ausweg nicht gedacht hatte, war sehr erfreut über Kolbis Vorschlag und nahm ihn mit Freuden an. Dann wurde sogleich zum Werk geschritten: man räumte die Trümmer weg, legte alles brauchbare Holz auf die Seite, reinigte den Boden und schleppte Steine herbei, welches letztere freilich eine unendlich mühsame Arbeit war, da man die Steine zum Theil sehr weit suchen mußte. Indeß verlor man trotz dem den Muth nicht und auch die Kräfte reichten aus, da man sie durch eine gehörige Nahrung und einen gesunden Schlaf wieder stärkte.

Auch für eine größere Bequemlichkeit in der Höhle des armen Koala wurde gesorgt, indem man sie so erweiterte, daß Beide bequem Platz nebeneinander fanden, und man den Boden mit ausgerauftem Grase bedeckte, das ein weiches, duftiges Lager bildete.

Man arbeitete unausgesetzt den ganzen Tag über, mit Ausnahme der Zeit, deren man zur Zubereitung und zum Genusse der Speisen bedurfte, und schon nach etwa vierzehn Tagen hatte die Steinmauer, die man in einem regelrechten Viereck aufführte, die halbe Höhe ihres Leibes erreicht. Mit herzinniger Freude sahen unsere Freunde ihr mühsames Werk mit jedem Tage mehr wachsen, und so sauer ihnen auch manchmal der Transport der schweren Steine wurde, die noch obendrein bergauf geschleppt werden mußten, so hörte man doch keine Klage von ihnen, und unter fröhlichen Gesprächen und Gesängen schritt das Werk vorwärts.

Die Melonen waren indessen auch nicht faul, und gaben sich Mühe zu wachsen, wie mir einstmals ein kleiner Knabe naiv von den über Nacht aufgebrochenen Blumen sagte. Die Ranken breiteten sich bereits über eine große Fläche des Bodens aus und die Blätter hatten eine in Europa nicht vorkommende Größe erreicht; unter ihnen aber reifte still die herrliche, saftreiche und duftige Frucht, die hier, unter dem heißen Himmelsstriche, die Größe eines mäßigen Kürbis erreicht. Es war der Samen der schönen Netzmelone gewesen, den William gefunden und der Erde anvertraut hatte. Jeden Tag bildete sich das weißliche Netz deutlicher auf der grüngelben Fläche der Frucht aus, und endlich ließ sich eine davon bereits etwas weicher anfühlen, so daß William meinte, man könne schon zum Genusse derselben schreiten.

Es würde mir schwer werden, Euch zu beschreiben, mit welchen Empfindungen unser Freund sein Messer hervorzog, um die Frucht abzuschneiden; ich möchte sie eine heilige nennen, denn seine Seele war mit Dank gegen Gott, den Geber alles Guten, erfüllt; Kolbi aber stand ziemlich gleichgültig dabei und sah zu, wie William die Melone abschnitt und aufhob; ihn ergötzte noch nichts daran, als die Größe der Frucht und ihr ungewohntes Ansehen; Gott für die Gabe zu danken, kam ihm aber nicht in den Sinn.

William trug indeß die Melone unter einen großen Gummi-Baum, holte ein Stückchen Brett herbei, legte es auf den Boden und die Melone darauf, um sie auf diesem improvisirten Teller zu zerschneiden. So wie das Messer hineindrang, fuhr ein hochgelber Saft aus der Wunde hervor, die er der Frucht beigebracht hatte, so daß ihm das Wasser schon im Munde zusammenlief; dann schnitt er ein Paar tüchtige Schnitte ab und gab erst Kolbi eine, dann nahm er selbst eine andere und biß hinein. O, wie süß schmeckte die Frucht, wie duftig, wie labend war sie, wie angenehm kühlend!

Kolbi sagte nichts, aber nicht, weil ihm die Melone nicht schmeckte, sondern weil sie ihm *so gut* schmeckte, wie noch nie etwas in seinem Leben; das Entzücken beraubte ihn der Sprache und er kaute mit beiden Backen.

»Nun«, sagte William, der ihm mit Vergnügen zusah, »nun, wie schmeckt Dir die Melone? und war es nicht ein Glück, daß die Feinde die lieben Pflänzchen verschonten? Gelt, Du hast jetzt auch Deine Freude daran, Kolbi?«

»Ein großes Glück war es, daß sie die Pflanzen nicht auch zerstörten, wie alles Andere«, versetzte Kolbi, indem er sich die vom Safte der Frucht beträufelten Finger ableckte – denn ein manierlicher Esser war der arme Wilde noch keineswegs; – »ein großes Glück, William! Du aber bist sehr geschickt, daß Du solche gute Melonen machen kannst! ich könnte das nicht!«

»Ich habe sie nicht gemacht«, war Williams Antwort; »sie ist eine Gabe unseres lieben Vaters im Himmel, des guten Gottes.«

»O, Du willst mir etwas vorlügen«, sagte Kolbi schlau lächelnd; »aber Kolbi ist nicht so dumm, Kolbi hat gesehen, wie Du die Melonen gemacht hast, und er glaubt Dir nicht, daß Dein Gott sie gemacht habe.«

»Ich konnte nichts weiter thun, als daß ich die gefundenen Kerne in die Erde steckte«, versetzte William; »aber diese Kerne waren ein Werk, ein Geschenk Gottes, und er gab Sonnenschein und Regen und das liebe Erdreich dazu, in denen sie wuchsen und gediehen; ich konnte weder die Erde, noch Sonnenschein und Regen machen, das konnte nur Gott.«

Kolbi antwortete seinem Freunde nicht, denn er war noch nicht im Stande, ihn zu verstehen; er starrte aber lange vor sich hin, als wenn er recht ernstlich über die Sache nachdächte, dann sagte er:

»Höre William, wenn es wahr ist, daß dein Gott die Melonen gemacht hat – und ich glaube es Dir, weil Du Kolbi noch niemals belogen hast – so will ich ihn auch lieb haben, lieber als den guten Geist *Koyan*, den wir anrufen, wenn wir in Noth sind oder etwas haben wollen; denn Koyan kann so gute Melonen nicht machen. Wenn meine Brüder diese Melonen schmeckten, und ich ihnen sagte: die hat der Gott der weißen Leute gemacht, so würden sie ihn auch lieben, wie ich ihn jetzt liebe.«

»Thue das«, versetzte William gerührt, »und danke ihm zugleich für die herrliche Gabe.«

»Kann er denn meinen Dank hören?« fragte Kolbi verwundert und sah sich fast ängstlich nach allen Seiten um, als fürchte er, Gott, zu erblicken.

»Wohl kann er das«, versetzte William.

»Er ist ja aber nicht da und ich sehe ihn nirgends?«

»Er ist *unsichtbar*, aber *überall*«, war die Antwort.

Das verstand Kolbi wieder nicht, selbst da nicht, als William ihn darauf aufmerksam machte, daß man in seinem Lande doch auch an einen guten und bösen Geist glaube, obgleich ihn keiner gesehen.

»O, die hat man wohl gesehen!« versetzte Kolbi.

»Sahst Du sie denn je?« fragte William.

»Nein, ich nicht, auch keiner meiner Brüder; aber die Zauberer sahen sie und sprachen mit ihnen«, versetzte Kolbi.

»Das glaube ich nicht«, erwiederte William; »Eure Zauberer sind Lügner, wenn sie das sagen; den guten Geist, wie Ihr den nennt, den wir Gott nennen, sieht Niemand, hört Niemand: er ist unsichtbar, wie ich Dir schon gesagt habe.«

»Wie aber weiß man denn, daß er da ist?« fragte Kolbi.

»Man erkennt sein Dasein an seinen Werken.«

Das war wieder zu hoch für unsern armen, unwissenden Wilden; William aber wollte ihm die Sache gern deutlich machen und fuhr fort:

»Gesetzt, Du und ich, Kolbi, trennten uns auf einige Zeit; Du gingest dahin, ich dorthin und wir sähen einander auch gar nicht mehr, so würdest Du doch, wenn Du nach einiger Zeit hierher zurückkehrtest und die Hütte gänzlich vollendet fändest, bei Dir sagen: »die hat William fertig gemacht;« so würdest Du sagen, wenn Du mich auch gar nicht mehr sähest.«

»Ja, das würde ich; denn wer sonst sollte sie gemacht haben?« war Kolbis Antwort.

»Sieh«, fuhr William fort, »eben so hat sich der liebe Gott in früherer Zeit den Menschen offenbaret, damit sie an sein Dasein glauben und ihn anbeten sollten; jetzt, wo sie das thun, redet er nicht mehr zu ihnen, sondern offenbart sich ihnen nur noch durch seine Werke. Er ist es, der die Welt geschaffen hat und erhält; der die Sonne, den Mond, die Sterne, das Meer, die Erde machte, der sie mit Menschen und Thieren bevölkerte, der Regen und Sonnenschein, Sturm und Gewitter giebt, der die Keime in der Erde sich entwickeln, die Pflanzen wachsen und gedeihen, die Frucht reifen läßt, damit sich seine Geschöpfe davon nähren, daran erfreuen. Er kann, was er will, denn er ist *allmächtig*; er will immer nur das Beste seiner Geschöpfe, denn er ist *allgütig*, er lenkt Alles zum Besten, denn er ist *allweise*, das heißt, er besitzt mehr Verstand und Einsicht, als alle seine übrigen Geschöpfe zusammen; er sieht und hört Alles, denn er ist *allgegenwärtig*.«

»Höre William«, versetzte Kolbi nach einer ziemlich langen Pause, während welcher er ernstlich nachgedacht zu haben schien, »höre, ich will deinen Gott, von dem du so viel Gutes sagst, auch lieb haben, noch lieber, als den guten Geist, von dem die Zauberer erzählen.«

»Thue das, mein Kolbi«, antwortete ihm William, indem er ihm die Hand reichte, »und wenn du willst, lehre ich dich beten zu unserm guten Gott im Himmel; das Gebet, der Dank seiner Menschen sind ihm angenehm.«

»Ach!« versetzte der arme Kolbi mit einem tiefen Seufzer, »wie werde ich das lernen können? bin ich doch dumm!«

»Du bist keineswegs dumm, sondern nur unwissend«, antwortete ihm William; »dumm ist nur Der, *der nichts lernen kann*, unwissend aber, welcher wohl lernen könnte, bisher aber noch nichts gelernt hat.«

»Es wäre ein großes Glück, wenn ich nicht dumm wäre und noch beten – sagtest du nicht so? – lernen könnte«, erwiederte Kolbi.

Unter diesen und ähnlichen Gesprächen verbrachten die Freunde ein sehr angenehmes Stündchen. Sie ließen sich dabei die Melone vortrefflich schmecken, von der William, ein guter Haushälter, die Kerne sorgfältig sammelte, um sie demnächst der lieben Erde wieder anzuvertrauen, damit sie neue Früchte trüge. Er trocknete sie, indem er sie auf ein großes Blatt legte, an der Sonne und steckte dann hie und da einen Kern in die Erde. Als sie emporkeimten, sah Kolbi nicht mehr mit Gleichgültigkeit auf die jungen Pflänzchen, sondern freute sich ihrer, wie früher William.

Die überflüssigen Kerne – Ihr werdet wissen, welch' eine Menge eine einzige Melone hat, und unsre Colonisten hatten davon mehr als hundert – blieben auch nicht unbenutzt. Der schöne zahme Papagei naschte nicht nur sehr gern von der duftigen Frucht, sondern fast lieber noch von den Kernen, die süßlich und sehr wohlschmeckend sind. Man gewann also ein sehr gutes und reichliches Futter für das liebe Thierchen und hatte nicht mehr nöthig, es mühsam zu suchen, was man früher gezwungen gewesen war zu thun.

Der Bau der Hütte rückte indeß vorwärts und da man jetzt Zeit hatte, an Alles zu denken, wurde im Hintergrunde derselben sogar ein Feuerherd angelegt, den man zwar nicht immer, wohl aber während eines heftigen Regens benutzen wollte. Man hatte nämlich während der Regentage große Mühe gehabt, die Hütte vor dem Verbrennen zu beschützen, da man gezwungen gewesen war, das Feuer in derselben anzumachen, weil der draußen fallende heftige Regen es ausgelöscht haben würde. Dazu gesellte sich noch ein höchst heftiger Rauch, dem man keinen Abzug geben konnte, weil man die Thüre nicht immer öffnen durfte. Diesen großen Unbequemlichkeiten sollte jetzt durch den Bau eines Heerdes und Schlotfanges abgeholfen werden. Die Sache war nicht eben leicht, aber William probirte so lange, bis sie gieng, und an Ausdauer übertrafen ihn Wenige. Zwar mußte er, um den Schlotfang bilden zu können, einige von seinen Brettern hergeben; allein die Sache war zu wichtig und so durfte er nicht anstehen, sie in's Werk zu richten. In allem Andern vertraute er Gott und hoffte mit Zuversicht auf seinen Beistand.

Endlich war die Hütte so weit, daß nur noch das Dach fehlte, aber um dieses stand es übel: die übrig gebliebenen Bretter reichten kaum zur Hälfte aus und an eine Thür war vollends nicht zu denken. Doch war letztere durchaus nothwendig, schon der giftigen Schlangen wegen, die ihnen unfehlbar nächtliche Besuche abstatten würden, wenn sie die Hütte nicht wohl verwahrten; hatten sie doch schon in der Erdhöhle des Koala Mühe genug, sich dieser feindlichen Gäste zu erwehren.

Die Sachen standen also ziemlich trostlos; man verlor jedoch den Muth nicht und beschloß, die ganze Insel, immer am Meeresstrande hingehend, zu umkreisen, in der Hoffnung, vielleicht noch einige Planken von dem gestrandeten Schiffe zu entdecken, auf dem William hergekommen, oder auch von einem andern, das von demselben unglücklichen Schicksale betroffen worden war.

Zu dieser Reise, obgleich die Insel nicht groß war, bedurfte es doch einiger Vorbereitungen, weil man nicht sicher sein konnte, überall Lebensmittel zu finden. Man mußte daher einige Vorräthe mit sich nehmen und ersah zu diesem ein paar Melonen, so wie eine Portion Pataten aus, die man in einem linnenen Quersacke mit sich nahm. Nachdem man Alles wohl bedacht und beschafft hatte, trat man in Gottes Namen die Wanderung an.

21.

Fröhlich und wohlgemuth, theils unter heitern, theils unter belehrenden Gesprächen, wanderten unsere Freunde fort. William, der das herzlichste Verlangen trug, seinen geliebten Kolbi mit dem erhabenen Wesen näher bekannt zu machen, auf das er sein vollstes, innigstes Vertrauen setzte, zu dem er sich in Freud' und Leid immer zuerst wandte, redete seinem Begleiter auf diesem Wege viel von Gott, und zu seiner Freude fand er jetzt schon ein offeneres Ohr für die Wahrheiten der Religion bei demselben, als er früher gefunden haben würde. Nach und nach entsagte Kolbi seinen abergläubischen Vorstellungen und wandte sein Herz dem einigen wahren Gott zu. William, dem das eine unaussprechliche Freude machte, versäumte keine sich ihm darbietende Gelegenheit, ihn auf die Wunder der Natur und zugleich auf die erhabenen Eigenschaften Gottes aufmerksam zu machen, und da er zwar nicht gelehrt, aber eindringlich und aus innerster Überzeugung sprach, fanden seine Worte Eingang bei seinem Freunde.

Den eigentlichen Zweck ihrer Wanderung schienen unsre Beiden indeß verfehlen zu sollen. Wie sorgsam sie auch spähten, so erblickten sie doch am Meeresstrande nicht das Geringste, das ihnen zu ihrem Zwecke hätte dienen können. Es lagen zwar viele schöne bunte Muscheln und Steine genug am Ufer, allein auch nicht das kleinste Stückchen Holz, das ihnen zu ihrem Bau hätte dienen können.

Dies war ihnen natürlich sehr unangenehm; allein es entmuthigte William keineswegs, sondern er sann sogleich auf Abhülfe, die ja auch noch immer möglich war, da sie ihre Geräthschaften vor der Zerstörungswuth der Wilden gerettet hatten.

Am zweiten Morgen ihrer fruchtlosen Wanderung war es Kolbi, der zuerst erwachte und dem nahen Meere zueilte, um sich in der kühlen Fluth zu baden, wie es seine Gewohnheit in der Heimath gewesen war. Er hatte kaum seine wenige Bekleidung abgeworfen und schickte sich eben an, sich ins Wasser zu stürzen, als sein über das Meer hinstreifender scharfer Blick ein kleines dunkles Pünktchen am äußersten Rande des Horizontes entdeckte. Er starrte es einige Augenblicke an und bemerkte, daß es beweglich war. Jetzt weckte er William, um ihn auf die Erscheinung aufmerksam zu machen; denn er wußte mit Gewißheit, daß das schwarze Pünktchen am vorhergehenden Abende nicht an der Stelle gewesen war, und so erregte es mit Recht seine Aufmerksamkeit.

William, der durch Kolbi in einem lieblichen Traume gestört worden war, der ihn nach der geliebten Heimath, in das Haus seiner Mutter versetzte, war fast ein wenig unwillig, daß Kolbi ihn erweckt hatte, er rieb sich die noch schlaftrunkenen Augen und fragte, was es denn gäbe?

»Einen schwarzen Punkt gibt es da drüben, der gestern Abend vor unserm Einschlafen noch nicht da war«, antwortete ihm Kolbi; »komm nur und sieh selbst.«

Jetzt sprang William auf; denn er wußte noch von seiner Seereise her, was solche schwarze Punkte am äußersten Rande des Horizontes zu bedeuten hatten, und sein Herz schlug fast hörbar in der Brust.

»Wo siehst Du denn den Punkt?« fragte er, seine ganze Sehkraft, wiewohl vergeblich, anstrengend; denn sein Auge war, obschon sehr gut, doch nicht so scharf sehend, als das seines Freundes.

»Da! da!« war Kolbis Antwort, indem er mit der Hand nach der Gegend hinzeigte. »Siehst Du es denn nicht?«

»Ich sehe nichts, gar nichts!« antwortete ihm William; »Du hast Dich wohl getäuscht, Kolbi?«

»Gewiß nicht! Ich sehe es deutlich, ganz deutlich, und es bewegt sich!«

»O mein Gott!« rief William bei diesen Worten, und er wurde blaß vor Freude; »o mein Gott, wenn es ein Schiff wäre!«

»Es ist nur ein Punkt, sage ich Dir, und kein Schiff«, versetzte Kolbi, »wenn es ein Canot wäre, müßte es ja größer sein.«

»Aus großer Ferne gesehen, erscheinen die Dinge viel kleiner«, antwortete ihm William, der noch immer nach der ihm bezeichneten Gegend hinstarrte, aber leider nichts sehen konnte.

»Siehst Du denn den Punkt noch immer?« fragte er Kolbi nach einer ziemlich langen Pause, die zwischen den Freunden entstanden war.

»So deutlich, wie ich Dich sehe«, war die Antwort, »und der Punkt ist jetzt schon größer, als er in dem Augenblicke war, wo ich ihn zuerst sah.«

Wie pochte das Herz in Williams Brust bei diesen Worten! Wie strömten seine Gefühle über! Konnte er noch daran zweifeln, daß das, was sein schärfer sehender Freund sah, ein Schiff, vielleicht gar ein von Europa kommendes Schiff sei? So war vielleicht Rettung, Erlösung nahe! So sollten Leiden und Entbehrungen vielleicht ihr Ende bald finden! Thränen traten ihm, besonders bei dem Gedanken, seine über Alles theure Mutter, die geliebte Heimath wiedersehen zu sollen, in die Augen, und rollten in Strömen über seine Wangen. Kolbi, der ihn weinen sah, fragte theilnehmend:

»Du weinst? Hat Kolbi Dich betrübt, William? Was hat Kolbi Dir Böses gethan?«

»O nichts, nichts, Du guter, lieber Kolbi«, rief William, indem er den Freund umarmte; »Du hast mir im Gegentheil durch Deine Entdeckung eine unendlich große Freude gemacht. Das, was Du mit Deinem geübteren Auge bereits siehst und was ich noch nicht sehen kann, ist aller Wahrscheinlichkeit nach eines von den großen schwimmenden Gebäuden, von denen ich Dir so viel erzählt habe, und die wir Schiffe nennen. Auf einem solchen Schiffe bin ich hierhergekommen, wie Du schon weißt, und wenn es Gottes Wille wäre, mich zu erretten, so könnte das, was Du siehst, hier in der Nähe Anker werfen, die Mannschaft könnte ans Land kommen und mich mit sich nehmen, nach Europa, in die geliebte Heimath zurück.« –

»Und dann bliebe Kolbi hier allein zurück und stürbe aus Kummer über William?« fragte der Wilde traurig.

»Nicht doch! Wie könnte ich Dich wohl verlassen, Dich, meinen einzigen, meinen liebsten Freund auf der Welt?« war Williams Antwort. »Nein, Kolbi«, fügte er unter Thränen hinzu; »nein, ohne Dich ginge ich nicht! Aber meine weißen Brüder würden uns Beide mitnehmen; ich würde Dich in meine Vaterstadt Hamburg, in das Haus meiner Mutter führen, würde ihr sagen: da ist mein Freund, mein Bruder

Kolbi; nimm ihn an zu Deinem Sohne und liebe ihn, wie Du mich liebst; und sie würde Dich eben so lieben, Kolbi, denn sie ist gut und liebevoll!«

Das Alles sprach er unter immer heftiger strömenden Thränen und Kolbi, der ihn nicht weinen sehen konnte, ohne mitzuweinen, weinte auch diesmal mit.

Eine Stunde und drüber verging indeß noch, bevor auch William den beweglichen schwarzen Punkt am Horizont unterscheiden konnte; so wie er ihn aber gesehen hatte, sank er auf seine Kniee nieder und sandte ein heißes Dankgebet zu seinem himmlischen Vater empor; denn sein Herz zweifelte schon nicht mehr an der Rettung.

Der Morgen und selbst der noch übrige Rest des Tages verging den Freunden in einer Art von bänglicher Erwartung. William besonders war in tiefster Seele bewegt; Kolbi dagegen, seit er das Versprechen von seinem Freunde hatte, daß er ihn nicht allein auf der Insel zurücklassen wolle, weit ruhiger; letzterer konnte sogar von den mitgenommenen Speisen genießen, während William keinen Bissen über seine Lippen zu bringen vermochte, wie man gewöhnlich in einer so großen innern Bewegtheit nicht an Speise und Trank zu denken vermag.

Die Freunde hatten sich auf einer kleinen Erhöhung in der Nähe des Strandes niedergesetzt und schauten mit unverwandten Blicken auf das Meer hinaus. Der zu Anfang so kleine Punkt trat mit jeder Stunde deutlicher hervor und als es zu dämmern begann, konnte man bereits die Umrisse des Schiffs genau unterscheiden.

Was hätte William nicht darum gegeben, wenn die Natur diesmal zu seinen Gunsten ihre gewohnte Ordnung umgekehrt und es nicht hätte Nacht werden lassen? Aber ach! sie ging ihren gewohnten Gang fort und mit jedem Augenblick wurde es dunkler, bis endlich vollkommene Nacht auf den Gegenständen ruhte, und das Auge nichts mehr unterschied, als über sich den Himmel und die Sterne.

William konnte trotz dem, daß er nichts mehr zu sehen vermochte, kein Auge zuthun; Kolbi aber schlief, wie gewöhnlich und erwachte erst, als sein Freund ihn mit lautem, fröhlichem Zuruf erweckte. Die liebe Sonne war zwar noch nicht aufgegangen; aber schon zeigten sich ihre rosigen Boten, schöne, purpurrothe Wölkchen am östlichen Himmel und die Helligkeit verdrängte siegreich die Nacht, die bisher mit ihren Schleiern Meer und Erde bedeckt hatte.

Man sah jetzt ganz deutlich, etwa in der Entfernung einer deutschen Meile, das Schiff liegen; doch war es der Insel nicht näher gekommen; vermuthlich hatte es sich aus Vorsicht während der Nacht vor Anker gelegt, um nicht zwischen die Klippen und Felsenriffe zu gerathen, womit das Meer in der Nähe der Insel besät sein konnte. Kaum war es indeß völlig Tag geworden, so entfaltete es seine schneeweißen Segel wieder und schwamm zwar langsam, aber majestätisch heran.

William verwandte kein Auge mehr davon und folgte mit seinen Blicken jeder Bewegung des Schiffes. Es schien ihm indeß nothwendig, der Mannschaft desselben ein Signal zu geben, daß man Menschen, auf Rettung hoffende Menschen, auf der Insel finden würde, und so bat er Kolbi, mit dem Beile, das man mit auf die Wanderung genommen hatte, im nächsten Gehölze einige lange Äste zu fällen und sie her zu bringen. Kolbi willfahrte ihm, ohne begreifen zu können, was er mit dem Begehrten wolle.

Als er mit seinen Ästen wieder bei William angelangt war, band dieser sie zusammen, so daß sie eine ziemlich lange Stange bildeten, und befestigte an der Spitze derselben sein weißes Hemd, das er inzwischen ausgezogen hatte. Beide steckten dann die improvisirte Fahne so tief in den Sand des Strandes ein, das sie fest und aufrecht stand. William wußte, daß man auf den Schiffen die Gewohnheit hat, sich fleißig mit dem Fernrohr nach allen Seiten umzuschauen, und gab sich so der Hoffnung hin, daß man auch sein Signal bald entdecken werde.

Dies geschah in der That; er bemerkte, daß eine große Bewegung auf dem Schiffe entstand und hoffte, obgleich er noch nichts genau zu unterscheiden vermochte, daß man ein Boot aussetzen und einige Mannschaft zur Insel senden würde.

Es dauerte auch nicht gar lange, so rief Kolbi:

»Ein Canot! Ein Canot!«

Bei diesem Rufe sank William betend auf seine Kniee nieder und sendete ein heißes Dankgebet zu seinem himmlischen Vater empor: durfte er doch nun nicht mehr daran zweifeln, daß die Rettung nahe sei!

22.

Nach Verlauf von etwa anderthalb Stunden war das Boot der Insel bis auf einige Flintenschüsse nahe gekommen. William und Kolbi standen hart am Strande und streckten den Rettern flehend die Hände entgegen. Man winkte ihnen mit Mützen und Taschentüchern, man schien sie anzurufen; allein die Brandung des Meeres übertönte den Ruf der menschlichen Stimme.

»Kolbi«, sagte jetzt William, »wir Beide können schwimmen; komm, laß uns in das Meer stürzen und zu unsern Rettern hinüberschwimmen, die vielleicht durch die Furcht zurückgehalten werden, ihr leichtes Fahrzeug durch im Meere verborgene Klippen gefährdet zu wissen; ich glaube aber, daß man an dieser Stelle, trotz der heftigen Brandung, ohne Gefahr landen kann, und das wollen wir ihnen sagen.«

Kolbi war mit dem Vorschlage seines Freundes zufrieden; im Nu waren die Kleider abgeworfen und Beide sprangen beherzt in das Meer. Als das die Leute in der Barke sahen, setzten sie die Ruder, die bisher geruht hatten, wieder in Bewegung, und man steuerte getrosten Muthes auf die beiden kühnen Schwimmer zu, die man bald erreichte.

So wie William und Kolbi in der Nähe des Bootes angelangt waren, rief man ihnen in deutscher Sprache – o welch ein himmlischer Klang war die für das Ohr unsers Williams! – zu: sie möchten nur getrost an Bord kommen, und schon nach wenigen Minuten standen unsere Freunde mitten unter der Mannschaft.

Man begrüßte einander, man befragte sie nach ihrem Namen, nach ihren Schicksalen, ihrem Vaterlande; man war nicht wenig erstaunt, auch einen Eingeborenen des Landes – denn dafür erkannte man Kolbi auf den ersten Blick – ziemlich fertig Deutsch reden zu hören, und hörte mit sichtbarer Theilnahme Williams Erzählung zu.

Diese Theilnahme bewies ihm vor allen Andern ein hoch und schlank gewachsener Mann von mittleren Jahren, aus dessen angenehmen, gewinnenden und freundlichen Gesichtszügen zugleich Milde, Freundlichkeit und Geist hervorstrahlten. Er trug ziemlich langes, lockiges Haar, das fast bis auf die Schultern hinabfiel, und sprach fertig Deutsch, obwohl mit einem etwas fremdartigen Accent.

Alle, die im Boote waren, bezeigten gegen diesen Mann eine ganz besondere Ehrfurcht und Zuneigung, denn so wie er sprach, schwiegen sogleich alle Andere.

Während die Matrosen sich besonders mit Kolbi beschäftigten, der ihre Aufmerksamkeit fast mehr noch als William in Anspruch nahm, mußte Letzterer sich zu dem freundlichen Manne setzen, um ihm ausführlicher seine Erlebnisse mitzutheilen. Als William ihm sagte, daß er, obschon von englischen Eltern abstammend, doch ein Hamburger von Geburt sei, verklärte ein angenehmes Lächeln das Gesicht des liebenswürdigen Mannes und er sagte:

»Hamburg kenne ich sehr gut und habe mich zu verschiedenen Zeiten daselbst aufgehalten.«

Das war denn eine große Freude für William, besonders als der Fremde seine geliebte Vaterstadt lobte und sagte, daß sie eine der angenehmsten und bedeutendsten Städte der Welt sei und er sie sehr lieb gewonnen habe.

Das von einem vorsichtigen und geschickten Steuermann gelenkte Boot landete endlich an der Insel und Alle stiegen aus; zuerst unsere beiden Freunde, die jetzt wieder dem Anstande huldigen und sich bekleiden wollten; denn auch Kolbi mochte nicht gern mehr ganz blos gehen und hatte sich schon gänzlich an seine Kleidung gewöhnt.

Sobald man gelandet war, erging die Bitte an unsere beiden Colonisten, der Mannschaft eine gute Quelle zu zeigen, damit man die mitgebrachten Fässer damit anfülle, denn der Wassermangel, welcher an dem großen Schiffe fühlbar geworden war, hatte den Kapitain desselben vermocht, seinen Curs nach der Insel zu richten, in der Hoffnung, daselbst diesem empfindlichen Mangel abhelfen zu können.

Daß man sich in dieser Hoffnung nicht getäuscht hatte, wißt Ihr, meine Lieben. William und Kolbi führten die Mannschaft auf dem kürzesten Wege zu ihrem herrlichen Bache in der Nähe der halbfertigen Hütte, und Alle erlabten sich an dem köstlichen Getränke, das sie so lange schon in solcher Frische vermißt hatten; niemals hatte ihnen der feurigste Wein so gut geschmeckt, wie jetzt der frische Trunk aus der Quelle.

William und sein Kolbi konnten aber auch noch auf andere Weise der Pflicht der Gastfreundschaft genug thun. Einige der köstlichen Melonen wurden aus dem Garten geholt und an die Mannschaft des Boots vertheilt; man machte ein großes Feuer an und legte eine Menge

Pataten an die hoch emporlodernde Flamme; während diese brieten, pflückte man die aus Gras und Stäben geflochtenen Körbe, voll der saftigsten Himbeeren, die nicht minder willkommen als die Melonen waren, und Kolbi, der schon gar nicht mehr fremd gegen die weißen Männer that, versprach, daß er, wenn man ihm nur einige Zeit lassen wolle, einen guten Braten zum Gastmahle liefern würde.

Dieses Anerbieten war nicht zu verachten, da die Mannschaft so lange kein frisches Fleisch genossen und sich seit Monaten allein mit gesalzenem beholfen hatte, und so sprang Kolbi auf, griff nach Bogen und Pfeilen und stürmte fort.

Während er auf die Jagd ging, wurde beschlossen, die mitgebrachten Wasserfässer zu füllen und an Bord zu schaffen, damit sich die auf dem großen Schiffe befindliche Mannschaft daran erquicke, der Kapitain aber auch zugleich Nachricht über den Stand der Angelegenheiten erhalte. William, der selbst in seiner fast übergroßen Freude seine Besonnenheit nicht verloren hatte, schlug vor, aus einigen Brettern, die das Dach der Hütte bildeten, eine Art von Schleife zu machen und vermittelst derselben die jetzt gefüllten, mithin schweren Wasserfässer leichter ans Ufer zu führen. Dieser Vorschlag wurde mit Freuden angenommen, und bevor noch eine Stunde vergangen war, hatte man mit vereinten Kräften die Schleife in Stand gesetzt und zog sie, mit den Fässern und einigen Melonen beladen, unter lautem Jubel an den Strand.

Ein Theil der Mannschaft, unter diesen der freundliche Mann, den William gleich beim ersten Anblick schon so lieb gewonnen hatte, blieb auf der Insel zurück, um die Ankunft der Übrigen daselbst zu erwarten, denn man zweifelte nicht daran, daß Alle nach der Reihe kommen würden, um sich auf der Insel zu erfrischen.

Der liebe Mann, welcher William so sehr gefiel, war aber kein Anderer, als der berühmte Dichter und Botaniker *Adalbert von Chamisso*, der auf der russischen Brigg »*Rurik*«, geführt von dem Capitain *Otto von Kotzebue*, die Reise um die Welt mitmachte und jetzt mit den Andern auf diese australische Insel gekommen war. Sollte der Eine oder Andere von Euch die nachgelassenen Werke dieses eben so liebenswürdigen als edlen und interessanten Mannes noch nicht kennen, so bittet Eure Eltern, daß sie Euch damit bekannt machen, namentlich mit der »*Reise um die Welt*«, die er geschrieben hat und mit seinen Gedichten, die zu den schönsten gehören, welche wir besitzen, obgleich ihr Verfasser von Geburt ein Franzose war.

Adalbert von Chamisso ist jetzt todt, aber sein Andenken lebt in seinen Freunden und Freundinnen, zu welchen letztern auch ich mich zählen darf, fort, und seine Werke werden ewig leben.

Sobald der Marquis – denn das war Chamisso von Geburt – sich einigermaßen erfrischt hatte, bat er William, sein Führer auf der Insel zu sein, deren Pflanzenwelt für den Botaniker oder Pflanzenkundigen ein großes Interesse haben mußte. William war gern dazu bereit, und unsere Beiden traten ihre Wanderung an. Alle Augenblicke blieb Chamisso stehen, um bald dieses, bald jenes Pflänzchen zu beschauen und zu pflücken, und Alles, was seine Aufmerksamkeit erregte, wurde sorgfältig in eine blecherne Kapsel gelegt, die er an einem ledernen Riemen über der Schulter hängen hatte.

Der Spaziergang, den beide machten, brachte sie einander noch näher. William empfand gegen diesen liebenswürdigen und gelehrten Mann zugleich die innigste Zuneigung und Ehrfurcht, und der offene William gefiel auch ihm ganz besonders. Erst nach mehreren Stunden kehrte man zur Hütte zurück, wo man eben beschäftigt war, die Jagdbeute Kolbis zum Braten vorzubereiten. Diese bestand in mehreren wilden Tauben und einem jungen Kängeruh, das er zu erlegen glücklich genug gewesen war. Man rupfte und sengte die Tauben und zog dem Kängeruh das schöne, sammtweiche Fell ab; man zersägte und zerhieb die Bretter, die einen Theil des Daches der Hütte gebildet hatten und machte ein mächtiges Feuer an, um die Speisen daran zu braten. Allen lief das Wasser im Munde zusammen, wenn sie an den sie erwartenden leckern Genuß dachten; aber allgemein war auch die Klage: »Hätten wir doch nur daran gedacht, Salz und Schüsseln mit vom Schiffe bringen zu lassen!« Denn Fleisch ohne Salz zu essen, verstanden sie noch nicht, wie unser William, der sich Jahre lang ohne dieses nothwendigste aller Gewürze hatte behelfen müssen.

Groß war daher ihre Freude, als die vom Schiffe Zurückkehrenden, mit ihrem Kapitain an der Spitze, sorgsamer als sie gewesen waren und sowohl an Salz, als an Gefäße zum Kochen und Braten gedacht hatten. Ein fröhliches Hurrah! begrüßte sie, als sie das mitgebrachte von der Schleife packten und es neben dem Feuer aufstellten. Jetzt erst konnte ein leckerer Braten gemacht, konnten die Pataten in einem großen Kessel, den man über dem Feuer aufhing, in Salz und Wasser gehörig gekocht werden.

Der Reichthum, den die Insel an Wildbret und Geflügel darbot, bestimmte den Kapitain der Brigg »Rurik«, sich für ein längeres Verweilen auf derselben zu erklären, da die Mannschaft des Schiffes sowohl durch den in der letzten Zeit eingetretenen Wassermangel, als durch den beständigen Genuß des gesalzenen Fleisches etwas gelitten hatte. Es waren mehrere Krankheitsfälle an Bord vorgekommen, und der Schiffsarzt hatte einen Wechsel der Nahrungsmittel für die Mannschaft gewünscht.

Auch Adalbert von Chamisso war mit dem längern Verweilen auf der Insel sehr zufrieden, da er eine Menge ihm bis dahin unbekannter Pflanzen darauf fand, die er sorgfältig trocknete und in sein Herbarium (oder seine Kräutersammlung) legte. Er war vom frühesten Morgen bis spät in die Nacht auf den Beinen; oft begleitete ihn der Schiffsarzt, der sich auch sehr für die Pflanzenkunde interessirte, öfterer aber noch unser William, für den er eine besondere Neigung gefaßt zu haben schien, und der ihm von seinem Aufenthalte auf der Insel so viel zu erzählen wußte.

Allen erging es auf derselben sehr wohl, zumal da man in dem herrlichen Bache eine Art von Brunnenkresse gefunden hatte, die für die am Scorbut leidenden Kranken eine wahre Wohlthat war, indem sie sie von dieser lästigen Krankheit schnell wieder herstellte. Allein die bisher so wenig von William und Kolbi belästigte Thierwelt hatte es seit der Landung der russischen Mannschaft sehr schlimm. Man stellte Allem, was nur irgend genießbar war, beharrlich nach: die wilden Tauben waren nicht mehr in den höchsten Gipfeln der Bäume sicher; der Koango nicht mehr in seiner Höhle; die sonst so wenig scheuen Kängeruh's wurden von allen Seiten umstellt und mit Pulver und Blei getödtet. Alle Augenblicke erschallte der Knall einer Flinte, denn auch die an Bord befindlichen Naturforscher stellten den kleineren Thieren nach, um sie ausstopfen und ihren Sammlungen hinzufügen zu können! kurz, der Krieg zwischen Menschen und Thieren war ausgebrochen, die letzteren aber sehr im Nachtheile, da sie kein Vertheidigungsmittel hatten und völlig wehrlos niedergeschossen wurden.

Höchst seltsam war die Wirkung anzusehen, die der erste Flintenschuß, den Kolbi in seinem Leben vernahm, auf den armen Wilden machte. Zwar hatte er die von der Schiffsmannschaft mitgebrachten Flinten gesehen und sie sogar, neugierig wie er von Natur war, in die Hand genommen und sie von allen Seiten betrachtet; er war auch gegenwärtig gewesen, als man sie mit Pulver und Blei lud und hatte jede

Bewegung der sie Ladenden mit angestrengter Aufmerksamkeit verfolgt; allein was nun aus dem »*Dinge*« – Ding nannte er Alles, was er noch nicht kannte – werden solle, das wußte er nicht. Zufällig war es der Arzt, mit dem er auf seine Einladung ausgegangen war, welcher den ersten Schuß that, den er in seinem Leben hörte. Dieser hatte hoch in dem Wipfel eines Eucalyptus einen sehr schönen Papagey erblickt und wünschte ihn für seine Sammlung zu haben. Kolbi sah, wie er »*das Ding*« von der Schulter nahm, hörte das kleine Geräusch, welches durch das Aufspannen des Hahns verursacht wurde, sah, wie der Arzt anlegte und zielte und erwartete zwar mit Neugierde, aber auch mit Ruhe, was nun kommen würde. Da – o wie ward ihm! – da knallte es plötzlich dicht neben ihm los, und zugleich mit dem gutgetroffenen Papagey stürzte der Arme zur Erde.

Der Arzt war über die doppelte Wirkung, die sein Schuß gehabt hatte, sehr erschrocken; er warf das Gewehr weg und kniete neben Kolbi nieder, der mit festgeschlossenen Augen dalag und mit Händen und Füßen zappelte, als wäre er selbst von dem tödtlichen Blei getroffen worden.

Vergebens redete der Arzt ihm zu, ohne alle Furcht zu sein, indem ihm weder Schaden zugefügt worden sei noch werden solle; er antwortete ihm nicht, sondern zappelte mit seinen Extremitäten fort und ächzte mit noch immer geschlossenen Augen wie ein Sterbender.

Erst nach langem Zureden gelang es dem selbst durch den Vorfall erschrockenen Arzte, ihn einigermaßen zu beruhigen und ihn dahin zu bringen, daß er sich vom Boden erhob; dazu konnte er ihn aber nicht bewegen, daß er ihn noch ferner auf seiner Streiferei begleitete; Kolbi ergriff die Flucht, so wie er auf seinen Beinen stand, und lief zu William, um diesem unter Thränen sein Unglück zu klagen und ihn zu bitten, mit ihm die Flucht zu ergreifen; denn, sagte er, er wolle keinen Verkehr mehr mit den »*Donner-Leuten*« haben.

Es wurde selbst William sehr schwer, ihn nur einigermaßen zu beruhigen, und ihn von der Flucht abzuhalten; dazu aber konnte er ihn nicht wieder bringen, nochmals ein Gewehr in die Hand zu nehmen; denn darin säße der böse Geist, behauptete er.

Endlich, nachdem man sich beinahe acht Tage auf der Insel aufgehalten und ihr, auf den Wunsch Chamisso's, den Namen *Rosmarien-Insel* gegeben hatte, – so nannte er sie nach einer theuren Freundin, welche Rosa-Maria hieß und ihm auch bereits in die Ewigkeit gefolgt ist – schickte man sich an, sie zu verlassen und auf's neue mit dem »Rurik« die hohe See zu suchen.

William und Kolbi, die man natürlich mitnahm, packten von ihren wenigen Sachen ein, was sie nur konnten, denn jetzt, wo sie für immer von ihrer lieben Insel scheiden sollten, hatte Alles, was sie dort besaßen, einen doppelten Werth für sie. Besonders trug William Sorge dafür, in die Kiste des Schiffszimmermanns Alles zu legen, was noch von den darin enthaltenen Sachen vorhanden war. Er hatte die Absicht, wo möglich das Fehlende in Hamburg zu ersetzen und das Ganze dann den Erben seines verstorbenen Freundes zuzustellen; daß diese in seiner Vaterstadt lebten, wußte er und hoffte so, sie auffinden und ihnen ihr rechtmäßiges Erbthum zustellen zu können. Wie werth und theuer mußte nicht für diese Leute jedes Stück sein, das der arme Steffen einst besessen hatte.

Kaum werdet Ihr es glauben können, und doch war dem so: William vermochte sich nicht ohne heißen Schmerz von seiner geliebten Insel zu trennen, obschon ihn das Wiedersehen der über alles geliebten Mutter, der theuren Heimath bevorstand. Hatte er doch auf der Insel manchen guten Tag, manche herzerhebende Stunde im Umgange mit seinem geliebten Kolbi verlebt; hatte er doch auf ihr Nahrung und Obdach gefunden und seine körperlichen und geistigen Kräfte üben und erkennen gelernt; der Gedanke an dieses Alles erfüllte ihn zugleich mit Wehmuth und Dankbarkeit.

Am letzten Abende, als die Insel früh am andern Morgen verlassen werden sollte, ergriff er die Hand seines Kolbi, um allein mit diesem noch einen langen Spaziergang zu machen. Es war bereits kühl geworden und sie konnten also rasch fortwandern. Himmel und Erde waren gleich schön: die untergehende Sonne spiegelte sich im Meere ab; die Luft führte ihnen balsamische Düfte zu; die Gipfel der hohen Eucalypten waren noch mit dem Golde der scheidenden Sonne bestreut; die Vögel sangen ihr Abendlied in den Wipfeln; der Bach murmelte so traut; die hohen Gräser bewegten sich leise im sanften Abendwinde und es war eine Stille und Feier in der Natur, die ihre Herzen unaussprechlich rührte.

Lange standen beide Hand in Hand auf der Spitze des Hügels, an dessen Abhange ihr Häuschen lag, das jetzt nur noch eine unförmliche Steinmasse mehr war, und schauten auf dasselbe mit von Thränen feuchten Blicken hinab. Dann gingen sie in den Garten, und zugleich mit Wehmuth und Liebe betrachteten sie die Pflanzen, die so fröhlich darin wuchsen und von nun an ihre Pflege entbehren würden. Auch Kolbi war sehr still und augenscheinlich bewegt; was er in diesem Augenblick empfand, vermochte er nicht auszudrücken; aber auch in seinem dunklen Auge glänzte eine Thräne.

Williams Gefühle wallten endlich in einem Dankgebete über; er sank auf seine Kniee nieder und dankte Gott aus der Fülle seines Herzens für alles Gute, was er von seiner Gnade empfangen hatte. Dann reichte er Kolbi die Hand, und Beide setzten schweigend ihre Wanderung fort, von der sie erst mit Anbruch der Nacht zurückkehrten.

23.

Früh am andern Morgen ging es an Bord des »Ruriks«, an den man bereits am vorhergehenden Tage alle gesammelten Lebensmittel geschafft hatte.

William und Kolbi waren die letztern in dem Zuge, der sich unter fröhlichem Geplauder, unter Scherzen und Lachen dem Strande näherte. Da, als man bereits eine gute Strecke von der Hütte entfernt war, hörten unsere beiden Freunde plötzlich das ihnen so wohlbekannte: »Gieb Futter, Gieb Futter!«

»O, mein Gott!« rief William, den Arm Kolbis loslassend und einige Schritte zurückgehend, »bald hätten wir unsern guten Freund hier vergessen! Wie würde mich das betrübt haben!«

Es dauerte keine Minute, so saß der schöne Lori ihm auf der Schulter; denn da er ihn nie neckte, wie Kolbi aus Muthwillen zuweilen that, hatte der Papagei eine ganz besondere Vorliebe für ihn gefaßt.

»Komm«, sagte William, das glänzende Gefieder des schönen Thieres sanft streichelnd, »komm, Lori, Du sollst mit mir und, wenn Gott mir meine geliebte Mutter erhalten hat, ihr zur Freude, mir aber zur Erinnerung an dieses rettende Eiland dienen; denn nie werde ich deine Stimme vernehmen, ohne an Alles erinnert zu werden, was ich hier erlebte.«

Der Vogel sah ihn mit seinen klugen Augen so verständig an, als verstünde er seine Worte, und auf dem Wege zum Strande hörte er nicht auf, zu plaudern und zu pfeifen, denn auch das Letztere hatte er von seinen Erziehern gelernt.

Der Wind war günstig; das Schiff lichtete, sowie alle am Bord waren, die Anker; die Segel schwellten und der majestätische »Rurik« setzte sich in Bewegung. Es dauerte nicht lange, so hatte man die geliebte Insel aus dem Gesichte verloren.

Immer frisch ging es vorwärts, denn der »Rurik« war auf der Heimreise begriffen. Der Wind blieb lange günstig; man lief in der Nacht vom 30. auf den 31. März in die *Tafelbai*, beim *Vorgebirge der guten Hoffnung*, ein und verweilte daselbst acht Tage, was unserm William Gelegenheit gab, den Besitzer des Constantia-Weinbergs, seinen guten Holländer, wieder aufzusuchen, und ihm zugleich seinen auf der Reise und durch den erlittenen Schiffbruch erworbenen Freund Kolbi vorzustellen.

Dieser treffliche Mann war so erfreut über das Wiedersehen Williams und hörte seiner interessanten Erzählung mit so großem Interesse zu, daß sich unser Freund ganz wie zu Hause bei ihm fühlte. Als es endlich an's Scheiden ging, umarmte der gute Holländer William fast unter Thränen der Rührung und drückte ihm ein Päckchen mit den Worten in die Hand:

»Nimm das zum Geschenke von mir und möge es dir Segen bringen, mein Sohn! Wenn es dir in deiner Vaterstadt wohl ergeht, dann gedenke auch zuweilen meiner!«

Er wandte sich jetzt mit nassem Auge von den beiden Freunden ab und ging; auch William, minder sein Kolbi, war tief gerührt.

Die fernere Reise war, bis auf einige wenige stürmische Tage, sehr vom Glück begünstigt und ich wüßte Euch, meine Geliebten, nicht eben viel Neues davon zu erzählen. Nur des Umstandes muß ich noch erwähnen, daß der »Rurik« bei der Insel *St. Helena* vor Anker ging und man also Gelegenheit hatte, den größesten Mann des Jahrhunderts und einer der größesten aller Zeiten, auf dieser durch ihn so berühmt und bekannt gewordenen Insel zu sehen. Ich brauche Euch wohl kaum noch den Namen *Napoleon Bonaparte* zu nennen; denn Ihr werdet wissen, daß dieser als Gefangener auf der Insel St. Helena schmachtete und daselbst auch sein thatenreiches Leben endete. Freilich sah unser William den großen Mann nur flüchtig auf einem Spazierritte, den er in Begleitung der ihn bewachenden Officiere machte; aber die Erinnerung an diese Begegnung blieb ihm für den Rest seines Lebens eine höchst angenehme.

Endlich lief der »*Rurik*«, nach einer eben so schnellen als glücklichen Fahrt, am 16. Juni des Jahres 1818 in den Hafen von Portsmuth in England ein, und schon am 18. gingen William und Kolbi in Begleitung ihres Freundes und Beschützers, Adalbert von Chamisso, an das Land. Hier trennte dieser sich von Beiden, nachdem er großmüthig die Überfahrt für sie auf einem eben nach Hamburg unter Segel gehenden Paquetboote bezahlt hatte. Der Abschied war sehr schmerzlich; denn sowohl William als Kolbi hatten ihren Beschützer von Herzen lieb gewonnen. Er versprach ihnen aber, falls er nach Hamburg kommen sollte, sie aufzusuchen, und hat auch hierin Wort gehalten.

Wie schlug William das Herz, als er nach einer eben so schnellen als glücklichen Fahrt und nach einer Abwesenheit von fast vier Jahren, die Thürme seiner Vaterstadt und endlich den mit Schiffen angefüllten Hafen derselben wieder erblickte!

Tausend Fragen drängten sich ihm auf, worunter die: ob er seine geliebte Mutter auch noch wieder finden würde? ob der Gram um ihn sie nicht vielleicht gar getödtet habe? sein Herz zu ängstlichen Schlägen bewegte.

Endlich konnte er aus der leichten Barke an's Land springen; Kolbi folgte ihm. Dieser, dem Alles neu war, wollte jeden Augenblick stehen bleiben und bald über Dieses, bald über Jenes Auskunft von ihm haben; allein er war nicht im Stande, ihm die gewünschten Erklärungen zu geben, sondern eilte rastlos vorwärts, bis er bei der niedern Wohnung anlangte, in der er seine Mutter verlassen hatte.

Eine ihm völlig fremde Frau stand vor der Kellertreppe, und fast athemlos vor banger Furcht fragte er nach seiner Mutter. Die Frau, welche erst vor Kurzem eingezogen war, wußte ihm keine Auskunft zu geben, und schon wollte sich Verzweiflung seiner Seele bemächtigen – denn er glaubte die gute Mutter todt – als sich die Thür des dem Keller gegenüberliegenden Hauses öffnete und ein ihm gleich auf den ersten Blick wohlbekanntes Gesicht aus derselben neugierig auf Kolbi schaute; dieser erregte durch sein ungewöhnliches Äußere natürlich die Aufmerksamkeit aller ihnen Begegnenden.

»Fritz! Fritz!« rief William mit lauter Stimme und stürzte auf seinen Jugendgespielen und Schulgenossen zu.

Dieser erkannte ihn nicht sogleich. William war seit ihrer Trennung um vier Jahre älter geworden und von der südlichen Sonne so gebräunt, daß er weit eher einem Mulatten, als einem Europäer ähnlich sah.

»Erkennst du mich denn nicht mehr, Fritz?« fragte ihn William mit traurigem Tone; »erkennst du deinen Freund William Robinson nicht mehr?« fügte er hinzu.

»Mein Gott! Du!« rief dieser jetzt, indem er ihm in die Arme stürzte. »Du lebst, William? Wie wird sich deine Mutter freuen, die dich als todt beweinte!«

»So lebt sie doch noch?« rief William, und ein Strom von Freudenthränen schoß ihm über die Wangen. »O Gott, mein guter gnädiger Gott, wie danke ich Dir!« sagte er, die Hände zum Himmel emporstreckend. Viel hätte nicht gefehlt, so wäre er auf der offenen Gasse auf seine Knie niedergesunken, um seinem himmlischen Vater für die ihm erzeigte große Gnade zu danken.

»O, führe mich zu meiner Mutter!« rief er dann, die beiden Hände seines Jugendfreundes erfassend, »führe mich auf der Stelle zu ihr: mein Herz droht vor Sehnsucht nach der Geliebten zu zerspringen!«

»Gemach, mein Freund«, antwortete ihm der besonnene Freund; »Du darfst so unerwartet nicht zu ihr eintreten: Die Überraschung könnte sie vielleicht gar tödten. Tritt erst in unser Haus und warte, bis ich zurückkomme. Sie wohnt da drüben, in dem großen Fruchtlager; ich gehe zu ihr, um sie vorsichtig auf die Freude vorzubereiten, die ihrer harrt; denn sonst könnte leicht aus dem Glück ein Unglück entstehen.«

William fand das, was Fritz sagte, vernünftig und trat mit seinem Kolbi in das Haus, während Fritz zu der Frau Robinson hinübersprang, um sie vorzubereiten. Er machte seine Sache sehr geschickt. Erst sagte er ihr, daß man glaube, das schöne Schiff, die »*Hoffnung*«, sei doch nicht untergegangen, wie man so lange gewähnt; dann ging er weiter und immer weiter und endlich trat er mit der vollen, glücklichen Wahrheit hervor. Trotz der gebrauchten Vorsicht war die zärtliche Mutter doch fast einer Ohnmacht nahe, als er ihr die Versicherung gab, daß ihr William lebe und nur wenige Schritte von ihr entfernt, in seinem Hause sei. Als sie sich einigermaßen von ihrem freudigen Schrecken erholt hatte, ließ sie sich nicht länger halten; sie stürzte fort, dem Hause von Fritzens Eltern zu und lag, halb todt vor Übermaß an Freude, in den Armen des so lange als todt beweinten Sohnes.

Welche Feder wäre wohl im Stande, dieses Wiedersehen zu schildern? Die meine ist zu schwach dazu und ich muß es Euch, meine Geliebten, überlassen, Euch selbst alle die nun folgenden rührenden Scenen auszumalen.

Als der erste Sturm der Empfindung sich in Etwas gelegt hatte, ergriff William die Hand seines Kolbi und führte ihn mit den Worten zu seiner Mutter:

»Umarme auch ihn und nenne ihn deinen zweiten Sohn, denn er ist mein liebster Freund, mein Bruder und nach dir mir der liebste auf der Welt.«

»Ja, er soll auch mein Sohn sein«, versetzte die Mutter und umarmte bei diesen Worten den tiefgerührten Kolbi, der die Mutter seines Williams auch schon lieb gewonnen hatte.

Dann ging's an's Erzählen und Ihr könnt Euch vorstellen, wie interessant der Frau Robinson jedes Wort war, das ihr geliebter Sohn zu ihr redete. Fast bis um Mitternacht dauerten die Mittheilungen Williams, und selbst da konnte man noch nicht einschlafen.

Etwa zehn Jahre nach diesen glücklichen Vorfällen sprach man sehr viel in der Stadt von dem reichen Kaufmann Herrn William Robinson, von dem man behauptete, daß ihm alle seine Speculationen über Erwartung glückten. Als Compagnon war ein Eingeborener Australiens, der die heilige Taufe erhalten und den Namen *Williams* in derselben angenommen hatte, in die Handlung aufgenommen worden und er zeichnete sich durch Geschicklichkeit und Fleiß eben so sehr aus, als durch sein liebreiches Wesen und seine Wohlthätigkeit.

Die Sache hing so zusammen:

Als William einige Tage nach seiner Rückkehr seine Sachen vom Bord des Paquetboots geholt hatte – auch den Lori vergaß er nicht – fiel ihm das Päckchen in die Hände, das der gute Holländer am Vorgebirge der guten Hoffnung ihm beim Abschiede in die Hand gedrückt hatte, und das bis dahin uneröffnet geblieben war. Jetzt öffnete er es und fand, zu seiner nicht geringen Überraschung, eine Rolle blanker Louis'dors, fünfzig an der Zahl, darin. Zitternd vor Freude brachte er der Mutter seinen Schatz und erzählte ihr zugleich, wie er dazu gekommen.

»Das Geld«, sagte die fromme und verständige Mutter, »mußt Du im Handel anlegen: es wird dir Segen bringen, da du es durch deine Rechtschaffenheit erwarbst. Meine Lage in diesem Hause ist zwar nicht glänzend, aber Herr Berger behandelt mich anständig und hat Vertrauen zu mir; so kann ich es schon noch eine Weile bei ihm aushalten; segnet aber Gott deine Geschäfte, dann ziehe ich zu dir.«

Und Gott segnete das Geschäft des guten, redlichen Williams. Schon nach einem Jahre hatte sich sein kleines Kapital verdoppelt, und, wie schon angedeutet worden, nach etwa zehn Jahren war er ein reicher, reicher Mann, hatte ein großes Haus, eine liebenswürdige tugendhafte Frau und ein Häuflein hoffnungsvoller Kinder.

Die Mutter und sein Kolbi, der indeß von geschickten Lehrern unterrichtet worden war, wohnten bei ihm und letzterer war sogar sein Compagnon geworden.

Oft, wenn die Freunde in traulichen Gesprächen ihrer Vergangenheit und wunderbaren Lebensschicksale gedachten, sagte William:

»Erinnerst du dich noch, Kolbi« so nannte er ihn noch immer, wenn sie allein waren – »was ich dir bei Gelegenheit der Zerstörung unserer Hütte durch die Feinde deines Stammes sagte: daß Gott es oft dann am besten mit uns meint, wenn er uns Trübsal sendet?«

»Wohl erinnere ich mich deiner Worte«, versetzte Kolbi, »und habe derselben sehr oft gedenken müssen. Hätten die Feinde unsere Hütte nicht zerstört, so würden wir vielleicht nicht an den Strand gegangen sein, um Bretter zu suchen: der »*Rurik*« wäre wahrscheinlich an der Insel vorübergesegelt, ohne sie zu besuchen, und wir säßen jetzt wohl noch auf derselben. Gelobt sei Gott, der gnädige, allweise Gott, der seine Menschen segnet, indem er sie zu prüfen scheint.«